極悪人のバラード

月東　湊

幻冬舎ルチル文庫

CONTENTS ✦目次✦

極悪人のバラード

✦カバーデザイン= chiaki-k(コガモデザイン)
✦ブックデザイン=まるか工房

イラスト・榊 空也✦

極悪人のバラード

「三十万円ください」と彼は言った。

彼の、まだ幼さの残る頬《ほお》が微妙に強張っているのを、高野《たかの》は黙って見つめた。

「三十万円ぶんの楽しませ方をしてくれると思っていいんだね」

少年の視先が戸惑って泳ぐ。

「あの、……どんなことをすれば……」

何をするのか、彼には本当にまったく考えがないようだった。三十万円の価値を知って要求するのではなく、どうしても三十万円が欲しくて口に出したのだと高野は知る。

「俺に任せてもらえるのなら、そのぶんだけ勝手に楽しませてもらうけど」

かすかに肩を震わせたあと、彼はようやく顔を上げた。

高野は、魅力的だと評判の笑顔でにこりと笑う。

「それで、いいです」

まっすぐに高野を見た少年の瞳は思いがけず澄んでいて、卑屈な濁った目を想像していた高野は軽く目を瞬いた。

「はい、とりあえず二十万円」

財布から無造作に札束を出せば、少年は乱れたベッドの上にへたり込んだまま、顔だけを上げて高野の手元を見た。

素肌《すはだ》をさらした薄い肩が戸惑っているのが分かる。少年は、面白いくらい感情が透けて見えた。

だけど、本当にこんな大金をもらえることに戸惑っているのか、三十万円と言ったはずなのに二十万しかないことに戸惑っているのかまでは、高野には読み取れない。

受け取らない少年の膝《ひざ》の横に、高野は二十枚の一万円札を置いた。彼の視線は紙幣を追ってベッドの上に釘付《くぎづ》けられる。

「さすがに三十万は持ち歩いてないからね。――残りは、来週あげる」

穏やかに言えば、少年は弾《はじ》けるように顔を上げた。

何かを言おうとして口を開きかけた途端に、むせて乾いた咳《せき》をする。両手で口を押さえて何度か咳を繰り返し、手の甲で拭った口元には、薄く血が伸びていた。

先ほどまでのプレイで、叫びを嚙《か》み殺し、喘《あえ》ぎ続けた彼の喉《のど》が切れたことを高野は知っている。

彼は、自分で誘ってきたくせに、完全な初心者だった。戸惑い恥じらう彼の仕草を、そういう手管だろうと思っていた高野は最初こそ驚き、次にひどく残酷な気持ちになって、手馴《てな》れた被虐主義の人間でも逃げ出すような責め方で抱いた。

少年は、緊張した面持《おもも》ちで瞬きもしないで高野を見上げている。

高野はその瞳をまっすぐに見下ろした。にこりと笑う。

「残りの金を渡すだけだよ」

誠実に聞こえる声色で嘘《うそ》をつけば、彼はほっとしたように瞬きをした。

あっさりと騙《だま》される少年にいっそう裏暗い喜びを感じながら、高野はカシミアのハーフコートを羽織った。

「ここの支払いはしておくから、ゆっくりと着替えていけばいいよ」

財布をコートに突《つ》っ込んで踵《きびす》を返せば、少年が「あの……！」と呼び止める。

「来週はどうやって連絡すれば……」

「俺から連絡を入れるよ。君の携帯に」

「僕の携帯番号……？」

くすりと高野は笑った。

「ベッドの上で白状したの覚えてない？　まあ、あれだけぐちゃぐちゃになってればそんなもんかな」

かあっと彼の顔が赤くなった。

嘘だ。本当は、彼が気を失っているうちに勝手に彼の携帯電話をいじって頂戴した。

携帯電話にパスワードロックすら掛けないどこまでも甘い少年に背を向けて歩き出す。

「あの、名前……」

聞こえなかった振りをして高野は部屋のドアを開けた。

閉まる直前、ベッドから降りようとした少年の膝が崩れて、ビジネスホテルの安っぽい絨毯《じゅうたん》の上に倒れ込むのが見えた。血が乾いた内股《うちまた》が目に入る。

高野は無視してドアを閉めた。


金なんか腐るほどある。

大学院生の時にちょっとした装置を考え付いて特許を取った。それはボタン電池ほどの大きさで、テレビのリモコンや家の鍵に貼り付けておけば、パソコンやスマートホン上でそれがどこの方向にあるか判断がつくという単純なものだった。

研究室の悪友だった信田《しのだ》がそれを商品化する方法を思いつき、二人でベンチャー企業を立ち上げた。

二人が売り出した『なくしません』というソフトは爆発的に売れた。会社を立ち上げてから三年目の今年は、年商三十億も夢ではない勢いがついている。今では、老人夫婦や小さな子供がいる世帯では必須といわれているアイテムだ。

高野が技術開発。信田が商品化と営業。人気が出て二人だけでは事務処理が追いつかなくなり、経済学部の院生だった信田の彼女を引きずり込んで経理と事務を任せた。

三人だけの会社で何十億円もの利益。しかも、高野も信田も研究室で一、二を争うほどの色男だった。高野はちょっと遊び人風、信田は眼鏡《めがね》が似合うインテリ系。二人ともそつなく人当たりが良く、笑顔を絶やさずに受け答えができた。意地の悪い突っ込みをするが、決して根本的には相手を貶《おとし》めない高野。理路整然と相手を打ち負かし、だけど最後ににっこりと笑って相手を救い上げてしまう信田。

高野と信田は自然とメディアへの露出が多くなり、それに伴って、いい顔で近づいてくる取り巻きも増えた。男も女も二人に取り入りたがった。うんざりした信田はさっさと彼女と結婚して色事から逃げ、その結果、残された高野一人がターゲットになった。

高野の周りには、彼に悪い顔をするものはいない。

男も女も高野に尻尾《しっぽ》を振る。いろいろな意味で。

だけど、尻尾を振られれば振られるほど、高野は乾いていった。

一番欲しいものだけは、どうしても手に入らない。

高野の視線の先には、いつでも信田がいた。

絶対に来ないと思っていたのに、少年はやってきた。

冬の青空の下のオープンカフェで、高野の向かいに座った少年は両手でマグカップを包んでいる。高級なダウンコートに身を包んだ高野は温かいが、薄いダッフルコート姿の少年には冬の戸外の空気は寒そうだった。それに気付いていたけど、「外に行こう」と高野は彼を屋外の席に連れ出した。

「はい、残りの十万円」

封筒を差し出せば、彼は中身を確かめもしないで「ありがとうございます」と頭を下げてコートのポケットに入れる。もし騙されていたらどうするんだ、と彼の無防備さに呆《あき》れる。高野には信じられない行動だった。

「聞いていい？」

彼が顔を上げる。

少年の頬はかすかに赤くなっていた。澄んだ瞳が高野を捕らえる。

少年はいつも目を伏せているくせに、顔を見る時には高野が一瞬たじろぐようなまっすぐな瞳を向ける。妹の子供の無邪気な瞳を高野は思い出した。

「このお金は何に使うの？　三十万円って大金だよね」

少年は一瞬戸惑うような顔をした。

高野は、そんなこと関係ないと言われれば、それで終わりにするつもりだった。実際、高野には言う必要もないことなのだから。

だけど、少年は一度だけ目を瞬いてから視線を逸《そ》らして「出産費用です」と呟《つぶや》いた。

「出産?」

思いがけない答えに、思わず問い返してしまう。

今度は、少年はまっすぐに高野を見た。そしてはっきりと口を開く。

「彼女に子供ができたんです。でも、産むお金がなくて堕ろすというので」

「彼女って、……君、まだ学生じゃないの」

違います、働いてます、と少年は言った。

「だけど、貯金じゃ全然足りなくて。どうしたらそんな大金が手に入るか分からなくて途方に暮れている時に、あなたが『幾らでも出すよ』と女の子に声をかけているのを聞いて……」

繁華街の街角で、高野は、自分のことなんか全然知らなさそうなバカ面《づら》の娘《むすめ》たちをあえて選んで声をかけていたのだ。SMごっこしない? と。こんなバカな誘いに乗ってくるくらいのバカがいいと、ことさら卑猥《ひわい》な言葉を使って、変態じみた誘い方をした。だけど、あまりに高野が怪《あや》しく見えたのか結局一人も引っかからず、帰ろうかと思っていた時に「本当に幾らでもいいんですか」と声をかけてきたのが彼だった。

小柄なその少年はかなり幼く見えた。もし中学生だったらまずいかと一瞬思ったが、憂さ晴らしをしたい気持ちのほうが勝った。彼の長めの前髪の下の大きな瞳、白い肌はテレビでよく見るアイドルにどこか似ていて、容姿にうるさい高野の眼鏡にかなったこともある。女

ならどんなのでもいいが、男だったらせめて外見くらいは見栄《みば》えが良くないと楽しめない。

そして、高野に決定打を与えたのは、ひと括《くく》りにして握りしめやすそうな細い手首だった。

その手首は今、テーブルの上に出ている。少年は、温かさを逃がすまいとするように両手でマグカップを包んでいた。一週間前に鬱血《うっけつ》して赤黒くなっていた細い手首はまた白くなっていて、高野の腹の底をざわりと波立たせる。

「三十万じゃ足りないいんじゃないの」

高野は言った。

顔を上げた少年ににこりと笑う。

「出産費用だけで三十万はかかるだろ。検診とか、子供のための買い物はどうするの」

つい先日、検診費用が払えないために、出産するその時まで検診を受けない妊婦がいるというニュースを耳にしたばかりだった。検診は、総額で軽く十万円近くはかかるらしい。

少年はかすかに眉《まゆ》を寄せた。泳いだ目が、その事実を知っていて、でもどうしようもないもどかしさを表しているように高野には見えた。

「これからまた俺に付き合うなら、別に五万準備してあげるけど」

少年は弾けるように顔を上げた。

断るはずはないと知っているずるい大人の余裕で、高野はにっこりと笑いかけた。

少年の顔に、驚きと喜びと、それにかすかな怯《おび》えが混じっているのが高野の気持ちを高揚させた。


「楽しそうじゃん。どうしたんだよ」

信田がテーブルの下で高野の膝を蹴《け》る。

事務所には机はない。大きな楕円形のテーブルがひとつあるだけだ。その端で信田の妻となった智美《ともみ》が経理の書類を広げ、長い縁に高野と信田が向かい合って座っている。ひと目で見渡せるテーブルの上で、開発と商品化と販売、庶務が行われる。誰が何をしていて、今どういうことを考えているのかが良く分かるこの配置が、三人のコミュニケーションを滑らかにしていた。

「楽しそうに見える?」

「見るからにね」

ふふん、と高野は笑った。

「ちょっとね、いいおもちゃを拾ったんだ」

「おもちゃ?」

信田の問いかけには答えずに、高野は智美に顔を向けた。

「智美ちゃん、子供一人産むのって、出産と検診費用以外にどれくらいかかるの?」

智美はノートパソコンのキーボードを叩《たた》く手を止めないで「さあ」と答えた。

「産んだことないから分かんない。とりあえずまだ産む気もないから、考えたこともないわ」

おいおいおい、と信田が焦った声を聞かせる。

「高野、まさか孕《はら》ませたとか言うんじゃないだろうな。やめてくれよ」

「俺がそんなヘマするわけないだろ」

「というか、高野君にそんな度胸はないわよ」

信田の言葉を、智美が冷静な声であっさりと否定する。

「高野君は、ものすごく石橋を叩くもの。冒険家のように見えて、危ない冒険は絶対にしない。これまでの冒険は全部、綿密な計画があってのことよ。他の人にそれが無謀なチャレンジに見えるのは、単に彼らに、高野君ほど先を計算する能力がないからだわ。違う？」

「えらく持ち上げてくれるね」

高野は苦笑する。智美にはかなわない。

智美の洞察力は的確だ。高野は、智美こそコンピューターなんじゃないかと思うことがある。表情も変えずに、冷静に直球の言葉を吐く。高野は智美が一定以上の感情を表に出したところを見たことがない。笑ったらちょっとした美人だろうにと思うことはあるが、彼女が笑顔を見せることは滅多にない。

だから、信田が智美と付き合い始めた時は驚いた。セックスなんて今でも想像できない。

セックスをしていないはずはないのだが、それを感じさせないことが高野の救いでもあった。もし智美が感情豊かで誰から見ても魅力的な可愛《かわい》い女性だったら、高野にはこの三人で仕事をすることとなんて到底無理だったろう。

「なんだよ、おもちゃって」

信田がしつこく話を戻す。興味津々というより心配気なその口調に少し嬉《うれ》しくなる。

「大丈夫だよ、ヘマはしない。それより智美ちゃん、俺が自由に遊べる金って今どのくらいあるの？」

「積み立てた給料が少なくとも二億はあるはずよ。高野君がとんでもない無駄遣いをしていなければね」

「了解」

おいおい、と信田が頭を抱える。

「なに始める気だよ、高野」

「さてね」

信田がテーブルの上で高野に腕を伸ばした。オメガの時計が光る手首がシャツから覗《のぞ》く。

少年の細い手首を思い出し、時計でもいいな、と高野は思った。でもすぐに考え直す。もっと必然性のある餌《えさ》じゃないとダメだ。でないと、あの子は釣《つ》れない。

昨日の彼の様子を思い出す。

一週間前の傷がようやく癒《い》えたばかりの彼の体は、その時の苦痛を覚えていた。奥に軽く指をもぐり込ませただけで体が強張る。触れ合わせた彼の胸が早鐘のように鳴り、じわっと汗が湧《わ》くのが分かった。だけど拒否しない。怯えているくせに従順でいようとする様子にぞわぞわと腹の底が熱くなった。

嗄《か》れた声。シーツを握りしめる手。のけぞって鳴る喉。嚙み締めすぎて切れた唇《くちびる》。涙を滲《にじ》ませながら、それでも一度も嫌だとは言わなかった。

思い出すだけで、高野の腹の底の獣《けだもの》が首をもたげる。

思いがけずいいおもちゃを拾った。こんなに楽しい気分になるのは久しぶりだ。

飽きるまでもうしばらく遊ばせてもらおう。

来週会う時には、どんな餌を使おう。どんな道具を持っていこう。それを考えるだけで、鼻歌まで出てきそうだった。


少年の名前がワタルだと知ったのは、四度目の逢瀬《おうせ》だった。さんずいに歩くと書いてワタル。

十九歳だと聞いて、高野は思わず耳を疑った。想像していた年齢より四つも上だった。仕事をしているというからとりあえず中学は終わったのだろう、そんな程度だと思っていたのだ。だけど、実際は高校も卒業していた。

仕事は郵便配達の臨時職員。

いつものオープンカフェで、高野と渉《わたる》はいつものようにコーヒーを飲んでいた。

いつの間にか季節は春に近づき、テーブルを縫うように置いてある鉢植えのハナミズキに蕾《つぼみ》の突起ができ始めていた。心なしか風も柔らかくなった気がする。

「彼女と結婚はしないの」

問えば、渉は「まだしません」と答えた。

「銀行で働いてるんです。結婚すると辞めなくちゃいけないらしいから」

「でも、子供を産むなら辞めるんだろ」

渉は少し口ごもった。

「子供の、具合があまり良くないらしくて、ちゃんと出産までこぎ着けられるか分からないらしいんです。産めることが確実になったら籍《せき》を入れるって」

つらそうに顔を歪《ゆが》めた彼の表情にすら、高野の首筋はぞわりとざわめく。彼の苦しむ顔や泣き顔は、高野の嗜虐性《しぎゃくせい》を煽《あお》る。それに、渉を苛《いじ》めると、信田を見るたびに胸を締め付ける苦しさや心の底に押しつぶされて悲鳴を上げている恋心が少し楽になるのだ。

「そうなんだ。大変だね」

落ち着いた声を返しながら、高野は次の計算をしている。彼との雑談は、彼を釣る餌を探すためのステージだ。もし餌が見つからなければ、このゲームはジ・エンドにすると高野は勝手に決めていた。渉は憂さ晴らしに適当すぎて、だからこそ執着しすぎないように用心している。それでも今回は高野の勝ちらしい。餌は見つけた。

「でもそれなら、治療費とかも必要なんじゃないの。十万の検診費用じゃ足りないだろ」

渉が唇を噛む。眉を寄せたその表情に腹の底の獣がにたりと笑う。

「あとどのくらい必要か、医者に聞いておいで」

渉は弾けるように顔を上げた。澄んだ目が驚きをたたえて高野を捕らえる。

「俺が出すよ」

「――でも」

「もし君の気が重いなら、こうして毎週会うことと引き換えでいい。そうだな、五万。いや、十万かな。会うたびに十万ということにしよう」

親切な大人の仮面を被《かぶ》って、諭《さと》すようにゆっくりと言う。

渉は驚きに唇を薄く開けたまま高野を見つめた。その唇が閉じられ、嚙み締められる。

もし彼が断ってきたなら、もっと金額を吊《つ》り上げようと高野は心の中で次の言葉の準備をする。それとも、彼女が大切じゃないのか子供が愛《いと》しくないのかと畳《たた》みかけてみるのもいい。

彼はきっと傷ついた顔をして、そして泣きそうに顔を伏せるだろう。

しばらく高野を見つめたあと、渉はおもむろに視線を伏せた。

すみません、と呟く。

拒否されたと思い口を開きかけた高野の前で、渉は「分かってるんです」と嚙み締めるように言った。

「僕の体にそんな価値はないって。こんな、全然気が利かなくて、いつも高野さんにどうすればいいか教わってばかりで。でもそれだって、言うとおりにできなくて。もっとちゃんと、高野さんを楽しませられたらいいのに」

絞り出すように少年は言った。

高野は、なんてバカな少年だろうと呆れる。こんな世間知らずのお人よしで、今までどうやって生きてきたのか本気で分からない。

「どうして、こんなに親切にしてくれるんですか」

親切と来たか、と高野は本気で笑い出したくなる。

自分の体を痛めつけるこの大人を悪人だとは思わないのか。毎回、意識を失うくらいに責められて泣かされて、それでどうして。マゾならともかく、渉はとてもそうは見えない。一般的に常識で考えれば、高野のほうが当然悪人のはずだった。

だけど、と高野は黙って笑う。せっかく抱いてくれている渉の罪悪感を薄める必要なんてない。思いがけず摑《つか》んだ首輪を緩めてやることはない。

楽しんでるよ、と高野は心の中で意地悪く答える。嫌がる仕草を。こらえる表情を。耐え切れずに漏《も》れる声を。この上なく。

「じゃあ、契約は成立でいいのかな」

渉は一瞬小さく震え、それから高野を見上げて「はい」と頷《うなず》いた。

自分を見上げる前に、覚悟を決めるように一度だけ目を閉じたのを高野は見逃さなかった。

そんな些細《ささい》な仕草さえ自分を楽しませていることに、渉は絶対に気付いていないだろうと高野は思った。

◆◆◆

閉じた目元に涙が溜《た》まっている。長い黒いまつげが、濡《ぬ》れて束を作っていた。

気を失ってベッドに沈んでいる渉の顔を高野は見つめた。もう高野はすでに身支度《みじたく》を整えている。高野がシャワーを浴びて着替えている間も、渉は意識を失ったまま身じろぎひとつしなかったようだ。

言われてみれば十九歳に見えないこともない、と高野は思う。こうして眠っていると特に。

渉を子供っぽく見せていたのは、その表情や仕草だったと気付く。特に、ためらいなくまっすぐに自分を見る澄んだ黒い瞳。

薄く開いた唇が乾いて切れていた。剝《む》けた皮の端に血がついている。

涉は、今日も全て高野に従った。

どんなことをしても、どんなことをさせても、涉は大人《おとな》しく従う。殉教者《じゅんきょうしゃ》のように。泣きそうな顔をして、実際に涙をこぼすくせに、でも涉は一瞬戸惑ったように目を泳がせてから、覚悟を決めた表情でまっすぐに高野を見るのだ。

その表情を見るたびに、高野は、顔も知らない、身ごもった彼女の存在をその後ろに見る。何をされても、何があっても守りたいと涉に思わせる拠《よ》り所《どころ》。涉の大切なもの。彼の「絶対」。

そうすると、高野は彼を痛めつける手を止められなくなるのだ。涉が気を失ってもなお苛《さい》み《な》続けて、自分で自分が怖くなることすらある。

これまで、名前も知らない相手とＳＭで楽しんだことはあった。だけどそれはあくまで楽しみで、ここまで本気で相手を痛めつけたことはなかった。

涉を泣かせながら、自分でも度を越していると思うことはある。でも、十万も払っているのだから、そのぶん好き勝手にさせてもらうという見下した意識もあった。初心者との一度の情事に十万が破格だというのはさすがの高野も認識していた。

涉の態度と表情は、高野自身でも知らなかった奥底のスイッチを入れる。自分の腹の底に醜い獣がいることを高野は知っていた。だけど、それがこんなに意地が悪く、凶悪だなんて高野は知らなかった。

「……あ、すみません…」

渉が目を開けて、掠《かす》れた声を聞かせる。

「お疲れだね」

言えば、渉は叱《しか》られたように動きを止めて、すみません、と呟いた。

「仕事がきついの？」

彼が意識を失ったのは決して疲れのせいだけではなく、激しいプレイのせいだと知っていながら、わざと言う。

「いえ、普通です。でも昨日は、夜勤で選別のほうに入ってたから……」

だけど渉は、のろのろと身を起こしながら申し訳なさそうに答えた。

「配達だけじゃないの？」

「人手が足りない時には、郵便物の仕分けのほうの仕事もさせてもらってるんです。夜勤で時給がいいんで」

「でも、これからはその必要もないんじゃない？　俺が毎週あげるから」

渉は手の甲で目をこすってから、顔を上げて高野を見た。神妙な顔をしている。

「本当に、毎週会ってもらえるんですか」

「君さえ良ければね」

渉は高野をしばらく見つめた後、おもむろに目を閉じた。

「すみません」

「なにが?」

「本当に、ありがとうございます」

目を閉じたまま繰り返す。彼が目を瞑《つぶ》っているのをいいことに、高野は笑顔を潜めて冷めた顔で目の前の少年を見つめた。ここまで人がいいと苛立《いらだ》ちさえ湧きそうになる。

「僕は、どうすればいいですか」

「どういうこと?」

「自分がふがいないって分かってるんです。高野さんに楽しんでもらうために、僕はもっと、どうすればいいですか」

いったんは切れたはずの体の奥底のスイッチがまた入りそうになる。どろどろとした凶暴な感情がうごめき出そうとするのを、高野は意志の力で抑え込む。

「来てくれればいいよ」

「でも」

「毎週ちゃんと来てくれればそれでいい」

ようやく目を開けた渉に、高野はにっこりと笑った。

「……ありがとうございます」

ため息を抱きしめるように呟き、渉が頭を下げる。

限界だった。

「じゃあ俺は先に出るから」

連絡はまた携帯で、と高野は立ち上がる。

エレベーターの中で高野は声を出して腹を抱えて笑った。


水沢《みずさわ》渉。誕生日不明。十九歳。

十五歳で養護施設あすみ園を卒園。郵便局の臨時職員として働きながら、十八歳で高校の夜学部を卒業。その際、奨学金を使用している。現在、同年代の女性と同棲中《どうせいちゅう》。

「なにそれ」

覗き込んだ信田に、高野は「興信所の調査報告書」と一枚の用紙を掲げた。

「誰の？」

「少年A」

「なんでまた」

「暇つぶし」

笑って答えた高野に、信田はため息をつく。

「変なことに首突っ込まないでくれよ」

「大丈夫だって。知ってるだろ」

「ああ知ってるよ。お前が危なっかしいことはな」

「そんなこと言うのは信田だけだよ」

今日は智美はいない。都庁に出かけている。智美がいなければ、高野は大学時代に戻って気楽な口をきくことができる。

智美のことは認めている。だけど、彼女がいる時といない時で信田に対する態度が違ってしまうのはどうしようもないことだった。

信田の態度も違う。高野の後ろに回り、高野の肩に肘《ひじ》を置いて用紙を覗き込む。研究室で、よく二人でディスプレイを覗き込んだ時の位置関係。信田の落ち着いた声が一番近く耳に届く位置。この位置で喋《しゃべ》る時、信田は耳と口が近いことを意識してか、囁《ささや》くような口調になる。

へえ、と信田が呟いた。

「いい子見つけてきたじゃん。この子だったら大丈夫じゃないの」

よく分からない信田の言葉に「なにが？」と問い返す。

「バイトに見つけてきたんじゃないの？」

「バイト？」

なんだ違うのか、と信田はつまらなそうに言った。

「けっこういい高校出てる子だから、バイト候補かと思った。しかも電気工学科だし」

「夜学だよ」

「夜学といっても、ここはけっこうレベル高いんだよ。下手《へた》な専門学校より使える。うちの研究室にもいたじゃん、ほら背の高い」

「富田《とみた》？」

「そうそう、あいつ。あいつここの出身よ。基礎は誰よりも持ってただろ」

「……ふうん」

「もったいない、郵便局のバイトか。もっといいところ探せるだろうに」

きっとそれは、あの気弱な様子が原因だろうと高野は思う。まず、施設出身というところで色眼鏡で見られて、そのあと強く出ることもしなかったのだろう。押しが弱いどころか、自分から引いたのが目に見えるようだった。

「この子、バイトにつれといでよ」

「嫌だね」

「なんでさ」

高野は信田を見上げてにやりと笑った。

「俺のおもちゃだから」

「はあ？」

信田が呆れた声を出す。またか、というように高野の肩に腕を乗せて体重をかけた。

「もしかしてこの子がいつか言ってたおもちゃ？」

「当たり」

「なにして遊んでるんだよ」

どこか呆れたような信田の口調に、なにを今更常識人ぶってるんだと鼻白む。院生の時は俺と一緒に犯罪すれすれのこともやって教授をはらはらさせたくせに。

「いろいろ」と高野は不親切に短く答えた。

「高野さ」

「なに」

「そろそろ結婚したら？　いい相手見つけて落ち着けよ」

きしりと息が詰まった。

「いい相手がいたらね」

普通の声を装って答える。

「というか、高野、見つける気まったくないだろ。高野がふらふらしてると俺もなんだか落ち着かないんだよ」

「自分がさっさと落ち着いたからって、勝手なこと言ってくれるよ、信田は」

肩の上の腕を押し戻して、高野は席を立った。

苛々する。さっさと自分だけ結婚したくせに。俺を置いて。なに一人真っ当な人間になったような口きいてるんだよ、とむかっ腹が立つ。

「信田、そろそろ取材の時間だろ。出かけなくていいのか」

追い出すように信田に時間の指摘をする。

「ああ、そろそろ。高野も行かないか」

「行かないよ。今回は信田しか声が掛かってないだろ。俺は来月らしいから」

信田が事務所を出たら、渉にメールを打とうと高野は思った。

むしゃくしゃした。信田の言葉が高野の心を引っかいてミミズ腫《ば》れを作っている。

何をしても抵抗しない小動物を捕まえて、ぐしゃぐしゃにしてやりたい気分だった。

◆◆◆

それはちょっとした気まぐれだった。

放心している渉の頬に触れて、皮の剝けた唇を舌で湿らせたら、渉はびくりと震えて高野を押し返した。そして、押し返した自分に驚くように腕を引っ込める。

「なに?」

高野は問い返す。

「いえ、その。……すみません」

こんなにはっきりと渉に拒絶されたのは初めてだった。にこやかに笑いながら、高野は何が渉のそんな反応を引きずり出したのかを探り始める。

頬に触れる。触れるだけでは渉はいつもと変わらない。指で唇に触れても、これまでと同じでこらえるように目を閉じているだけだ。これからどんな痛みが与えられるのか恐れながら、同時に何をされてもかまわないという痛々しいほどの覚悟を全身にまとっている。

渉の嫌がることをしたかった。

渉は、何をされても我慢する。絶対に高野に抵抗しない。どれだけ苦しそうでも、涙を滲ませても、渉は従順に高野に従おうとした。それはそれで楽しくもあったが、あまりに言いなりでも楽しくない。ここのところ、高野はいっそう渉を苛めてみたい気分になっていた。

さわりと頬を撫《な》でる。続く行為に緊張した渉の瞼《まぶた》が薄く震える。いつもの表情。

さっき俺は何をした？　そうだ、唇に舌で触れた。

高野はゆっくりと体を倒して、渉の唇に顔を近づける。舌で唇を舐《な》めた途端、渉の全身が強張った。

いったん顔を離せば、渉が明らかに怯えた表情で自分を見上げているのが見えた。両手はシーツを握りしめている。

見つけた、と高野は微笑《ほほえ》んだ。

唇を寄せる。荒れた唇を湿らせるように優しく覆えば、渉が全身に緊張をみなぎらせるのが分かった。

頬に触れた手をそのまま首筋まで滑らせて愛おしむように撫でれば、悶《もだ》えるように喉を引きつらせる。

そうか、と思う。

これまで高野は、渉を痛めつけることしかしてこなかった。キスも愛撫《あいぶ》も一度もしたことがない。挿入の前に慣らす時だって、優しさは欠片《かけら》も混ぜず、痛めつけるようにほぐした。

だから気付かなかったのだ。

――渉は、優しくすると嫌がる。

見つけた見つけた、と腹の底の獣がよだれを垂らす。これでまたしばらく楽しめる。

だけど、今日はもう時間切れ。

ああ来週が楽しみだ。

強張る渉の肩を撫でながら、高野はひっそりと笑った。


優しく抱いたら、渉は泣いた。

丁寧に、この上なくいたわりながら高野は渉を抱いた。まるで恋人を扱うように。そうしたら、終始怯えるように逃げ腰だった渉は、最後に静かに涙をこぼした。唇を噛んで。

「どうして泣くの」

指先で優しく涙を拭えば、顔を伏せて膝を抱える。

「痛いことは何ひとつしなかったはずだよ。君だって気持ちよかっただろ？」

「——どうして、優しくするんですか」

嫌がるから面白くて、なんて答えるはずがない。

「優しくしたいから」

短く答えれば、渉はすんと洟《はな》をすすり上げた。

「ずっと嫌がっていたよね。どうして嫌がるの？　苦しいよりはいいだろ？」

渉は顔を上げない。丸まった背中が、苦しいほうがマシだと高野に伝える。その背中に高野はシーツをかけた。

「俺は楽しかったよ。時には優しくしたい日もあるんだよ」

いつもと同じように先に身支度を整えた高野は、財布から十万円を出す。

ベッドの上に置いたら「すみません、受け取れません」と渉が呟いた。

痩せた腕を伸ばして、紙幣を高野のほうに押し戻す。

高野には新鮮な驚きだった。どうして、と問い返す。

「優しくしてもらった上に、お金もなんて」

渉が言葉を詰まらせる。高野は顔をしかめた。渉の言うことがよく分からない。

「痛い思いをしたんだったら、金を受け取ってもいいわけだ」

渉は黙ったままシーツを見つめている。そういえば渉は、終わってから一度もまっすぐに自分を見ていない。そんなことはこれまでなかった。

ぴんと来た。ああそうか、と思う。

高野は膝を抱えた渉の隣に座った。きしりとスプリングが音を立てる。

「気持ち良かった？　だよね、沢山イったし」

痩せた肩が目に見えて強張る。

「後ろめたいんだろ、彼女に」

渉が唇を噛むのが見えた。

「自分が許せない。違う？　痛めつけられて苦しむなら、それは性行為ではない。金を得るための手段だ。だけど、楽しんでしまったらそれはセックスだ。彼女に対して裏切りになる」

渉は答えない。それが、正解だということを示しているように高野には見えた。

ざわりと黒い感情がうごめいた。ああ、苦しんでいる。楽しい。こんな面白いおもちゃを手放せるものかと思う。

「だけどダメだよ。君は俺と契約を交わしたよね」

渉がのろのろと顔を上げた。

憔悴《しょうすい》しきった顔に見えた。これまで、どれだけ体を痛めつけてもしなかった表情。それがまた高野をほの暗く喜ばせる。

「どうしても後ろめたいというなら、この十万円は引っ込めよう」

渉の顔の硬さが少し取れる。明らかにほっとした顔に見えた。

「だけど、これからもう一箇所付き合って。いいよね、契約だから」

ビジネスホテル以外で夜に渉と会うのは初めてだった。戸惑った顔をしながら、はい、と渉は答えた。

「じゃあ着替えて。痛いことはしなかったから動けるだろう？」

渉が顔を赤くする。

彼が着替えるのを待ちながら、高野は窓際でタバコを吸った。

背を向けた短い時間に、高野はこらえきれないようにくすりと笑う。

もっと苦しめてやる。苛めてやる、と強く思った。

苦しめ。泣け。そんなに強い拠り所があるのなら、大切なものがあるのなら、何をされても平気だろう？

だけど、このおもちゃを逃がさないためには、また別の餌を撒《ま》かなくちゃいけない。

高野は細く長く紫煙を吹いた。

高野が渉を連れて行ったのは、高級宝石店だった。

「いらっしゃいませ。高野様」

店長が奥から出てくる。

「こんばんは、お久しぶり」

きらびやかな店内を、渉は落ち着かない様子できょろきょろと見ている。

そんな渉を、高野は「おいで」と呼んだ。気軽に彼の肩を抱いて隣に寄せる。

「渉、彼女は九月生まれだと言ったよね。店長、九月の誕生石ってなに？」

「サファイアですね」

「サファイアで適当なものある？　あまり豪奢《ごうしゃ》なものじゃないほうがいいな。妊婦だから」

渉が驚いた顔をして「高野さん？」と高野を見上げる。

「高野さん、そんなもの僕買えません。ねえ、高野さん」

「俺が買うんだよ」

「高野さん？」

焦った渉の言葉を無視して高野は店長と話を続ける。店の奥の革張りのソファーに案内されて、高野と渉は腰を落ち着けた。

「指輪やネックレスは本人を連れてきたほうがいいよね。そういうもの以外で無難なものある？」

「そうですね、ブローチやバレッタあたりはいかがでしょうか」

「バレッタ？」

「大きめの髪留めです。その方の髪はどのくらいの長さですか？」

「渉、彼女の髪の毛の長さは？」

渉はつい「肩より少し長いくらいです」と答えてしまう。

「……じゃなくって、高野さん。本当に、こんな高級品」

少々お待ちください、と店長が前を離れた時を見計らって、高野は「渉」と小声で呼んだ。

「俺が買うんだから文句は言わないで。こんな店の中でもめて、俺に恥をかかせないでくれるかな」

叱るような口調に、渉がはっとしたように口を閉じる。俯《うつむ》いて膝の上に置いた両手がこらえるように握りしめられるのを高野は黙って見ていた。

「高野様、いくつか見繕ってまいりました。いかがでしょう」

店長が持ってきたのは、どれもパーティーにつけていくようなきらびやかなものばかりだった。

「もうちょっと地味なのあるかな。普段使いがいいんだ。一見どこの店にもある安いもののようで、でも、見る人が見れば本物だと分かるような品のいいもの」

店長がにこりと笑う。

「承知いたしました。少々お待ちくださいませ」

高野はあと二回店長を往復させ、最終的に決定する時も渉に意見を求めなかった。

渉は、高野と店長が品定めをする横で、最初から最後まで気後《きおく》れしたように小さくなっていた。それを見て高野はひっそりと笑った。

「はい、彼女に」

高野は、宝石店を出たところで渉に包みを渡した。

「君からだと言って渡せばいい。彼女はきれいなものは嫌い？」

「好きです。好きですけど……」

渉は受け取らない。

「受け取りなさい」

高野は命令口調で言った。

渉が小さく震えて顔を上げる。

「彼女に後ろめたいんだろ？　彼女にも報酬を分けあたえることで、その後ろめたさを相殺《そうさい》すればいい」

「でも……」

「ありがとうとは言ってくれないの？」

「ありがとう、ございます。でも」

渉はまだためらっている。高野はすっと距離を置いた。

「これは、君の彼女のために選んだもの。もし君が受け取ってくれないなら」

高野は路地裏の暗がりに向けて、右手を大きく振りかぶった。

「え？」

驚く渉の目の前で、銀色の包みは大きく弧を描いて路地の奥の暗がりに消えた。闇の中からゴッと包みが硬いものにぶつかる音が返ってくる。

「高野さん！」

「だって、君にもらってもらえないならもう用なしだろ？」

「そんな……！」

渉は泣きそうな顔をする。

「来週、また連絡するから」

高野はそんな渉に背を向けて、通りかかったタクシーに手を上げる。

「市ケ谷《いちがや》まで」

自動で閉まったドアの窓越しに、路地の中に駆けていく渉の姿が見えた。

静かなタクシーの中で、高野は声を殺して笑った。

体を冷やさないようにとストール、マフラー、渉に写真を持ってこさせてからは、ペンダント、指輪。彼女への贈り物を渉は大人しく受け取るようになった。渉が本当に彼女に渡しているのかどうかなんて高野には興味はない。それはただ、渉に高野に対する罪悪感を植え付けて引き止めておくためだけの餌だった。

「また来週。連絡するから」

「はい」

渉は聞き分けよく返事をする。少し泣いた瞼で。

その頭をくしゃりと撫でれば、渉は少し身を硬くした。

渉はまだ、優しくされることに慣れない。特に、奉仕されることに抵抗を示した。

高野が渉の性器を口に含めば、高野さんはそんなことしないでください、僕がやります、と泣きそうな顔で高野の頭を押し返した。とろとろに蕩《とろ》かされて高野を受け入れる時も、声を出すことを極端に恥ずかしがった。渉の恥じらい悶える姿は、我慢して堪える姿より高野を煽った。高野にしても、それは新しい発見だった。

色白の肌が淡く染まり、しっとりと汗をかく。さらさらと滑る肌よりもいたずらを仕掛けやすくて楽しい。震える息。詰まる声。跳ねる足先。繊細な楽器のように反応する体を知ってからは、以前の強引な愉しみ方に戻ろうとは一切思わなかった。溺《おぼ》れていると言ってもいいくらいだと高野自身でも思う。以前、渉を苛めるために手に入れた道具類は、もう完全に眠りについていた。

もっと悶えさせたい。もっと、気持ちよくさせたい。溺れさせたい。無我夢中にさせて、しがみつかせたい。

——もっと、もっと。

その日、都市銀行のカウンターで高野は思いがけないものを見た。

高野が渉にあげたバレッタをつけた女性行員がいた。宝石店の店長は、このバレッタはデザイナーブランドの一点物だと言っていた。ということは、彼女が渉の恋人なのだ。高野の目が吸い付けられる。

彼女が振り返る。

化粧のせいか、渉が持ってきた写真よりは大人びていたけど、確かに彼女だった。美人と言えなくもない、だけどどこにでもいそうな女性。思わず腹を見る。まだ目立たないが、そこに渉の子供がいるのだと思ったら、不意にかあっと体の温度が上がった。

気がつけば席を立っていた。

倒れかけた椅子《いす》が大きく音を立てて戻る。

「あ、お客様……？」

対応してくれていた女性行員が、戸惑って高野を見上げる。

「すみません、用事があったのを思い出しました。また出直します」

言い捨ててブースを出る。

頭の中が熱くなっていた。

あの女が、渉に守られている女。身を投げ出してでも、渉が守りたいと思っている女。

自分に抱かれて悶えている渉が、あの女を抱くのだ。一体どんな風に。一体どんな顔をして。

見なければ良かったと思った。実物を見てしまったからだ。あまりにもなまなましく想像してしまう。

スマホを取り出して渉のアドレスを呼び出す。平日だということも頭になかった。

二度押し間違えて、結局直接電話をかけた。

いつの間にか「渉の彼女」という呼び名が「あの女」に切り替わっていることにも、高野は気付かなかった。


「高野さん！」

渉が駆けてくる。

いつものコーヒーショップ。

「どうした、走って」

渉を待っている間に、高野の熱はだいぶ冷めていた。

「どうした、って……。高野さんこそ」

「俺？」

「なんだか、切羽詰まっているような電話だったから。平日にかけてくることなんて滅多にないし……」

はあはあと渉は息をついている。駅から走ってきたのか、前髪の生え際に少し汗が浮いていた。

「べつに、たいしたことじゃないよ」

高野は笑って席を立った。ジャケットを手に取りかけてから、改めて気付いたように「何か飲むか？」と渉に問いかける。

「あ、いえ」

「嘘つけ、息切らしてるくせに」

慌てた様子で口を閉じる渉に高野は笑った。ポケットから財布を出し「何か買っておいで」と千円札を手渡そうとしたら、「あ、いえ。自分で買います」と渉は慌てて自分の財布を出した。

「俺が呼び出したんだよ。恥をかかせないで」とにっこり笑えば、渉は戸惑いつつもようやく受け取り、カウンターに向かう。

その後ろ姿を見つめて、高野はふぅと煙を吐く。

銀行で感じた苛立ちは今はない。どうしてあんなに頭に血が上ったのか、考えてみてもよく分からない。渉は高野のおもちゃじゃないか。暇を潰すだけの、ただの玩具《がんぐ》。玩具が彼女のものだというのが悔しいのか。そんなことはもともと分かっていて手に入れたはずだ。

渉がグラスを手に戻ってくる。「ありがとうございます」と律儀におつりを高野の前に置いた。

「今日は仕事は？」

「ちょうど午後は休みだったんです。タイミングよく」

「平日に休みなんてあるのか？」

「このあいだ、別の人と土曜日に交代したんで、それで」

渉はレモンティーに口をつける。ストローを咥える顔を昼の日光が頭上から照らす。彫りの深い顔に、柔らかい前髪の影が落ちていた。いつも夕方から夜にかけて会う。明るい日のもとで渉を見たのは久しぶりだった。

整った顔なのだと高野は改めて思う。眉を整えて、髪の色を少し抜いて今風の髪型にすれば、五人中三人は振り返る程度になるだろう。

黙って見つめていると、渉がちらりと高野を見上げて、次の瞬間にむせて咳《せ》き込む。

「あーあ、何を慌てて飲んでるんだよ。落ち着いて飲みな」

「……でも、高野さんもう飲み終わってるし」

げほげほと咳をしながらのその返事に、高野は渉が自分を気遣って慌てて飲んでいたのだと知る。喉が渇いていてがっついているのだと思っていた。

「気にするな」

高野は通りかかったウェイターに、二杯目のブレンドコーヒーを注いでもらう。

ふと見れば、渉のグラスの減りが極端に遅くなっていた。高野の飲み終わりに合わせて自分のペースを変えているのだとやっと気付く。そういえば、自分も昔に祖母に言われたことがあった。食事は他の人に合わせて食べなさい、早く食べ終わっても遅く食べ終わってもいけない、と。

「渉」

「はい」

「そんなに気を遣って疲れない？」

渉がきょとんとした顔をして見つめ返す。

「飲むスピード。俺に合わせて変えてるだろ」

「え？　あ」

困ったように渉は高野から目を逸らす。

「いえ、僕が嫌なんです。先に終わって手持ち無沙汰《ぶさた》なのも、誰かを待たせるのも」

だから気にしないでください、と渉は早口で言った。

そのまま会話は途切れ、ほとんど同時に飲み終わったまま一緒に席を立つ。

高野は空を見上げた。青空が春めいている。まだ桜には早いが、確実に空気は柔らかくなってきている。

「いい天気だな」

一緒になって空を見上げている渉に、高野は「昼間っからホテルもあまりにも非健康的だな。どこか行くか」と呟いた。渉が高野を振り返って目を瞬く。

「なんだよその顔。当然ホテル行くと思ってた顔だな」

「え、と。はい」

正直な答えに思わず高野は笑った。

「時には趣向を変えてみるのもいいさ。行きたいところあるか?」

「いえ」

「即答するなよ。どこかあるだろ」

「いいえ、本当に。思いつかないんです」

渉は慌てて手を振った。

「じゃあ、ちょっと買い物につきあって」

高野は最寄り駅に足を向けた。池袋《いけぶくろ》のデパートに取り寄せを頼んでいた智美へのプレゼントを取りに行こうと思い立つ。

来週金曜日は智美の誕生日だ。親友の連れ添いとして、ビジネスパートナーとして、高野は智美への誕生日の贈り物を欠かしたことがない。

今年の贈り物は、輸入物の手織りのショールだ。ヨーロッパの生産地から直接取り寄せてもらった。事務所で時折智美が肌寒そうにしているのに高野は気付いていた。

想いを寄せる相手の恋人である智美に嫉妬《しっと》を覚えないわけではない。だけど、高野は信田に告白しなかった。告白できるはずもなかった。高野は信田を失う可能性のある行動は何ひとつ取りたくないのだ。だから、信田の隣にいずれ誰か女が並ぶだろうということは予想していたし、智美がその立場になった時も当然の結果だと自分を納得させた。

むしろ、智美が信田の隣に並ぶのに値する、頭の切れる人間だということに感謝すらした。彼女に色気がないことも幸いした。これが可愛いだけで能無しの、女というだけで信田の隣に納まるような人間だったら、高野は絶対にその女を蹴落としたくなるに違いないのだから。だけど、どろどろとした黒い感情は確かに高野の心にある。それを否定する気はない。

それをやり過ごすためにも、高野は智美に親友のパートナーとしての敬意を持って接する。そして「大人の自分」に酔うのだ。憎い女にも感情を殺して心を砕くご立派な自分に。お前よりも俺のほうが上等な人間だという薄暗いプライドを持って。

「こちらのお品物でよろしかったでしょうか」

商品を確認する高野を前にして、店員の目がちょっとした拍子に自分を通り越して後ろに向くのに気付く。

振り返れば、そこには渉がいた。所在無げに高級輸入雑貨に目をやっている。触っちゃいけないというように、手を前で硬く組んでいるのが場から浮いている。

それでも渉は目を引いた。小さな顔。繊細な容姿。長い手足とバランスの取れた肢体《したい》。何よりも、商品を興味深げに見上げる瞳が印象的だ。安物の服を着ていても、それすら気にならなくしてしまう。

だけど……、と高野はため息をついた。

「すみません、ヤングカジュアルは何階ですか？」

渉が身に着けている時代遅れのチノパンだけは、高野の美意識の癇《かん》に障《さわ》った。というか、だぼっとした野暮ったいチノパンをスリムジーンズに替えるだけで見違えるだろうと高野は判断した。

それは大当たりで、買いたてのジーンズをそのまま身に着けた渉はお忍びのアイドル歌手のようにすら見えた。通りすがりの女子高生がわざわざ足を止めて振り返る。

「あの、高野さん」

渉が小声で高野を止める。

「やっぱり恥ずかしいです。こんな高級な服なんて僕には合わないんですよ。なんだか、じろじろ見られてるし」

あくまでも頓珍漢《とんちんかん》な渉に思わず苦笑する。恥ずかしいのはどっちだ。さっきの野暮ったいチノパンのほうがよほど恥ずかしいというのに。

「いいんだよ。見せとけ」

「でも」

「似合ってるよ。店員も言ってただろ」

渉は落ち着かない表情で高野を見上げる。

「ほら、腕組むな。背中が丸まるぞ。あと、もうひとつ襟《えり》のボタン外してみろ」

言うそばから手を伸ばしてボタンを外そうとすれば、渉はびくりとして一歩下がった。

「あ、……すみません」

それを許さず高野は渉に歩み寄り、鎖骨が見える程度までボタンを外す。渉が息を止めているのが高野には分かった。

「ほら、このほうがいい」

ぽんと肩を叩いてわざと距離を取れば、渉はほっとしたように息をつく。

デパートに入って以降、渉はどことなく緊張しているように見えた。あまりこういうところには来ないのだろうか。きらびやかな店内を所在無げに歩く様子に不憫《ふびん》さすら覚えて、高野はふと渉を屋上に誘うことを思いついた。

屋上にはプレイランドがあり、子供向けのゴーカートや小さな観覧車がある。春の空の下、階下の国道の喧騒《けんそう》にも負けない子供たちの楽しそうな声が響いていた。

涉はようやくリラックスした様子でベンチに座っていた。

ちらちらと高野を見る。

「俺がソフトクリームを食べるのがそんなに意外か？」

高野は、ソフトクリームを食べ終わった指をハンカチで拭きながら涉を振り返る。

ええ、と涉はためらいながら答えた。

「高野さんは、ソフトクリームを食べるとしても、高級なレストランで上品なパフェなんかを食べるような気がしてました」

「こういうのも好きなんだよ」

涉がくすりと笑った。その表情に高野は思わず目を惹きつけられる。

きれいな、優しい笑顔だった。

だけど涉はすぐにいつもの大人しい顔に戻ってしまい、一瞬で消えてしまったその表情に高野は目を瞬く。

しかしそれは二度と現れず、ふと下を見た涉の視線の先で、ソフトクリームが痩せた涉の

指を伝ってぽたりと滴《したた》るのが見えた。小さく息を吐いて、一瞬の笑顔の映像を振り払うように顔を上げる。

「ほら、お前も早く食え。溶けるぞ」

「あ、はい」

渉が慌てて、少し残っていたソフトクリームをコーンごと口に入れる。冷たかったのか、顔をしかめる様子に高野は思わず呆れて笑う。そんな高野をちらりと見た渉が、口の中のものを飲み込んで「お前」と短く呟いた。

「ん？」

「今日は『お前』なんですね。いつも『君』なのに」

思わず目を瞬く。

「――ああ、そうだな。そういえば」

「ほかにもいろいろ、なんだか今日の高野さん不思議です」

渉は言葉を選びながら続ける。

「そういえばそうだな」

高野は両腕を広げてベンチの背に乗せ、空を仰《あお》いだ。

いつの間にか素に戻っていた。ここのところ外したことのない「大人の自分」の薄い膜がはがれている。

別に無理して薄い膜を張っていたわけではない。丁寧な言葉を喋り笑顔を絶やさない自分も本物の自分で、時と場合に応じて無理なく姿を現していた。ただその時間が長くなり、もともとの自分があまり出なくなっただけだ。

いつ頃からだろう。

院生だった頃はのびのびしていた。研究室一の悪ガキと言われていたほどだ。悪ガキだったから、チーム研究の合間に開発なんて勝手なことができたのだ。信田はそんな高野のストッパーであり悪友だった。心配そうに見るくせに、高野が面白いことを始めると我慢しきれない様子で乗ってきた。あの頃は、自由で楽しかった。今は——窮屈だ。

「ちょっと、手を洗ってきます」

ソフトクリームで汚したのか、渉が立ち上がる。

細い後姿をちらりと見て、高野はまた空を見上げた。足を組み直す。

不思議とリラックスしていた。タバコを取り出す気にもならない。

まぶしい光が目に染みて、徐々に視界が細くなる。高野は目を閉じた。

子供の声、車の音、ゴーカートの音楽。店内放送が遠く聞こえる。

雑音が思いがけず心地よくて、高野はあっさりと浅い眠りにさらわれた。

ベンチが揺れて瞼が開いた。

一瞬、夢を見ていた。何を見たのか覚えていないけど、何かを見ていたことは覚えている。意識が漂ったまま戻ってこない。高野はもう一度目を閉じた。

だけど、今度は眠りは訪れなかった。逆に頭が冴《さ》えて、高野はぱちりと目を開けた。霞《かすみ》の掛かった青い空が視界を埋める。

目だけで横を見れば、高野の隣に前かがみに腰をかけてぼんやりと前を見ている渉の姿が目に入った。

膝の上に両肘を置いて頬杖《ほおづえ》をついている。春風が渉の前髪をさわりと揺らす。

渉の視線の先では子供向けの観覧車がのんびりと回っていた。八つしかない客車は赤青緑と黄色。高さはほとんどない。だけど子供には人気のようで、客が途切れることはない。

「乗りたい?」

声をかければ、渉は驚いて振り返った。

「起きたんですか?」

「どのくらい寝てた?」

「十分くらいですよ」

お疲れなんですね、と渉はいたわるように微笑んだ。

大人しい笑み。さっき一度だけ見たあの弾けるような笑顔とは違うけど、その笑みは高野に大きく息をつかせた。

唐突に渉を抱きたくなる。その細い首筋に鼻先をうずめたい。

自分からホテル行きを否定した手前、言い出すのは少しためらいがあったが、渉に触れたい欲求には抗《あらが》えず、高野は「ホテル行くか」と隣の少年に呟いた。

だけど、行った先のベッドの上でどれだけ優しく抱いても、もう渉は昼間のようには笑わなかった。

渉はいつもと変わらず切なく抱かれているのに、高野にいつものような高揚感は訪れなかった。高野は渉といて初めて、もどかしく砂を握りしめるような時間を過ごした。

◆◆◆

渉の笑顔がふいに頭に浮かぶ瞬間がある。

それは、中途半端に混んだ電車の中から窓の外を見ている時だったり、喫茶店で一人で時間を潰している時だったりする。事務所で設計図をひねくり回している時に思い出すことも少なくなかった。

「高野、いいアイデア浮かんだ？」

「浮かばない」

高野は椅子の上でのけぞり、信田はため息をつく。

二人は焦っていた。人気商品『なくしません』の特許期間はもうすぐ終わる。特許期間が終われば、他の大小家電企業が同様の商品を、より安い価格でなおかつ使いやすい形で販売し始めるのは目に見えている。『なくしません』の特許が切れる三ヶ月後を、彼らは今か今かと待っていることだろう。

目新しい商品を販売すれば話題になり、一気に売れる。だけど、気がつけばいつの間にか後続企業にその評判を奪われていることが少なくない。開発企業がその後もずっとその商品のリーダーとなっている事例はほとんどない。デジタルカメラもビデオも液晶テレビも、全て後続企業が開発企業を追い抜いた。

それは、当然といえば当然の流れだ。

何もないところから新商品を開発するのは莫大な費用と手間が掛かる。だけど、モノが手元にあるなら、それを分解して構造を理解し、より性能の良いものを、より簡単に作り出すことができる。開発費はほとんど掛からず、それは販売価格の値下げに繋《つな》がる。日本の家電業界では、チャレンジャーに徹している企業と、後追いに徹する企業がはっきりと分かれている。そして、長い目で見た場合に収益を上げていくのは後追い企業なのだ。

「付加価値……」

高野が呟く。

「基本に戻ろう、高野。どうすればもっと使いやすくなる？」

「もっとエリアを広げる？　あとは受信機をコンパクト化」

「そのあたりは、大手がもう開発してるよ。もっと奇抜な、「そんな機能があるなら『なくしません』を買おう」と思わせるような新しい特許を取らないと」

事務所の天井《てんじょう》が、二人のタバコの煙で白く霞《かす》んでいる。高野も信田も、過去にないほどタバコの本数が増えていた。考え込んで動きを止める男二人の横で、智美がカタカタとキーボードを叩く音が響く。

ふと、智美がその手を止めた。

「遊園地行ってくる？」

「は？」

思わず聞き返す。

「このあいだ、代理店さんからテーマパークの券をもらったのよ、三枚。忘れてたわ。気分転換に行ってきたら？」

信田がため息をついて智美を見る。

「あのさ智美、そんな余裕ないんだけど。見て分からない？」

「でも、ここのところずっと同じ言葉繰り返してるわよ。同じ環境で悩んでても、同じアイデアしか浮かばないんじゃない？　別の環境で悩んでみたら、違うアイデアが浮かぶかもよ」

「気楽に言うなよー」

「まあそうね。傍観者の意見だったわ。ごめん」

「お前、傍観者じゃないんだぞ。当事者。分かってる？」

「分かってるけど、これだけ富を築いたらもうそろそろいいかとも思うし。ある意味アイデア勝負の商品でしょ『なくしません』って。いい夢見たなーみたいな気分よ」

「夢は覚めるって？」

「それもありかな、と。在庫もそろそろ捌《は》けるし。ここで手を引いたら、事務所閉める諸手続きで数億かかっても、四十億くらいはまるごと私たちのもので残るわよ」

「智美、あのさあ……」

夫婦のやり取りを高野は黙って聞いていた。

遊園地という言葉に、渉が頭に浮かぶ。デパートの屋上で観覧車を見つめていた横顔。あれは、憧れているような表情に見えないこともなかったんじゃないか。施設育ちの渉は、もしかしたら遊園地にはあまり縁がなかったのかもしれないとふと思う。

「智美ちゃん、その券って休日も使える？」

「使えるわよ、特別招待券だから。ただね、無期限じゃないのよ」

「いつまで？」

「ごめん、今月一杯。つまり、来週の月曜まで。もらったことすっかり忘れてたのよ」

「今度の週末に、信田と智美ちゃんで行ってきたらいいじゃん。デートしてきたら」

「もう嫌ってほど行ってるからいいわ。私、浦安《うらやす》市民だったから」

信田の返事も待たずに智美があっさりと返す。

「じゃあ、俺二枚もらっていい？」

「どうぞ」

「なんだよ高野、彼女でもできたか？」

「できてないよ」

じゃあ誰だよ、と突っ込んでくる信田に、高野は「内緒」と返してふふんと笑った。


目を輝かす、というのはこういう表情を指すのだろうと高野は渉を見て思った。

休日の人波に揉《も》まれながらテーマパークのエントランスをくぐり、中に入った途端に渉は驚いたように足を止めて周りを見渡した。ゆっくりと視線を巡らせ、ただでさえ大きな目を丸くしている。今どき、小学生でもしないような新鮮な反応に、高野は思わずまじまじと渉を見つめた。

「すごい」

渉の口を突いて出た言葉に、つい高野は吹き出してしまう。

笑い出した高野に、渉は恥ずかしそうに口をつぐみ、そしてまたきょろきょろと辺りを見る。

「来たの初めて？」

「初めてです」

「珍しいね、関東の人間なら誰でも一度は行ったことあると思ってたよ。嫌いだったの？」

高野は渉の口から、彼が施設育ちだということを聞いていない。知らないふりをして意地の悪い質問をしてみた。

「いえ……そういうわけじゃないんですけど」

渉は口ごもる。

「でも、この辺りの人間だったら、学校の遠足とかで一度は来るだろ。そのほかにも友達と来たり」

「え、と、まあ、そうなんですけど」

渉にしてははっきりしない口調が返ってくる。

きっと施設育ちだと言いたくないのだろうと高野は判断する。

「親御《おやご》さんと来たりとかはしなかったの？」

「……そうですね」

「そういえば、渉は兄弟はいるの？　家族の話とかしたことないよね」

涉の表情がかすかに硬くなる。

「兄弟はいません」

「一人っ子？」

「はい」

短く答えて、渉は高野を見上げた。

「すみません、トイレ行ってきます」

言い置いて、高野に背を向けて走り出した。

明らかに話題から逃げた渉に高野は少し驚く。渉なりの初めての明確な拒否だった。

家族の話題は、渉にとってそれほど触れてほしくない事柄なのだ。高野は小さく肩を竦めた。新しいジョーカーとして心に仕舞う。

そばのベンチに座って顔を上げれば、あのデパートの屋上から見た空にも負けない青空だった。

喧騒が園内の音楽をかき消す。高野は人ごみがあまり好きではない。人酔いしそうだなとふと思う。もし酔ったら、渉の体にいたわってもらおうと今から考える。

高野自身でも思いがけないことに、高野は渉を抱きしめるのが好きらしいのだ。最近、渉を優しく抱くようになってようやく気付いた。

痩せた渉の胸は高野の腕にすっぽりと収まる。横たわった渉の胸を両腕で抱きしめ、その首筋に鼻をうずめるのが高野は好きだった。目を閉じて、渉の胸がゆっくりと上下するのを体で感じる。強張っていた渉の首筋が徐々に柔らかくなっていき、規則的に脈打つ音がかすかに聞こえ始めると、高野は自分でもよく分からないくらい落ち着いた。そのまま眠りに落ちてしまったこともある。

ふう、と高野は息をついた。無意識にタバコを探し、園内が禁煙だったことを思い出してポケットに仕舞い直す。

「健康的な日になりそうだな」

呟いて自嘲《じちょう》する。

なんて健康的な日。遊園地だなんて。

渉は高野に不思議な感情を抱かせる。最初は、とても表に出せないような欲望——苦しめて泣かせたい、嫌がることをして悶えさせたい、そんな衝動の捌け口として渉を手に入れた。実際、最初のうちはそうしていた。だけど、どうだ。今は柔らかく抱いて、下手をしたら抱きしめるだけで満足してしまいそうになる。

それどころか、今日は遊園地だ。決して自分のためじゃなくて、ただ渉のためだけに。渉はきっとあまり行ったことがないだろう、そう思ったら連れて行きたくなった。

——きっと、多分、渉の笑顔が見たくて。

考えてみたら、高野はあのデパートの屋上で渉の笑顔を見るまで、渉が笑うところを見たことがなかったのだ。

渉はいつも、少し困ったような、窺《うかが》うような、控えめな表情をしていた。あるいは、決心を固めた強い表情。ベッドの中では一度も笑っていない。笑うようなことを高野がしていない。

高野自身も、渉に笑顔なんて求めていなかった。どちらかといえば、嫌がる顔や困る顔のほうがそそった。それが高野の楽しみだったのだから。渉は笑ったことはなかったが、もし笑ったのなら、高野はきっともっと手ひどく渉を苛めただろう。

だけど、偶然目にした渉の小さな笑顔は、高野に思いがけず不思議な感情を抱かせた。もう一度見たい。どうしてもという強い思いではない。だけど、見てみたい。

高野の胸の中に、渉のあの一瞬の笑顔がポツリと小さく灯《とも》っている。線香花火の小さな火花が飛んで、ぽつりと手の甲に乗った時のような、決して熱くも痛くもないのに、でも乗ったと意識してしまうような小さな灯《ともしび》。

考えてみれば、さっき、ここに来たのが初めてか尋ねた時もそうだった。あんなに意地悪く問い詰める必要はなかったのに、なぜか渉が隠していることを自分だけは知っておきたいような気持ちになってしまったのだ。

突然の太鼓の音とともに、大きな歓声が上がった。

顔を上げれば、目の前の海を模した大きな池で高い水の柱が上がっていた。音楽に合わせて形を変えるたびに、周囲に群がった観客から歓声が上がる。水のしぶきが陽光を受けてきらきらと光る。

ほとんどの観客が噴水のダンスに注目していて、高野の視界は観客の背中に埋め尽くされている。後頭部ばかりの人波の中で、こっちに向かって歩いてくる渉だけが高野に体を向けていた。だけど、その繊細に整った顔は噴水ショーに向いている。

噴水に気を取られている渉の足取りは微妙に止まりがちで、華やかなショーを見たい気持ちと高野のところに戻らなくてはいけないという気持ちがせめぎ合っているのがよく分かった。

高野は思わず笑う。

立ち上がって渉に向かって歩き出す。渉が隣に来るのを待ってもいいが、高野と一緒にベンチに腰掛けたら、噴水は人垣で阻まれて上の部分しか見られない。これだけ見たがっている渉に、それは少しかわいそうな気もした。

「高野さん」

歩いてくる高野に気付いて、渉が走り寄ろうとする。

高野は、俺がそっちに行くと手を振った。噴水を見るのを促すように池の方向を指差せば、渉が少し嬉しそうに笑った。高野の心臓がとくりと鳴る。

高野が渉のところに着いた時には、渉は噴水と高野を交互に見ながら、それでも噴水に心を奪われているようだった。渉の大きな瞳の中できらきらと光る陽光の欠片に、高野の視線が吸い寄せられる。

「こういうの好きか」

「ええ」

即座に返事が返ってくる。

「すごくきれいですね。水が、生き物みたいで」

きれいなのは渉の声だと高野は思った。

渉の声が生きていた。これまで高野が耳にした彼の声が、いかに高野の機嫌を窺っていたのか気付く。今聞いた声に比べたら、これまで高野に向けられていた声の色は、まるで籠の中のおもちゃの鳥のようだと思った。

高野の目が渉に吸い寄せられたまま離せない。

高くない背を伸ばして噴水に見入っている渉の目が輝いている。楽しそうな瞳。色白の頬を紅潮させた、いきいきとした表情。高野の体が温かくなっていく。

高野に見られていることに気付いた渉が、視線を合わせてにっこりと笑う。

息が止まった。思わず目を逸らす。だけどその視線はまたそろそろと渉に戻っていく。どうしてか、もう一度渉を見つめるのにかなりの努力がいった。

高野がまた見ていることに、目の前のイベントに集中している渉は気付いていない。

このまま噴水ショーが終わらなければいいのにと高野はふいに思った。

休日の混み具合は高野の想像をはるかに超えていていて、息苦しくなった高野はたびたび喫煙ブースに逃げた。

幾度も帰ろうと思いながら、それでも高野にとっては殺人的にすら感じられるこのレジャー施設に居続けたのは、渉が明らかに楽しんでいる表情をしていたからだ。

いつもの高野なら、例えば女性と来た時などは適当に甘い言葉を見繕ってさっさと次の場所に移動してしまっていただろう。だけど今日は、しょっちゅうタバコに救いを求めながらも、高野は渉が待つ人ごみに戻っていっていた。

渉に、待っているように言い残したベンチに戻る。

だがそこに渉の姿はない。ベンチはすでに別の家族連れに占領されていた。

トイレにでも行ったのだろうかと思いながら、そのそばで立つ。渉に連絡を取ろうとスマホに手を伸ばしかけた高野に、「高野さん」と背後から声がかかった。

振り返れば、透明なアイスクリームのカップを両手に持った渉がいた。どうぞ、と茶色と白のアイスが入ったカップを差し出す。

「どうしたんだよ」

「アイスクリーム売りが通り過ぎていったんで、食べたくなって」

走ってきたのか、渉は少し赤くなった頰で笑う。

「本当はソフトクリームがあれば良かったんですけど、トルコアイスしかありませんでした。高野さん、こっちのほうがいいですか？　ストロベリーとバニラです」

茶色と白のカップを引っ込めて、ピンクと白のカップを差し出す。

「こっちは？」

「マカダミアナッツとバニラ」

「じゃあ、茶色のほう」

もともと差し出されたほうのカップを受け取れば、渉は嬉しそうに笑った。

その表情に、また高野の動悸《どうき》が速くなる。

今日の渉はよく笑う。最初こそ緊張気味だったが、時間が経つにつれて自然に笑みをこぼすようになってきていた。このレジャー施設から高野が立ち去る決心がつかないのは、ここを離れたら渉がこの笑みを潜めてしまうのではないかとうっすらと思っているからだ。

「うん、おいしいよ、ありがとう」

まるで女性を引っかけるような言葉が滑り出た。だけどそれは、リップサービスではなく本心だった。

「よかった」

渉はため息をつくように笑った。

「高野さんが好きなものって、考えてみたらソフトクリームしか知らないんです。アイスは食べないとか言われたらどうしようと思った」

「嫌いじゃないよ。ほら、こうやって混ぜて立てれば、ソフトクリームみたいなもんだ」

粘り気の強いトルコアイスを上に引っ張って角を立てれば、渉は声を出して笑った。

「さっき、僕の前に買った小学生もそんなこと言ってました」

「渉は」

「はい？」

「ストロベリーのアイスが好きなのか？」

少しの間のあと、渉は「好きです」と肩を竦めて言った。

「でも、あまり言いたくないんですけど。女の子みたいじゃないですか。どうせなら、渋くチョコ味とか」

「渋いか？」

「渋くないですか？」

「それがソフトクリームだっていう時点で、どんぐりの背比べみたいなもんじゃないか？」

「……まあ、それはそうですね」

「男子高校生がストロベリーのアイスクリームを食べる図より、いい歳した大人の男が一人でソフトクリームを食べてる図のほうが寒いぞ」

「一人で食べたりするんですか？」

「しない」

「してもいいのに」

絶対しない、と力を込めて否定した高野に、渉はくすりと笑う。

「高野さんなら、大丈夫です。おしゃれで格好いいから、ソフトクリームだっておしゃれの道具のひとつになりますよ」

「なるもんか」

「そうかなぁ」

そのまま黙って、二人で建物の壁に寄りかかったままアイスを食べる。見るともなく目の前の人波を眺めていたら圧迫感にくらくらし始めて、高野は視線を空に飛ばした。

子供が手を離してしまったのか、銀色の風船が飛んでいた。薄く霞んだ青い空に、午後の陽光をきらめかせながら流されていく。

ふと気がつけば、渉も同じものを見ていた。

「欲しいか？」

尋ねれば、驚いて高野を見上げる。困ったように笑って、いいえと渉は首を振った。

「高野さんは、僕が何かを見ているといつも『欲しいか』って聞きますね。僕、そんなに物欲しそうな顔してます？」

「いや、なんとなく」

渉は高野から目を逸らして、また風船を見上げる。

「たしかに子供の頃は欲しかったけど、今はもう欲しいとは思いません。だって、――すぐ萎《しぼ》んじゃうでしょ」

「まあね」

渉は高野を見上げて少し笑った。どことなく切なそうに。

そしてすぐまた風船に顔を向ける。

「高野さんは？」

「ん？」

「高野さんは、なにか欲しいものはないんですか？」

「俺か」

高野は考える。

だけど、思い巡らせてみても、どうしても欲しいというものは思いつかない。

「ないな」

呟けば、渉は「ですよね」とため息をつく。

「高野さんはお金持ちだから、なんでも手に入りますもんね」

すごいなあ、とため息混じりに言う。

その瞬間に思いつく。

高野がどうしても手に入れられないもの。どれだけ欲しいと願っても叶《かな》わないもの。どれだけ金があっても買えないもの。

だけど、愛、なんて言葉は口には出せなかった。

好きになった相手には、いつも誰か別の一番がいる。高野が欲する気持ちを返してくれることは絶対にない。

信田の横には智美がいる。結婚式の時の幸せそうな顔が頭に浮かぶ。

そして次の瞬間、

——渉の顔が浮かんだ。渉の隣に立つ腹の膨らんだ女のシルエットとともに。

どきりとする。

思わず隣の少年に視線が飛んだ。渉は変わらずに風船を見上げている。

高野は渉を凝視《ぎょうし》する。

どうして渉の顔を思い浮かべたのか。

思わず鳥肌が立った。人波に酔ったように頭がくらりとする。

まさか、と思う。だって、渉は、ただの気晴らしのためのおもちゃだ。

瞬きもしないで自分を見つめている高野に気付き、渉が高野を見る。どうしたんですか、というようににこりと笑った。

ばくんと心臓が跳ねた。

一瞬で上がった体温に、高野は自分でも気味が悪いくらいに動揺した。


あんな少年のどこがいいんだと自問自答する。

普通の少年だ。歳より幼く見える、大人しい少年。確かにちょっと小ぎれいで高野の好みの顔はしているが、女だったらもっときれいなのが山ほどいる。ましてや渉は男だ。信田を好きになったのは、信田だからだ。信田以外の男に惹かれたことはない。実際、これまでの高野の恋人は全部女で、無理して女と付き合っていたという気もまったくない。時々気まぐれに男を抱くことはあったが、それはあくまで気まぐれでしかなく、酒飲みがちょっと変わったつまみを欲しがった程度のものだ。決して、それを本気で食べたかったわけではない。

ぐるぐると自分への問いは巡る。

いつまでも答えが出ないのは、否定しようとするそばから、自分の無意識が渉の存在に反応するからだ。

渉の笑顔を思い出すと体温が上がる。

ふとした拍子に、五日も前のテーマパークでの渉の様子が、まるで映画の一場面のように鮮やかに頭に浮かぶ。

渉の弾んだ声。上気した頬。驚きに瞠《みは》られる澄んだ瞳。空を見上げる横顔。振り返った笑顔。

そうすると高野の意識は一瞬、ふわりと自分を離れる。あの日の埃《ほこり》っぽい空気まで蘇り、その埃っぽさの中で清涼剤に触れたように気持ちが爽《さわ》やかになる。

「高野」

「ん？　ああ」

顔を上げれば、呆れ顔の信田が隣に立っていた。

「ああ、じゃないよ。お前、真剣に考えてる？」

「――ごめん、なんだっけ」

信田が派手にため息をつく。

「次回発注の話。三ヶ月後には他のメーカーが同様の機種を出すことが分かってるんだから、あまり大量に作ると在庫を抱えるぞってこと。智美の話聞いてた？」

「あ、ああ。聞いてた」

「聞いてるだけじゃなくて、意見も求められてるんだよ」

苛立った様子の信田が席に戻る。智美がちらりと高野を見た。

「今週入ってからずっと変なのよね。週末に何かあった？」

「べつに」

「ほら、その答えが変。普段の高野君なら『あったけど言わない』ぐらいは言うのにね」

思わず顔をしかめる。

そこまで観察されていたなんてと、鬱陶《うっとう》しさが膨れ上がって、ため息が出そうになった。

「あんまり観察しないでよ、智美ちゃん」

「したくなくても目に入るんだわ、それが」

半ば本気の抗議もあっさり聞き流した智美が、眼鏡をかけ直してまたパソコンのディスプレイに視線を戻す。

「とりあえず、今日はもう結論出ないわね。発注は来週月曜日だから、もう少し落ち着いて考えましょうよ」

智美の言葉を合図に、信田が黙って腰を上げる。テーブルについた手の乱暴さが信田の苛立ちを示していた。火がついていないタバコを口にくわえて高野を指差す。

「それ、高野に宿題だからな。関連商品の開発の見込みで大きく数字が変わるんだよ。開発予定、明日聞かせろよ」

「——ああ。分かった」

思わずため息が出た。

開発予定なんて立っていない。アイデアが浮かばないのだ。

信田が閉めたドアが音を立てる。

頬杖をついて智美を見る。

「信田、苛立ってるな」

智美が小さくため息をついた。

「まあね。他社がどんな形態で出してくるか全然分からないから。うちと同じ感じで出てくるならいいけど、ほら、大手警備会社も参入してくるって分かったじゃない。システム的にやられると太刀打《たちう》ちできないし」

「ああ、確かに」

逃げる側の厳しさを今、高野たちは心底味わっていた。追うほうがよほど楽だ。

「信田、家でもあんな感じ?」

「まあ、あんなものよ」

いったん答えた後に、智美はちらりと信田が出ていったドアを見て「もっと凹《へこ》んでるかな」と言葉を繋いだ。少し声を潜めて。

「凹む?　どうして」

智美に釣られて控えめな声になる。

「この装置って高野君のアイデアでしょ。高野君一人の力でできたものに、自分はただ便乗しているだけだという負い目があるのよ。これまでは『高野はすごい』で済んでいたものが、今こうやって追い詰められて、自分が何もできないことをすごく思い知らされているみたい」

「そんなことないよ」

思わず高野は智美の言葉を遮っていた。

「たしかに、しょっぱなのアイデアは俺だけど、商品化は信田だ。信田がいなかったら、ここまで売れる商品にはならなかった。それ以前に、俺一人じゃ商品にもなっていないよ。特許を取ることを思いついたのは信田だ。智美ちゃんだってそう思うだろ?」

智美は肩を竦める。

「でも、信田君はそんなふうに思ってないわよ」

高野は席を立った。

「信田のところに行ってくる」

智美が行ってらっしゃいとぶらぶら手を振る。

ドアノブに手をかけて、ふと思いついて高野は智美を振り返った。

「智美ちゃんも欠かせないよ。智美ちゃんがいなかったら、会社として維持できてない」

「ありがとう」

にこりともしないで智美は言った。

「そう思ってもらえているなら救われるわ」

ドアを開けた瞬間に、壁に寄りかかっていた信田と目が合った。

「なに人のこと話してるんだよ」

「――信田」

眼鏡の向こうから睨《にら》むように高野を見る。

「信田。本当に、信田がいなかったら、うちは成り立たないよ」

「そんなわけない」

信田は一言の元に却下した。

「高野の発明がなければ今の状態はなかった。だけど、営業だの経理だのなんてのは俺たちじゃなくてもできる。そういうことだよ、高野」

吐き捨てるように信田は言った。

「そんなこと……」

「俺には高野みたいな才能はない。新しく作り出すアイデアもなければ、それをより良くする方法も見つけられない。頭の出来が違うんだよ。研究室にいた頃から、高野は頭ひとつ抜きん出ていたじゃないか」

信田が高野を見る。その目は、睨んでいるようにも縋《すが》るようにも見えた。

高野は言葉を返せない。自分が信田より優れていると思ったことはない。研究という点では確かに自分のほうが要領が良かったと思う。だけど、信田は高野が持っていない柔軟性を持っていた。だから、使う側の立場に立って商品化なんてことができたのだ。

高野は信田を尊敬している。すごいと思っている。それを伝えたいけど、どう喋っても信田には逆に取られそうで、高野はその気持ちを言葉にすることができなかった。

何も言わない高野を、信田は眼鏡の向こうから睨みつけた。

「俺には高野みたいな才能はない。高野にしかできないんだよ。だから、真面目《まじめ》に考えろよ。考えてくれよ……！」

言い捨てて、信田は部屋の中に戻っていく。

廊下に取り残された高野は、動けないまま床のカーペットを見つめていた。


喫煙ブースでタバコを五本も六本も吸ってから高野は事務所に戻った。

信田は高野を見ない。高野が自席の前で足を止めてじっとしても信田は顔を上げなかった。高野が見ていることを感じているのだろうに。

席につき、パソコンを立ち上げる。これまでつらつらと考えた次期商品のメモを眺《なが》める。だけど、かけらすら頭に入ってこない。

高野を完全に無視した信田のキーボードの音が耳に突き刺さる。

胸がきりきりと痛かった。息が苦しい。

高野は信田と対等のつもりだった。信田を自分より劣っているなんて考えたことは一度もない。いつでも肩を並べていると思っていた。得意不得意は誰にでもある。だけど、自分たちはそんなことを超えてバランスを取れていると思っていた。

信田の言葉が刺さっている。言葉の後ろにある、信田の劣等感が高野を切りつける。「俺がソフト面、お前がハード面。適材適所で、俺は営業を頑張るからお前は開発を頑張れ」とでも言ってくれれば良かったのだ。そう言ってほしかった。

気付けば奥歯を噛み締めている自分がいる。マウスを掴む右手は動いているが、現れた画面の意味はほとんど頭に入らない。

息が震える。喉が引きつって痛い。

渉の笑顔なんかに浮かれていた自分がバカみたいだと思った。そんなことをしている場合じゃなかったのに。一番大切な信田を、絶対になくしたくないパートナーを苦しめてまで何をやっていたのだろうと思う。

信田にあんなことを言わせたのは自分だ。信田は人並み以上にプライドが高い。温和に見えて見栄っ張りだ。見栄を張るために、こっそり努力して上ってくるのが信田だと高野は知っていた。そんな信田に、あんなことを言わせた。一体どれだけ彼を傷つけたのか、自分は。

誰が言い出すともなく、事務所は定時の六時で閉めた。ここのところの状況からは考えられない時間だった。

帰り道、二人と別れて一人になってから、高野は渉の携帯に、今週末は会えないという内容のメールを送った。

その翌週も、高野は渉に会わなかった。

渉の存在をあえて頭から押し出して、強引に商品開発に没頭させた。昼も夜も、呪文のように新規商品のことだけを考えた。

だけど、考えれば考えるほどアイデアは浮かばず、苛立ちばかりが募る。自分の不甲斐無さにテーブルを叩きたくなったのも一度や二度ではない。でも、高野は結局それは一度もしなかった。信田や智美の前でそんな自分を見せることはできない。

頼られているというプライド。信田と智美に頼られている以上、自分が自棄《やけ》になることは許されないと高野は感じていた。三人で沈没するわけにはいかない。

そしてそれ以上の、見捨てられる恐怖。もし尊敬するような価値が自分にないと知ったら、信田はどうするか。信田が自分を見上げているのなら、高野は見上げるに値する人間でいるしかない。そうでないと信田はきっと離れていくという恐怖が、高野を呪縛していた。

考える。アイデアをひねくり回す。昼も夜も。

だけどアイデアは出ない。

夢の中でも設計書と格闘し、最高のアイデアができたと目を覚ませば、それは既存のたいして面白くもない考えだったりもした。夢の中での喜びが大きかったぶん、目覚めたばかりだというのにぐったりと疲れて沈み込む。

そして、高野は自分の底を思い知らされる。

所詮『なくしません』のアイデアだって、単なる思い付きだ、と投げやりに思う。大学院で好き勝手に研究している時に偶然頭に浮かんだだけ。今思えば、事故みたいなものだったのだ。

「才能なんか……」

最初からなかったんだ、と呟いた言葉は昼間の閑散とした電車の中で車両の音にまみれて散った。

空いているのをいいことに斜めに座り、背もたれに肘をついて車窓の向こうを眺める。得意にしてくれる顧客に会ってきた帰りだった。

自分の親ほども歳の離れた会社役員を相手に大人の態度で応対する。自信たっぷりに商品を売り込んできた代償は、地に沈み込みそうな落ち込みだった。自分の無能さをひしひしと感じている時だけに、疲労は重石のように高野に伸し掛かっている。

窓の外は晴れていた。目が痛くなるほどの爽やかさだった。春の若い緑が流れていく。

気付けば高野は電車を降りていた。

改札を抜けて立ち止まる。

初めて降りた駅だった。

事務所に戻らないと、という考えも頭に浮かんだが、足は駅には向かわない。

そんな自分に、高野は自分が事務所に居続けることに疲れていたことを知る。

この二週間、信田と高野はぎくしゃくしたままだった。普通に会話はする。だけど、漂う雰囲気は以前とはまるっきり違う。同じこと、例えば趣味のことなんかを喋っていても、その色は微妙に、でも確実に異なっていた。

喋れば喋るほど、噛み合わなさは薄い埃のように積もっていき高野の呼吸を苦しくする。最近は、ちょっとした会話を口にすることすら喘ぐような勇気を必要としていた。

通りに出れば、昼過ぎの陽光が頭の上に降り注ぐ。

——このまま休んでしまおうか。

高野はまぶしい空を仰いだ。白い太陽が目を焼き、視界にいくつもの黒い穴を作る。疲れた目に太陽の光が突き刺さる。マゾのように高野はその脳裏《のうり》に響く痛みを味わった。

——もう、いいか。

事務所に戻る気持ちは陽光に焼かれて消えた。このまま帰ろうと決める。

それでも、信田に呆れられたくない気持ちが高野を中途半端に引き止める。一応午後の予定を確認しようと、高野は上着に入れていた手帳を取り出す。

だけど白い手帳のページには網膜《もうまく》に焼きついた黒い点が飛んでいて ひと目では見られなかった。思わず目を眇《すが》める。

「高野さん？」

思いがけない声を聞いたのはその時だった。

振り返れば、黒い点の合間を縫って、スーパーの袋をぶら下げた渉がいた。

驚きに動きを止めた高野の前で、お久しぶりです、と渉が頭を下げる。

その顔は黒点に邪魔をされて見えない。高野が幾度か瞬きをする間に渉が歩み寄り、その顔に柔らかく浮かんでいた微笑みを見つけた途端、高野の息が一瞬詰まった。体がじわりと温かくなる。瞳の奥がずきりと痛んだ。

「――今日は郵便局は？」

高野は、自分の声が震えそうなことに気付く。

「今日は午前中だけだったんです。だから、買い物して帰るところです」

渉は両手のスーパーの袋を少し持ち上げて見せた。ねぎの束が大量に頭を覗かせている。

そのほかにも、かぼちゃや青物などの野菜が透けて見えた。

「ねぎ」

「特売日だったので買い溜めしちゃいました。ねぎはけっこう長持ちするじゃないですか」

ねぎが長持ちするかどうかなんて高野は知らない。ほとんど料理はしないし、自宅で食べる時はコンビニや弁当屋で買ってきたものを広げることが多い。かろうじて、食パンに惣菜《そうざい》やハム、チーズを乗せてオープントーストにするくらいだ。

「ちゃんと料理してるんだな」

彼女がです、と渉は少し笑いながら言った。

高野の息が詰まる。渉が同棲していることを改めて思い出す。

「彼女はちゃんと名前のある料理を作ってくれるんですけど、僕は本当に適当にしかできません。——高野さんはお仕事の途中ですか？」

「ああ、まあ」

ごまかすような口調になった。さぼりに電車を降りたとは言えなかった。

小さく咳払いして「でも、もう今日は終わったんだ」と言い訳のように付け足す。

ふと、車窓から見えたあの公園に渉と行きたいと思った。若葉の下を渉と歩きたい。

「渉は用事ある？」

尋ねてから、いかにもホテルに誘うような響きになってしまったことに慌てて、「そこの公園に付き合わない？」と言葉を繋げる。

「公園？」

渉が振り返る。だけど、駅前からは、線路沿いの公園の緑の木々は見えない。

「電車から見えて、あまりにきれいだったから、つい電車を降りてしまったんだ」

「中央公園のことかな」

いいですね、と渉は斜め後ろを振り返ったまま笑った。その横顔に瞳が吸い寄せられる。

「でも、公園に行く前にちょっとうちに寄っていいですか？　冷蔵庫に入れなくちゃいけない生ものとかがあるので。公園のすぐそばなんです」

「ああ、もちろん」

柔らかい渉の声が、萎《しお》れた高野の気持ちを撫でていく。その声は魔法のように高野の胸の奥の痛みを和らげる。あんなに冷えていた指先がいつの間にかじわりと温かくなっていることに気付いて、高野は目を閉じてそっと息をつく。閉じた目の奥に渉の微笑みが浮かんで消えないことに、高野は唐突に胸が痛くなった。

それは、先ほどまでとはまた違う痛みだった。


そのアパートは、駅前のオフィス街の細道を一本入ったところに唐突に現れた。

まるで昭和レトロの映画にしか存在しないと思っていたくらいの古びた平屋のアパート。

その向かいには十何階か建てのビルの裏口。そのまま視線を上げれば、金色がかったガラス張りの窓が空に向かってそびえたっている。華やかな駅前通りのすぐ裏手、近代的なオフィスビルの横の細道を入ったところにこんなものが隠れていることが信じられなくて、思わず目を疑ったくらいだった。

アスファルトも敷かれていない細道。古いがさがさしたコンクリートがひび割れて浮いていた。裾《すそ》のベニヤがはがれかかっている四つの扉の前に、発泡スチロールの入れ物を植木鉢に仕立てて緑の植物が植えられている。植物に興味のない高野に分かったのは、金の成る木とシソのような植物一種類だけだった。人の背丈ほどの木が、植木鉢を割って這《は》い出した根をコンクリートの割れ目から地面にもぐり込ませている。

鍵はすでに壊れているのか、取っ手にかけた南京錠《ナンキンじょう》を外して渉はドアを開けた。

「どうぞ上がってください」

恥ずかしいくらいぼろぼろなんですけど、と言葉を続けながら渉が高野を手招く。

薄暗い、人が二人も立てないほどの土間で靴を脱ぎ、膝ほどの高さの玄関に上がる。

暗さに目が慣れたあとに見えてきたのは、あまりに小さな家の中だった。

とにかく狭い。板張りの二畳《にじょう》ほどの台所がすぐ脇にあり、奥に四畳半ほどの畳《たたみ》の部屋。そのまた奥に六畳ほどの和室があり、その向こうに窓がある。壁には統一感のない年季の入った和ダンスやカラーボックスが置かれ、細長い部屋をいっそう細く狭く見せている。まるでウナギの寝床のような家だと高野は思った。

拾ったのか貰ったのか分からないが、どう見ても渉の年齢以上は使われていそうな折り畳みのテーブルを四畳間の真ん中に出し、渉は高野に冷たいお茶を出した。

「ちょっとすごいでしょ」

思わずきょろきょろとしてしまっていた高野に、渉は恥ずかしそうに言う。

「ここって、築どのくらい？」

「五十年くらいだそうです。でも、だから家賃も破格で」

「地震起きたら潰れるんじゃない？」

「大地震が起きたら、まずだめでしょうね」

あっさりと言いながら、渉はこれまた古い小さな冷蔵庫を開けて、スーパーの袋の中身を手際よく片付けていく。

高野はお茶に口をつけた。麦茶だった。ペットボトルではない、淹《い》れたお茶の味がする。

あまりにも物珍しくて、じろじろと見るのをやめられない。

そのうちに、雑然としているように見えた壁際のものが、実はきれいに整えられていることが分かってきた。菓子箱やティッシュボックスが引き出しのように差し込まれ、壁には紐《ひも》を張って、洗濯ばさみでメモや小物がぶら下げられている。最初は気付かなかった生活感が徐々に見えてくる。

高野は思わず、正反対の自分の実家を思い出した。

高野は三人兄弟の真ん中だ。兄と妹に挟まれている。サラリーマンの父と専業主婦の母。遅くにできた三人の子供たちは、金銭的にも環境的にも何不自由なく育った。新興住宅街の一軒家《いっけんや》。母は家をきれいに整えて家事を完璧にこなし、ちょっとしたおやつを準備して子供たちが学校から帰るのを待った。高野は、母親というのは必ず家にいるものだと思って育った。贅沢《ぜいたく》ではないが、ごく標準的な幸せな五人家族。

母も戸棚の中に箱を入れて物を分けていた。だけどそれは、扉を閉めてしまえば見えなくなるもので、高野の家のリビングも台所も、いつ誰を呼んでも平気なくらいに明るく清潔に整っていた。

その家に落ち着かなさを感じ始めたのは中学生の頃だ。

気付けば、帰宅した父は真面目な兄と語りに入るのが多くなり、母と妹はいつも女同士の話で台所で盛り上がって明るい笑い声を立てていた。高野は、徐々に家で居場所を失い、自分のことを話さなくなっていった。

何か聞きたいことがあっても、兄のように上手《じょうず》に父に質問できない。どうしても気負ってしまう。妹のように無邪気に問いかけることもできない。高野は自分で辞書を引き、参考書を読み、高校で百科事典で調べ、インターネットで検索することを選んだ。日々生じる疑問は全て自分で答えを探して、悩みがあっても自己解決する癖《くせ》がついた。

大学生になり一人暮らしを始めた時に、高野は一人はこんなに楽なのかと驚いたのだ。気持ちも生活も。初めてのびのびと高野は両手を伸ばした。

居心地のいい大学生活をやめるのが惜しくて大学院に進み、そして会社を立ち上げた。それが三年前だ。

高野はもう実家では生活できないと思っている。決して自分の家族を嫌いなわけではない。だけど、自分にあの場所は合わないのだと感覚的に納得していた。

ふと気がつけば、渉は窓側の和室で洗濯物を取り入れていた。

窓の外に手を伸ばす渉の影が床で躍る。

高野は頬杖をついて、揺れる影を眺めた。

「コーヒーのほうがいいですか？」

唐突に声をかけられて驚いて顔を上げれば、洗濯物を抱えた渉が高野を振り返っていた。

「麦茶よりもアイスコーヒーのほうがいいのかなと思って。そんなこと言ってもインスタントしかないんですけど」

「あ、いや、これでいいよ」

慌てて麦茶に口をつければ、渉が高野を見たまま動きを止める。

窓からの光が逆光になっていて、渉の表情はよく見えない。だけど、見つめられていることは分かる。居心地の悪さを感じだした頃、渉がぽつりと呟いた。

「大丈夫ですか？」

「え？」

唐突な言葉に、高野はつい「何が？」と問いかけていた。

「かなりお疲れみたいなんで。ここのところずっとお仕事が忙しかったんですよね」

渉の言葉に、自分が仕事を理由に週末の逢瀬をキャンセルしていたことを思い出す。確かに忙しかった。だけど、渉と会う時間が取れないほどではなかった。渉と会わなかったのは、仕事に集中するためだ。

後ろめたさがちくりと高野を刺した。

「ああ。ずっと忙しかった」

あえてはっきりと言い切る。

「少しはマシになったんですか？」

「そうだな」

歩み寄ってきた渉が「良かったですね」とふわりと笑った。高野の心臓がとくりと音を立てる。

洗濯物を畳の上に置いて、渉は高野の向かいで少し腰を屈める。

「高野さん、痩せました？」

「そう？」

「なんとなくそう見えます。ああ、光の加減なのかな。すみません、そういえば電気もつけてなかった」

涉が紐に手を伸ばして天井の電気をつけようとする。「つけないでいいよ」と高野は思わず立ち上がっていた。涉が驚いたように動きを止める。

「このままでいいよ」

高野は繰り返した。

「なんとなく、落ち着くから」

涉の顔が高野の前にあった。黒目がちの瞳がまっすぐに高野を見上げている。その瞳が思いがけず近くて、高野は少し息を詰めた。

紐を摑んだ姿勢のまま、涉は少しだけ微笑んだ。まつげの長い大きな目が心持ち細くなる。柔らかく、温かく。

それは突然の衝動だった。

気がつけば高野は涉を抱きしめていた。

脛《すね》がぶつかったテーブルの上でグラスの中の氷がカランと音を立てた。

「高野さん？」

戸惑う涉の声が耳のすぐそばで聞こえる。その頭を高野は自分の肩に押し付けた。

涉の体は少し湿って、温かかった。涉の温《ぬく》もりが染みて、高野は自分がどれだけ冷えていたのか気付く。熱を中和させるように、高野は静かに涉の背を両手で覆った。

渉がかすかに体を硬くする。

息を潜めて、高野は柔らかい髪の毛に頬を寄せた。小動物の背に顔をうずめるように。

高野はそのまま動かなかった。渉もじっとしている。

しばらくして、渉の背のこわばりが徐々に柔らかくなっていくのを高野は感じた。

それにつれて自分の腕の力も少し緩む。渉の肌の匂《にお》いがかすかに届き、深呼吸をするようにその香りを吸い込めば、肩の力がすとんと抜けた。

カラン、と氷が音を立てる。

「……高野さん？」

「ごめん、このまま。もう少し」

少し上げかけた渉の頭を高野はまた自分の肩に寄せる。

抵抗を感じたのは一瞬で、渉はことんと高野の肩に頭をもたせかけた。

渉は何も言わなかった。

ただお互いにもたれかかって、静かに息をつく。

渉の呼吸を高野は感じる。瘦せた背がゆっくりと高野の腕の中で膨らんだり萎んだりする。

規則的なそれは、高野の高ぶりも緩やかに静めていく。高野は、自分を苛んでいた乾いたかさぶたが細かく砕かれて落ちていくのを感じていた。

このまま放したくない、と思う。

かつかつと慌ただしい足音が耳に入ったのはその時だった。「あ」と小さな声を出して、渉が高野の肩を押して身を離す。するりと冷たい風が間に入り込んだ。

唐突に訪れた空虚さに思わず呆然《ぼうぜん》とした高野の耳に、玄関のドアが軋《きし》む音が届く。

「ただいま、わた君。——あ、お客様?」

銀行で見た彼女だった。

「おかえり、香代《かよ》ちゃん」

振り返って答える渉の横で突っ立ったままの高野の目が、思わず彼女の腹に向く。だけど、今風の膝上丈のワンピースのウエストあたりは、たいして膨らんでいるようには見えなかった。

「え? 高野様?」

靴を脱ぎながら、香代子《かよこ》が素っ頓狂な声を上げる。

その声は、銀行のカウンターの向こうで耳にした時よりも、子供じみて聞こえた。かすかにちりっと体の奥が熱くなる。

「なんで知ってるの?」

「だって、高野様、うちのお得意様……。うそ、いやだ、こんなぼろぼろな家に」

「お邪魔してます」

焦りまくる香代子に、高野は笑顔で頭を下げた。大人の態度を取れば、大人の自分がたちまち戻ってくる。高野は床に置いてあったスーツの上着を取り上げた。

「やだ、わた君。お茶しかお出ししてないの？　連絡くれれば何か買ってきたのに。すみません高野様」

「いいえ、僕のほうが突然お邪魔しちゃったんで」

「でもそんな。わた君、座布団《ざぶとん》くらい出そうよ」

「あ、そうだったね。ごめん」

「私に謝るんじゃなくて。ああもう、すみません高野様」

高野は、ひどく冷めた目で二人を眺めていた。

この二人が夫婦なのだ。まだ結婚はしていないけれど、この娘の腹の中には渉の子供がいる。

帰るぞ、と心の中で自分に言う。彼女が帰ってきたなら自分は完全にお邪魔虫だ。高野はすいと目を逸らした。

おたおたして押入れを開ける香代子に「お気になさらずに。もう帰りますから」と笑いかけて玄関に向かう。

「え？　もうお帰りになるんですか」

香代子が高野を見上げる。目が合ってしまった。美人ではないが、表情豊かな人好きのする顔だと思う。そう思った途端、背中がきしりと痛んだ。

「あ、僕も行きます」

　渉が高野に走り寄る。

「なんで」

　思わず問い返してしまう。

「公園に行くんですよね」

「もういいよ、それは。彼女も帰ってきたんだし」

　渉の律儀さに高野が苦笑すれば、渉は「僕も行きたいんで」と笑った。その笑顔に、さっき軋んだ背中がほわりと温かくなる。あまりにも分かりやすい自分の反応に、高野はかすかに顔をしかめる。

「いいよね、香代ちゃん」

「公園？　どこの？」

「線路沿いの中央公園」

「ああ、うん。行ってらっしゃい」

　にっこりと笑って、彼女は高野をまっすぐに見た。渉とどこか似たまっすぐな笑顔に思わず息を呑《の》んだ高野に、彼女は「さっき通ってきたけど、まだ一本だけ桜が咲いてましたよ」と言葉を繋げた。

「え？　まだ咲いてたの？」

涉が振り返る。

「うん。ぼけてるよね、あの子相変わらず」

くすくすと香代子が笑った。

行きましょう高野さん、と涉が高野を呼ぶ。

「ぼけてる桜をお見せします」

そのしだれ桜は建物と建物の隙間《すきま》にいた。

建物の陰で日光もほとんど当たらず、加えてきっと、建物の間を吹き抜ける風も強いのだろう、瘦せた幹を傾け、公園の方向にだけ不自然に枝を伸ばしていた。他の桜がすでに新緑を茂らせる中で、暖かくなった今ようやく咲かせた濃い桜色は不思議な存在感で浮かび上がっていた。

桜が斜めに見えるベンチに腰を下ろす。日陰の桜に申し訳ないくらいにたっぷりと太陽の光が降り注ぐベンチだった。

目の前には、黄色い帽子を被った小学校帰りの子供たちがランドセルを背負ったまま駆け回っている。集団下校なのか、長く伸びた十人くらいの列はなかなか進まない。茂みに落ちている木の枝を拾って地面に長い線を描いてみたり、その棒でちゃんばらごっこを始めたり、女の子たちはじゃんけんをしながら進んでいる。

「チ、ヨ、コ、レ、イ、ト！」

言葉の数だけステップして前に進む。またじゃんけん。列は遅々として進まない。

そんな子供たちを、渉はベンチに浅く腰掛けて見ていた。少し細くなった目がとても優しそうに見えて、高野はふいに、渉のもとに生まれる子供は幸せになるだろうと思った。

子供が振り回していた黄色い帽子が、遠心力でその手を離れて高野と渉のすぐ前まで飛んできた。くすりと笑った渉が席を立つ。帽子を拾い、軽く叩いて砂を払って、走ってきた子供に手渡す。

子供が何を言ったのか、渉は吹き出すように笑った。笑いながらその子の頭に帽子を乗せ、手を振って見送る。

高野はそんな渉を目を眇めながら見ていた。まぶしかった。

太陽が当たっていてまぶしいわけじゃない。渉自身がまばゆかった。

普通の渉。健康的な、人のいい、まっとうな少年。声を出して笑い、気負いなく子供たちと接する。これが本当の渉なんだろうと高野は思った。

高野の知っている渉は、泣く渉。顔を歪める渉。堪える渉。そして、控えめに窺うように微笑む渉。日陰に咲く花、そう、あのしだれ桜のような少年。

そんなふうにしているのは自分なんだと思った途端、かすかに息が苦しくなった。

「どうしました？」

戻ってきた渉が高野の隣に腰を下ろす。

「いや、べつに」

「やっぱりお疲れみたいですね」

「ああ、まあ」

会話が途絶える。

渉がベンチの背に寄りかかり、高野の背も一緒に揺れた。

桜を見るふりをして渉を見る。

渉は左手で髪をかき上げながら、子供たちを見ていた。痩せた顎《あご》がくっきりと見える。紺《こん》色《いろ》のTシャツから色白の襟元が覗いている。どきりとした。細い首を抱き寄せて唇を寄せたくなる。

だけど、渉の表情に目が行った瞬間、高野は思わず目を瞠った。渉は子供たちではなく、その向こうの空を見ていた。その表情に、高野は怖いくらいの衝撃を受けた。

透明、という言葉が唐突に頭に浮かび、でもすぐ高野は否定した。そんな簡単な言葉じゃない。透明なだけじゃない何か。その何かが高野を吸い寄せる。

心臓がどきどきと鳴り出し、首筋にじわりと汗が湧く。どうしようもなく動揺し、気持ちが地に足つかない。渉を見ていられなくて、高野は視線をベンチに落とした。

体を支える渉の右手が高野のすぐそばにある。腿《もも》の上にある左手を落とせばすぐに触れられるくらい近くに。高野は、自分の左手が渉の指先を求めるのを止められなかった。

中指で渉の小指に触れる。

渉の小指はかすかに揺れた。驚いたように引っ込めようとするのを、とっさに握って押さえる。

高野は渉の顔を見られなかった。ただ、自分の手に握られる渉の細い小指を凝視していた。

「高野さん？」

高野は答えなかった。

指を離さない高野に、渉は少し微笑んだのかもしれない。高野に小指を摑まれたまま、手をベンチの上に戻す。まるでそれは、駄々っ子にしがみつかれた姉が苦笑しながら言うことを聞くような仕草に高野は感じられた。それでも、高野は泣きたいくらい安堵《あんど》した。

細い小指が高野の手の中にある。強く握れば折れてしまいそうな指。だけど、高野には絶対にそんなことはできない。むしろ、手のひらで小鳥の雛《ひな》を守るように、大切にそっと守りたい思いにさせる。

子供たちが通り過ぎていく。

あんなに進まないと思っていた子供たちの行進は、渉の小指を握った途端にスピードが速くなったように思えた。

小指なのに熱い。高野の手のひらが湿っていく。

汗なんかかいた手は、渉は気持ち悪くないだろうか、唐突にそんな考えが頭に浮かび、高野は渉の小指を握る手をほどいた。自分のズボンで手のひらを拭き、今度は渉の四本の指の上に自分の指を乗せる。

渉の指に触れるその瞬間、高野は自分の心臓の音を聞いた。怖いくらい速く鳴っていた。指に触れて安堵し、そのまままた握りたい衝動に駆られ、自分が、渉の手が逃げることを怖がっていたのだと気付く。

ちらりと渉の顔を見上げる。高野が触れる自分の手を渉も見ていた。どきりとして目を逸らし、高野の目も手に戻る。

高野はそろりと手を動かして、渉の手の甲に中指で触れようとする。

たったそれだけのことに、ものすごく勇気が要った。ようやく届いた指で渉の手の甲の骨を辿《たど》る。

ゆっくりと、そっと撫でる。止められない。

子供たちのランドセルが見えなくなり、公園にはベビーカーを押した二組の親子連れしかいなくなった。楽しそうな声のトーンだけがかすかに届く。

高野が撫で続ける手を、渉が眺めている。高野もその手を見つめている。渉と高野の視線は、重ねられた二つの手の上で繋がっていた。

動悸は徐々に治まっていくのに、高野の息は苦しくなる。梢《こずえ》を揺らす風が高野の首筋に触れ、その涼しさに高野は自分が首筋にも汗をかいていることを知った。ああ、額にも汗をかいている。熱い。のぼせそうだ。

親子連れが移動を始め、声が遠ざかっていく。

公園には高野と渉だけが残された。

高野の指の動きが止まる。

二人きりになってしまい、わけもなく高野は動揺した。

柔らかい風が梢を揺らす。時折、電車が通る音も聞こえた。穏やかな午後なのに、高野は穏やかでいられない。風が止まり、高野の周りに熱い空気の層ができていく。

渉の手を握りしめたい。腕を引いて抱き寄せたい。首筋に唇を寄せたいと切実に思う。ああ飢えている、と自分の今の状況を分析する。

「高野さん」

渉が囁くような声を出したのはその時だった。

高野は飛び上がりそうに驚く。

「ホテル行きます?」

渉は微笑んでいた。

渉の言葉に息を呑み、そしてその直後に、自分の欲求を見破られていたことに気付いて高野は羞恥《しゅうち》で一気に耳まで赤くなった。

高野は渉の体に溺れた。

ほぼ三週間ぶりの渉の体は甘かった。

縋るように、むしゃぶりつくように、高野は渉を食らった。優しくしよう、感じさせようなんて渉を気にかける余裕もなく、ただ自分の飢えと渇きを癒《いや》すためだけに渉を食らい尽くした。

無茶苦茶だった。渉が声を上げていたのか、どんな表情をしていたのか、嫌がったのか切ながったのか、感じたのか、高野にはまったく記憶がない。

ようやく自分を取り戻した時、高野はさなぎのように丸くなる渉を胸に抱いてベッドに転がっていた。渉の髪に顎が触れる。額を高野の胸に押し付けられた渉は少し息苦しそうだった。足を絡ませ、抱き枕というよりはむしろ、全身で丸太にしがみつくように高野は渉を抱いていた。

息が荒い。

疲労感と、でもそれ以上の満足感が高野を満たしていた。渉の髪に頬を摺《す》り寄せる。髪は湿っていて、渉の匂いがした。胸いっぱいに吸い込む。

ゆっくりと息を吐いて、高野は渉を抱きしめていた腕をほどいた。胸を離し、濡れて額に張り付いた渉の前髪を指で梳《す》いてかき上げる。渉が目を開けて高野を見上げる。目が合った。渉がふわりと笑った。高野の心臓がどくんと音を立てる。

「ごめんな」

高野は呟いた。

渉が不思議そうに瞬きをする。なにがですか？　と尋ねた声は掠れていて、高野は顔をしかめる。自分の蛮行を思い知らされた気分だった。

「なんか、無茶苦茶だっただろ」

また目を瞬いてから、渉はくすくすと笑い出した。

「なんだよ」

「いえ、あまりにも高野さんらしくない言葉だったから」

言われて昔の自分を思い出し、それもそうだと口を閉じる。出合った頃の渉に自分は何をした。あえて、わざわざ苦しめて痛がらせて泣かせた。バツの悪さに頭をかく。

大丈夫です、と渉は目を伏せて少し笑った。

「高野さんは？」

問い返されて高野が戸惑う。

今度は高野が「なにが？」と問う番だった。思わず身を起こす。

「落ち着きました？」

渉の言葉は柔らかかった。

「なんだか、不安定になっているように見えたから。高野さんらしくないというか……」

自分を気遣う渉の言葉に、高野は思わず目を閉じた。温かいと思った。慈しみが体に染みて、優しい毒のように痺《しび》れを回す。高野は枕に頭を落とした。

「――そうだな。ありがとう」

言葉がするりと滑り出た。口に出せば本当に感謝の気持ちが膨れ上がって、思わずまた渉の頭を抱きしめる。髪の毛に顔を押し付ける。

「そんなに忙しかったんですか？」

「うん、まあ、忙しかった。まだ忙しい」

大変ですね、と渉が呟く声が胸元から聞こえる。

「思ったとおりに開発が進まなくて、いらいらして……」

「高野さん一人でやってるんですか？」

「まあ、結局一人だな」

「手伝ってもらったりとか……」

高野の胸が軋んだ。

「俺にしかできないって言われたよ」

「すごいじゃないですか」

高野は口を閉じた。

渉の頭を抱きしめる。縋るような仕草に気付いたのか、渉は何かを言いかけた雰囲気があったが結局何も言わなかった。

腕の中に渉がいる。胸の中に詰まっているもやもやしたそれが「泣き言」というものだということが高野には分かっていた。これまでは、じっとしてそれが静まるのを待った。中学生の頃から、それは高野の常だった。そうすればたいていの「弱い気持ち」は小さく大人しくなったのだ。

だけど、なぜか今回は漏れてしまいそうだった。口元を引き締める。

渉は大人しく抱かれている。

腕の中の渉の髪をゆっくりと梳く。何度も何度も。喉元まで上がってきたもやもやした気持ちをごまかすように手を動かし続ける。

だけど結局それはこぼれた。

「俺とあいつは頭の出来が違うんだって言われたよ」

漏れてしまえば言葉は止まらなかった。

「俺は、そんなふうに思ってなかった。俺は、あいつと並んでるつもりだった。仕事のことも、それ以外も、相棒で親友でパートナーだと思ってたんだ。対等で、二人並んで、競い合っているつもりだった」

　渉は黙って聞いている。高野はその頭をいっそう強く抱きしめる。

「だけど、違ったんだってさ。あいつは俺を見上げてるだけだったんだって」

「――見上げてるだけって、本人に言われたんですか？」

「そう」

　しばらく黙って、渉は「寂しいですね」と呟いた。

　渉の言葉が思いがけない鋭さで高野の心を突いた。一瞬息が乱れる。

「だけど俺は、そんなふうに思ってない」

　振り切るように高野は強い口調で言った。

「信田は俺にない才能を持ってる。柔軟な考え方とか応用力とか。俺よりもずっと、人間的には上なんだよ。……俺はずっと、信田に憧れてたんだ。それなのに」

　言葉がふっと途切れる。

　どうしようもない泣き言が続きそうになる。押さえようと一瞬足掻《あが》き、でもそれはこぼれ出た。

「それどころか、俺の才能こそ勘違いなんだよ。あれは、偶然できただけで、才能なんかじゃない。だから現に、実際、……俺はあの後なにも新しいものを開発なんてしていない。できるわけないんだ、新規商品なんて」

吐き出してしまえば、言葉は事実として形を持ち高野にまとわりつく。胸の底からきりきりと痛くなって、高野は渉の頭を抱きしめたまま固く目を閉じた。唇を嚙む。

渉は黙ったままだった。自分で自分を見捨てた痛みは体の奥から刺すように締め付けるまだが、その沈黙に救われる。自分の世界に嵌《はま》り込みながら、高野は渉の体にしがみついていた。

浅く呼吸を繰り返す。信田と大学で過ごした日々の記憶が次々と頭に浮かぶ。楽しかった出来事のはずなのに、それは切なさを呼び起こした。その合間に、ずっと眺め続けている新規商品のためのアイデアを溜めたノートのページが入り込む。思うように企画が浮かばない鬱屈とともに。

高野を苛むように記憶は浮かんでは消えていく。目を閉じて、唇を嚙んで高野はただそれに耐えていた。

頭の中の人たちの声がうるさくて、現実の音は何も入ってこない。自分の呼吸する音さえも。

どのくらいそうしていただろうか、気付けば、聞くともなくホテルのエアコンの音を聞いていた。腕の中にある渉の体の温もりを意識し、腕に込めていた力を緩める。溜めていた息を捨てるように吐けば、渉も息をつくのが分かった。

「ごめん、渉」

張り付いた喉から最初に出た声は掠れていた。

なにがですか？　と渉が顔を上げる。

「しがみついてた。苦しかった？」

「いいえ」

答えて渉は小さく首を振って笑った。そのまま高野の腕の中に頭を戻す。

腕の中に戻ってきた温もりに思いがけず安堵して、高野はほっと息をついた。

さっきは気付かなかった自分の呼吸を意識する。穏やかだった。渉の肩もゆっくりと上下している。

ああ本当に安定剤だと高野は思う。抱いているだけでこんなに落ち着く。

渉は何も言わない。けれど人形ではありえない。高野は自分が人形を抱いて落ち着く人間ではないことを知っている。

だから、渉は渉だ。きっと、渉だからこんな気持ちになるのだと高野は目の前の痩せた肩をぼんやりと眺める。

渉は、全てを受け入れてくれる気がする。実家にいた時のように、自分の言葉が届かなくてもどかしい思いをすることはない。信田に接する時のように気負いもいらない。智美にはいつでも、見透かされているような居心地の悪さを感じている。だけど、渉に対する時は、不安や緊張を感じなくていいのだ。

悩みは解決はしていない。何ひとつ。

それでも、高野はかすかに楽になった自分を感じていた。

頭の中がすっきりしている。取り留めのなさが薄れた気がする。きっとそれは、渉に会って、渉と触れたからなのだ。

渉を手放したくない、と高野はとうとう思った。

いい鬱憤晴らしのおもちゃだからではない。性欲を満たすためでもない。

自分の心の安定のために渉が欲しいと思った。


身支度を整える渉の後ろ姿を高野は安っぽいソファーに座って見るともなく見る。

細い体だと思う。筋張ってはいないが、肉の少ない痩せた体。背骨のラインがくっきりと見える。あまり食べてないんじゃないだろうかと心配になる。

鏡の中を覗いた渉が、自分を見ている高野に気付いて振り返る。

「すみません、遅くて」

「いや」

高野が先にシャワーを浴びたからそれは当然なのだ。行き当たりばったりに入ったこのラブホテルは、入った後に一度鍵を開けたら精算されてしまう仕組みになっていた。どちらかが先に出て行くということができない。もっとも、高野は今日は先に帰る気はなかった。もっと、渉を見ていたかった。

首筋が細い。ラブホテルの絞った明かりのせいかもしれないが、今日の渉は特に痩せて見えた。

「渉、痩せた？」

渉が顔を上げる。

「そうかもしれません」

渉は苦笑するように言った。

「仕事が忙しいのか？」

高野さんほどじゃありません、と渉は背を向けたまま答える。

もっと食べたほうがいいぞ、という言葉を飲み込んで、高野は「夕飯食べに行くか」と尋ねた。渉の家の貧乏具合を見た今では、もっと食べろと言うよりも強引に食べに連れ出すほうがいいと思ったのだ。

だけど、鏡の中の渉が一瞬戸惑った顔をするのを見て、高野は「やっぱりまたにしよう」と自分から提案を引っ込めた。

今がいつもの逢瀬ではないことを唐突に思い出したのだ。今日は予定外に渉を連れ出した。

今日の渉は家に彼女が待っている。腹に渉の子供を宿した彼女が。渉はかすかにほっとした顔をしたように高野には見えた。その表情にちくりと胸が痛くなる。

それを振り払うように高野は腰を上げた。上着のポケットから財布を取り出し、無造作に十枚の一万円札を取り出し、少し考えてから新たに三枚付け足した。

「渉、今日のぶん」

差し出せば、渉は今度は明らかに戸惑った顔をした。

「でも今日は僕から……」

「いいよ」

言って、高野は渉の手を取りその手の平に札を乗せる。

札束を数秒見つめ、渉は「ありがとうございます」と呟いた。

これで少しはいいものを食べてほしいと高野は心の中で思っていた。痩せたのは、自分に会わなくなったために臨時収入がなくなったからじゃないかと高野は勘ぐったのだ。

あの家はあまりに貧乏な生活に見えた。今にも壊れそうなアパート、古い家具。あんな状態で子供を養っていけるのだろうかとふと思う。

「彼女、何ヶ月だっけ？」

渉が振り返る。

「そろそろ、六ヶ月です」

唐突な質問に不思議な顔をしながら答える。これまで、高野が彼女のことを聞くことはあまりなかった。

「おなか、あまり目立たないね」

言われて渉は、高野がこんなことを言い出した合点《がてん》がいったらしい。「ちょっと、育ちが遅いみたいなんです」と高野から目を逸らして言った。

「彼女の具合もあまり良くなくて、仕事の後にけっこう病院に行っていたりして」

「大変だね」

ならば、病院の費用もかさむだろう。食事を切り詰めて渉が痩せるのも分かると高野は勝手に納得する。

「彼女、仕事はいつまで続けるの。産休とか取るの？」

いいえ、と渉は首を振った。

「子供ができたら辞めるっていうのが暗黙の了解になっているみたいで、続けられないって。目立つくらい大きくなったら、もう辞めるしかないかなって彼女は言ってます。とりあえずは、ぎりぎりまで働くって」

「——そうなんだ」

渉を見る。

渉は高野から目を逸らしてシャツのボタンを留めていた。

そうか、だから渉は自分を誘ったのかと高野は思った。金が欲しいんだと。だけどその考えは高野を不快にしたわけではない。ただ単純に「ああそうか」と思ったのだ。

そして、少しほっとしさえした。

金を餌にして、渉を釣ることができる。渉が金を欲しているうちは、高野は渉を抱くことができるのだ。

着替え終わった渉が高野を振り返る。

じゃあ行こうかと上着を羽織った時に、高野のスーツのポケットから鍵が滑り出た。かしゃりと音を立てて派手な色のカーペットの上に落ちる。

高野が拾うよりも先に渉が屈む。

皮を編んだ飾りがついた鍵を「はい」と高野に差し出し、ふと気がついたように飾りをひっくり返した。小さな金色のボタンが見える。

「『なくしません』だ」

渉が呟く。思いがけず出てきた悩みの現況の商品の名前にどきりとする。

「高野さんも使ってるんですね。便利ですもんね、これ」

高野がその製作者だとはまったく気付いていない口調だった。

「……渉も使ってるのか？」

「いいえ、うちは使ってません」

「なんで?」

金額が高くて買えないというのなら、事務所にある予備をあげてもいいと思ったのだが、
渉の言葉は高野の意表を突いていた。

「パソコンもスマホもないので」

高野は思わず動きを止める。

それに気付かず、渉は言葉を続ける。

「使えたら便利だろうなと思うんですけど、僕はパソコンもスマホも持ってないので使えないんです。携帯電話でもできたらいいんですけどね」

「携帯……」

頭が唐突に巡りだしていた。

そうか、携帯。

「高野さん?」

突然自分の世界に入ってしまった高野に、渉が怪訝《けげん》な顔をする。

「あ、いや。そうか、携帯か」

高野は渉を見つめた。ほっと息をつく。

まだ頭の中は整理がついていない。組み立てられない。だけど、響くものがあった。

「ありがとう、渉」

囁くような言葉になった。

わけが分からないという顔をして、それでも渉は少し笑った。


「『なくしません』の携帯電話対応ソフト？」

信田は不思議そうな顔をした。なんで今更、という表情だ。

「そう、それも、シンプルで分かりやすくて扱いやすいもの」

「でも、スマホで使えるじゃないか。ソフト会社が軒並み携帯電話から撤退している中、なんであえて携帯電話に手を出すんだよ」

「だからこそだよ。いわゆる、ユニバーサルデザイン化と見てほしいな」

「ユニバーサルデザイン？」

高野は一晩で作り上げた企画書を信田と智美に渡す。

「携帯電話のみのユーザーって今でも意外と多いんだよ。例えば老人だけの世帯とか、パソコンもスマホも持っていない携帯オンリーの人はまだいるんだ。子供や孫にGPS代わりに持たされた昔の携帯を、スマホに変えずにそのまま使ってるとかね。そういう人たちの携帯で使えるソフトを開発するんだ」

「でも携帯だと、パソコンやスマホみたいに地図を取り込んで表示する仕様だと苦しいぞ。画面が粗すぎる」

「そう。だから、携帯バージョンでは地図は使わない」

「それだったら、キーホルダー形式で音が鳴る既存商品が沢山あるだろ」

「あるね。だけどあれは重すぎる。キーホルダー側で音を鳴らすために、けっこう大きいし重いんだよ。うちのは、従来の『なくしません』のボタンをそのまま使用して、携帯側で位置や方向が分かるようにしたいんだ。そうすれば邪魔にならない」

信田は企画書をぱらぱらとめくりながら、ふーんと、と呟いた。

「面白いかもね。これ単体では。だけど、これで『なくしません携帯バージョン』の制作費をカバーできるほどのユーザーが確保できるかな」

「制作費はソフト開発費だけだよ。機器の新規製作費はいらない」

「は？」

信田が顔を上げる。

「このソフトはうちのサイトで無料でダウンロードできるようにする」

「無料？」

信田は目を瞬いたが、数秒後に「ああ、でもそのほうがいいのか」と自分に言い聞かせるように呟いた。

信田は眉を寄せて少し横を見る。大学時代からよく見た信田の熟考モードのスタイルだ。

信田がこの状態に入れば彼は何かを作り出す。高野はほっとして息をついた。

「なるほどね」

智美が呟く。

「新しく後継商品を作るよりも、今の装置の機能を手厚くするということね。それで、現在のユーザーの流出をふせぐ、と」

「そう。今のもので満足してたら買い換えようとは思わないだろ」

「まあね」

「パソコンとスマホだけじゃなくて、携帯でも使えたら便利だと思わないか？　音も携帯電話側で鳴らすか、いざとなったらバイブも使えるようにする。そうすれば、老人だけじゃなくて、赤ん坊がいる家庭だって夜中でも使える。音を鳴らすと起きてしまうんじゃないかと使うのをためらう人もけっこういるんだってさ」

「そうね、それは聞いたことがあるわ」

「まあ、一時しのぎにしかならないかもしれないけどね」

苦笑すれば、智美が高野をまっすぐに見る。

「そうとも限らないんじゃないかしら。宣伝次第よ。上手《うま》く宣伝すればいけるかも」

智美の言葉に、信田が「確かに。これは、この短い期間にどれだけ周知させられるかが鍵だな」と相槌《あいづち》を打つ。

そこは頼んだよ、と高野は信田に笑いかけた。

信田が顔を上げる。

「リサーチと商品化、コマーシャルは信田にしかできない。俺は機械バカだから、そういう、人の心の機微を読んで販売に繋げる活動っていうのは本当にできないんだ」

高野は信田をまっすぐに見た。

「俺は、特にそういう点で信田を信頼してる。尊敬してる。だから、頼んだよ。——俺は、ソフトの開発に集中するから」

信田は高野の目を見つめ返したまま、しばらく何も言わなかった。自分の言いたいことが信田は分かっていると高野は感じた。このあいだの会話の続きだということが。だから、信田は返事をしないのだと。

高野は、ひとつ深呼吸して言葉を繋ぐ。

「俺は、信田がいてくれたから今までやってこれたと思ってる。アイデアだけじゃ商品化はできないし、売ることもできないんだよ」

渉の顔が浮かんだ。温もりまで伴ったその感覚に勇気を貰う。

「だから信田。自分がおまけだなんて言わないでくれ。このあいだそう言われて、……つらかったよ」

信田がはっとしたように目を瞠る。

「俺たち、一緒にやってきたじゃん。俺は、信田と並んでるつもりなんだ。信田を引っ張ってるつもりはない。俺はいつだって、信田に憧れているんだから。俺にない柔軟なところに」

信田は高野を見つめたまま口を引き結んでいた。

しばらくして「悪かった」と呟く。

「でも、高野のほうが才能があるっていうのは本当なんだよ。今回だって、こうやって考えてきたじゃないか」

高野は思わず苦笑した。

「才能なんてないよ。現に、これを思いついたのは俺じゃないから。俺はアイデアを貰って整理しただけ」

するりと言葉が出た。今までならプライドが邪魔をして絶対に隠したであろう言葉が。

「え？」

だからあまり買い被るなよ、と高野は席を立った。

事務所を出た先の喫煙ブースでタバコを吸っていると、智美がやってきて隣に座った。お見事、と呟いて高野の胸ポケットから勝手にタバコを抜く。

「信田君、本気で取り組み始めたわよ」

「そうか」

そのまま二人で紫煙をくゆらせる。

おもむろにふーっと長く煙を吐いて、智美は「まるで告白みたいだったわよ」と高野を見ないで言った。

「そう。告白。分かった?」

いたずらめかして言って、高野はにやりと笑った。

智美はちらりと高野を見てから視線をまた煙に戻す。

「悔しいわね。私じゃ信田君をあんなふうに本気にはさせられない」

天井近くを見つめたまま、彼女はもう何も言わなかった。


週末の逢瀬が元に戻った。

高野は土曜日の夜に渉を呼び出して、食事をし、ホテルに行く。

どれだけ仕事が忙しくても、高野は土曜の夜のこの時間だけは確保した。渉といる時間の甘さに気付いてしまった今、その誘惑を退けるのは高野には無理だった。

あの日の次に会った時に、渉は思いっきり小さくなりながら「本当にすみません」と高野に謝った。

「彼女に聞いたんですけど、『なくしません』を開発した方だなんて知らなくて、ものすごく失礼なこと言って……」

「いいよ、俺も言ってなかったし」と高野は苦笑して手を振った。

その週明けの月曜日、高野は香代子の勤務している支店に行った。

お得意様用のブースで香代子と向き合い、彼女に「週末ごとに渉さんをお借りしてすみません」とにこやかに言った。

不思議そうな彼女に、高野は「渉さんからお聞きしていませんか？」としらじらしく問いかける。

「渉さんに、うちの会社の仕事を少し手伝ってもらってるんですよ」

「高野様の会社のお仕事をですか？」

「ええ、技術的なところを少し。渉さんは優秀なのでとても助かってます」

高野の言葉に驚きながらも、渉が褒められたからか、彼女は嬉しそうに笑った。

「そうなんですね、良かったです。ほっとしました」

「ほっと？」と問い返した高野に、香代子は「最近急にお金回りが良くなったみたいで、少し心配してたんです」と小声で答える。

「彼に限って危ないことには手を出さないと信じてはいたんですけど、いつもはなんでも話してくれるのに、これに限っては隠しているような雰囲気があって、私もなんとなく尋ねられずにいたんです」

頬を赤くした香代子の笑顔が、渉を褒められたからなんて単純なものではなく、彼の身を案じていた日々の裏返しだと知って高野の心が軋んだ。堂々と彼を思いやれる立場にいる彼女に嫉妬に近い気持ちが湧く。

「本当は彼、機械いじりがすごく好きなんです。だから、技術的なことでお手伝いができてすごく喜んでると思います。彼を、どうかよろしくお願いします」と高野に頭を下げた彼女の笑顔は、幸せを具現化したように輝いていた。

渉のことを自分のことのように喜べる彼女に胸がむかむかしたが、高野はそんな気持ちはおくびにも出さずに「こちらこそよろしくお願いします」と笑った。

銀行の帰り道で高野は立ち止まった。

渉を腕に抱いた感触を思い出し、腹立たしい香代子の笑顔を押し出して投げ捨てる。

先手は打った、これで毎週末堂々と渉を連れ出せると思えば、やっと心が軽くなった。幸せな気持ちが蘇る。

今週末は何を食べさせよう。渉は美味しいと言ってくれるだろうか。どこのホテルを取ろう。夜景が見える部屋がいい。

まるで子供の頃のように胸が高鳴る。

まだ月曜日だというのに、土曜日が待ちどおしかった。

「渉、今日はうちの会社に行こう」

再会して三回目の土曜日の逢瀬に高野は渉を自分の事務所に連れて行った。

まだ事務所に残っていた信田に渉を紹介する。

渉を連れて行くことは信田に事前に知らせていなかったが、高野は心配してはいなかった。信田は一度見た顔は忘れない。渉がいつかの興信所の報告書の少年だと気付き、そつなく振る舞ってくれるだろうと高野は確信していた。

案の定、信田は「はじめまして」と、高野にだけ分かる意味深さを含めて、人当たりのいい笑顔で渉に笑いかけた。

「言っただろ、携帯版のアイデアをくれた彼だよ」

「へえ」

信田は興味深く、でも不躾《ぶしつけ》にはならない程度に渉をまっすぐに見る。渉は緊張しながら高野が持ってきた椅子に座った。

「渉、携帯かして」

「あ、はい」

渉の携帯を受け取り、高野は自分のパソコンに繋ぐ。

ケーブルを接続して出来立てのソフトをダウンロードするのを渉は興味深く見ていた。携帯側を操作してソフトをインストールしてから、高野は「はい」と渉に携帯電話を戻した。

不思議そうな顔をする渉に「できたてほやほやの『なくしません』携帯バージョンだよ」と高野は笑った。

「え？」

信田が寄ってきて「なんだよ、俺もまだ入れてもらってないのに」と高野の椅子の背に肘を置く。

「当然だろ、アイデア提供者にお礼なんだから」

「お礼っていうかよ、試作版のくせに」

信田がからかうように突っ込む。

「いいや、完成版。これで商品化に回す。マニュアルもできてるよ」

「バグあるかもしれないよ。どうするの、そんなもん彼の携帯に入れて」

バグはない、と高野は自信を持って言い切った。

信田がけらけらと笑い出す。

「出たよ、この自信家」

信田が渉の肩を叩く。完全に傍観者の状態で二人を見ていた渉は驚いて背筋を伸ばした。

「知ってる？　こいつものすごい自信家なんだよ。プライドなんかヒマラヤより高いよ」

「……そうなんですか？」

「でも、こいつが『ない』と言い切ったら、致命的なバグは本当にないんだ。だから心配しないでいいよ」

渉が高野を見る。高野はふふん、と笑った。

目を丸くしていた渉は、高野に視線を向けたまま、おもむろにふわりと笑った。どきりとする。

唐突な笑顔に動揺する高野をそのままに、渉は信田を見上げた。

「信頼していらっしゃるんですね」

もちろん、と信田はためらいなく言い切った。

「じゃなかったら、高野と事業なんて始めない」

渉は控えめに信田に笑いかける。

「信頼し合えるって、うらやましいです」

信田が少し不思議な顔をする。

「僕、高野さんに信田さんのことを伺《うかが》ったことがあるんです。誰よりも信頼してるって、一番の親友で相棒でパートナーだって言ってました」

高野の心臓がどきりと鳴る。じわりと体が熱くなる。

渉が高野のために この言葉を口にしたことが分かった。高野が口にできない信田への気持ち。本人が言うよりも他人から聞いたほうがすんなりと聞ける言葉もあると。

「そうなんだ」

信田は渉を見たまま答え、高野に顔を向ける。高野にしか分からない、微妙に複雑な顔をしていた。あの日以来、信田と高野の関係は元に戻ったかのように見えたが、信田が相変わらず納得できない気持ちを抱えていることに高野は気付いていた。

「あーあ、ばらされた」

高野はわざとらしく肩を竦めた。

そんな高野に信田が、おもむろに表情を和らげる。

「光栄だね、高野にそう言ってもらえるとは」

短く言って、視線を渉の携帯電話に戻す。

「高野、発信機のＩＤも登録しなくちゃいけないだろ」

「ああ。バージョン７の六個セットのやつ。取ってくれる？」

「はいよ、了解」

信田は立ち上がった。

壁に並ぶキャビネから薄い箱をひとつ取り出し、渉に渡す。

「はい、高野に登録してもらいな。これで携帯で使えるようになるから」

「あ、はい」

じゃあ俺は帰るわ、と信田はそのまま席に戻らずにハンガーから上着を取った。

「そうだな、今日は帰ったほうがいいよ。智美ちゃんによろしくな」

「おう、サンキュ。惣菜でも買って帰るよ」

「風邪《かぜ》が良くならなかったら、明日も休ませていいから」

携帯電話を操作する手を止めて振り返る高野に、信田は苦笑して笑った。

「一応伝えるけど、あいつが俺たちの言うこと聞くわけないって知ってるくせに。やらなくちゃいけないことがあったら、這ってでも出るぞ」

「……まあな」

じゃ、ごゆっくり、と信田は事務所を出ていった。

「ほらできた。家の鍵とかない？　発信機つけてみな」

携帯を渡されて、渉は高野をまじまじと見つめた。

「あの、このお代は……？」

いらないよ、と高野は笑った。

「アイデア料にしたって安いもんだ。ついでにリサーチも頼むつもりでいるし」

「リサーチ？」

「携帯版の使い勝手を教えてほしいんだよ」

自分の視野の狭さを今回、高野は渉に気付かされた。自分の中でパソコンやスマホがある生活が当然になっていて、周りにもそんな人しかいなかったから、携帯電話しか持っていない人が使えないなんて単純なことさえ気付かずにいたのだ。

これが、知っていてターゲットから外していたのなら問題はない。まずいのは、気付かずに外していたということだ。高野は、自分が気付かずにいるそんな自分の「穴」になっている部分を、渉が見つけてくれるのではないかと思っていた。

「使い勝手のいいところよりも、むしろ、使いにくいところを教えてほしい。渉、できる？」

少しためらったあと、渉は「はい」と頷いた。

どことなく不安げな様子に、高野がそのわけを問うと、渉はまた一瞬ためらったあと「悪い感想なんか言われて気分悪くしませんか」と窺うように尋ね返す。思わず高野は苦笑した。

「おべっかを言われるほうが気分悪いね。特に今回は、商品をより良くしたいために意見を聞くんだから、悪いところを指摘してもらわないと意味がないんだよ」

渉は「分かりました」と頷きながらもどこか心配そうな顔をしている。

高野はそんな渉の後ろに回った。

渉が腰掛ける椅子の背に肘を乗せて「じゃあ、使いかた教えるから」と肩越しに手を伸ばす。渉の髪の香りが高野に届く。どくりと体の奥がうごめいて一瞬そのまま抱きしめたくなったが、高野は我慢した。

マニュアルはでき上がっている。それを印刷して渡してもいいのに、高野はこうしていちいち説明することを選んだ。単に、渉と関わりたかったからだ。渉と話をしたい、一緒に何かをしたい、最近富に高野はそんな感覚にとらわれている。

高野が説明する事柄を、渉は予想どおりすばやく飲み込んでいく。大人しい外見からは意外なくらいの頭の回転のよさを感じて、高野は信田の予想がここでも正しかったことを知る。

「以上。大体分かった?」

「ええ」

こういう質問には即座に答える。

高野はもう一度渉に「使いにくいところきちんと教えてくれる?」と尋ねてみる。案の定「はい」と返事が返ってくるまでに数瞬の間があった。思わず苦笑する。

「なあ」

高野は渉の耳のそばに顔を寄せた。

「俺、悪い意見を言われた時にそんなに機嫌損ねてたっけ」

渉の肩がかすかに揺れる。

「いえ、あの……最近は、ないです」

渉は困ったように口を閉じて、黙り込んでしまう。

ああそうだ、と高野は思い出す。特に出会って最初の頃は、不機嫌さをあからさまに顔に出して、渉を痛めつけるようなことを平気でやった。

あの頃のことは、あまりにも今と気持ちの持ちようが違っていて、別の世界で別の人間を相手にしていた時のようにぼんやりしたものになってしまっている。

「ごめん」

高野は囁いた。

今は、とにかく渉を甘やかしたい。渉に優しくしたい。泣かせたいなんて気持ちは一切起きない。

「もう、あんなことはしないよ」

渉の顎を下から持ち上げて仰向《あおむ》けさせる。少し緊張した面持ちの薄く濡れた唇を、高野は慈しみを込めて唇で覆った。

◆◆◆

くらりと揺れる感覚がして、高野は目の前のペットボトルを見た。

ペットボトルの中のミネラルウォーターがかすかに揺れている。「地震ね」と智美が窓の外に目をやって呟いた。夕方が近づき、窓の外は暗くなりはじめている。

「震度二？　三くらいあるかしら」

「意外と長いな」

地面がゆらりゆらりと揺れている。

「高層ビルは揺れが長く続くから」

何気なく言って、智美はノートパソコンに視線を戻した。

そうだね、と高野は答える。微妙に緊張しながら。

数日前に夢を見た。東京に地震が起きた夢だった。たいして大きな地震ではなかったけど、渉が住んでいるアパートだけがぺしゃんこに潰れて、高野は瓦礫《がれき》の前で立ち尽くしていた。

高野は飛び起きて、それが夢だと気付いて心底ほっとした。夢だと分かっても、べったりとかいた汗はなかなか引かなかった。

「長いわね」

智美が呟く。

「どこかで大きな地震が起きてなければいいけど」

微妙に彼女らしくない言葉に高野は顔を上げた。智美はまた外を見ていた。薄闇を見ながら智美は続ける。

「神戸の地震の時にね、私名古屋に住んでたのよ。名古屋では震度三くらいで、ああまたいつもの小さな地震だって思ってた。だけど蓋《ふた》を開けてみたらそれは大きな地震で、あとからそれを知って心底ぎょっとしたわ。それから地震が少し怖くなったわね」

「誰か神戸にいたの?」

「一番仲のよかった友達がね。なんともなかったけど」

良かったじゃん、と高野は呟いた。そんな重い話が今ここで、智美と二人の時に始まったらどうしていいか分からない。

「そうね。だけど、あの時の、神戸で震度七って聞いた時の一瞬血の気の引いた感覚は忘れられない」

智美は言葉を切って「止まったわね」と視線を画面に戻した。

ペットボトルの水の揺れは止まっていた。


「昨日地震があった時どこにいた？」

駅で会った途端に高野に尋ねられて、渉は少し驚いた顔で「郵便局ですけど」と答えた。

「家は大丈夫だった？」

「大丈夫でしたよ」

渉は、ああそうか、という表情で少し笑って答える。

「心配してくれてありがとうございます。壁の漆喰《しっくい》が少し落ちてたくらいでしたから」

高野は思わず顔をしかめた。

「大丈夫なのか、あそこ。本気で崩れるんじゃないか？」

「大きな地震が来たら危ないですね」

渉は平気な顔で言う。

「なに平然としてるんだよ」

「だって、天災ばっかりはどうしようもないじゃないですか」

「そうじゃなくて、引っ越すとか考えたほうがいいんじゃないか」

思いがけず口調が強くなった。

「――どうしたんですか、高野さん」

渉が目を瞬いて足を止める。

高野はごまかすように咳払いをした。渉は高野を見上げて小さく笑う。

「あそこ、ものすごく安いんですよ。だから、多少の危険は仕方ないかな、と」

「大家はなんて言ってるんだよ。建て直しとかの話は出てないの？」

「――出てるんですけど……」

渉が言葉を切る。

「あそこに住んでる人って追い出されると行き先のない人ばっかりだから、大家さんもなかなか踏み切れなくて。いい人なんです、大家さん。ものすごいおばあさんなんですけど」

「だからって、地震で全員潰されたら大家も逆に後味が悪いだろうに」

「まあ、そうですけど……」

渉は語尾を濁して黙った。

そのまま何も言わずに駅前の大通りを歩く。

土曜日のオフィス街は、平日よりも人通りが少ない。ビルの事務所の電気が消えているぶんだけ町が薄暗く感じた。

「いくらなんだ？」

「はい？」

「あそこの家賃」

「……五万二千円です」

少し口ごもってから渉が口にした金額に、高野は思わずため息をついた。たしかに破格だ。あの立地でその金額はありえない。小さなワンルームでもその三倍はするだろう。

「俺が出してやるから、もっといいところに移れ」

渉は目を瞬き「そこまで甘えられません」ときっぱりと言った。

「どうして」

「どうして、ってこっちの言葉です。どうして高野さんはそこまでしてくれるんですか？」

返事に詰まる。

「――知ってる人間が崩れた建物に潰されたりしたら、夢見が悪いからだよ」

高野を見上げて瞬きをしてから、渉は眉を寄せて笑った。

「僕は高野さんをたたったりなんかしませんよ」

「そういうわけじゃなくて、――不動産屋行くぞ」

「ええ？」

腕を引かれた渉が抵抗する。

「ちょっと待ってください高野さん。僕一人じゃ決められません。僕だけで住んでるんじゃないんですから」

思わず喉が鳴った。すっと頭が冷える。

「――そうか、そうだな」

忘れていた。渉には彼女がいる。渉は高野のものではない。きりっと胸が痛む。

気持ちを落ち着けるように、ふぅと息をつく。

「すみません、ありがとうございます」

渉が高野の顔を見上げて小さく微笑む。心臓がとくりと音を立てた。

昨日の智美の表情が頭をよぎった。もしあのアパートが崩れて、もし渉が押しつぶされて死んだりしたら、そう思うとじわりと汗が湧く。

抱きしめたい衝動に駆られる。細い腕を掴んで引き寄せて、腕の中に閉じ込めたい。

そうすれば、この乱れた気持ちは少しは静まるだろうか。この不安を少しは薄めてくれるのだろうか。

愛おしさと不安の二本の縄に胸を巻かれた息苦しさを殺すように、高野は両手を握りしめた。

路地でもい。欠片でもいいから暗がりがあればいいのに、と高野は本気で願った。

この渦巻いた気持ちをどうにかしてほしかった。


数日後、高野は友人の不動産事務所を訪れていた。

「そりゃ無茶だ、高野」

高野の金額を聞いて、高校時代の部活仲間はけらけらと笑った。

「しかも駅前一等地だ。あの辺りの相場知ってるか？　ワンルーム二十万くらいはするよ」

「だけど、実際に住んでるやついるんだよ。２Ｋで五万二千円」

「嘘だろー。ありえないって」

ぶらぶらと手を振る。

「ものすごく古いけどな。駅前のオフィス街の一本裏。コンクリの路地を入ったところ」

「ん……？」

鈴木《すずき》が振る手を止める。

「みちのく荘？　新高岡《しんたかおか》ビルの裏にある、建物の前に木が生えてるやつか？」

「新高岡ビル？」

「すごく派手な、金色がかったガラス張りのオフィスビル」

「ああ、多分それ。えらく悪趣味な真っ金々の十何階か建てのやつ」

「ああ、あれか！」

ぽんと鈴木は手を叩いた。

「みちのく荘な、そろそろ立ち退《の》きになるぞ」

「――なんで？」

驚く高野に、鈴木は少し声を潜めて言った。

「これ」

小指で頬をなぞって暴力団のまねをする。

「あの土地、狙われてるんだよ。あそこ、年取ったばあさんがほとんど道楽みたいに手元に残してたんだけど、税金とか気にしたことなかったんだろうな。じいさんが死んだ三十年くらい前から、賃料値上げしてなかったわけよ。あの賃料じゃ固定資産税さえまかなえなくて、気が付けば財産食いつぶしてて首回らなくなって、そこをそっちの人間が目をつけた、と。そろそろ奪われて建て壊しになるぞ」

高野は顔をしかめる。

「いつ頃？」

「あと一ヶ月かそこらかな。早ければすぐにでも」

「そんなすぐには放り出されないだろ。なんか法律があったじゃないか。事前に通告しなくちゃいけないだのなんだの」

「そこまで律儀にやってくれる連中ならな」

鈴木がおどけた顔で肩を竦めた。

高野はふと思案顔になる。

一瞬困ったことになったと思ったが、よくよく考えたらこれは渡りに船かもしれないと思い直す。

渉は高野が引っ越せと言っても引っ越さないだろう。追い出されてくれるのなら、かえって手間が省けて好都合だ。

「なんだよ高野。お前また何かたくらんでるな」

高野はにやっと笑った。

「鈴木にも都合がいい話だよ。儲《もう》けさせてやるよ」

「ん？」

「みちのく荘のそばで、適当なマンションの部屋を一室見繕ってくれ」

「賃貸？　分譲？」

「分譲。俺が買う」

渉に部屋を探していると言われたのはその翌週だった。

理由を尋ねた高野に、渉は「大家さんがアパートを手放すことにしたそうなんです」と答えた。

「だいぶ遠くに引っ越さなくちゃいけないかもしれません。どれだけ安くても、今までの二倍はするんです」

ため息をつく渉に、高野は「諦めないで不動産屋を巡りな」と言った。

「駅前の不動産屋なら物件の回転が速いから、しらみつぶしに巡れば一件くらいは大穴の物件があるだろ」

鈴木の不動産事務所に行くように密かに誘導する。鈴木には渉のことはすでに伝えてある。辿りつきさえすれば、渉にぴったりの物件が待っているはずだった。

高野が準備したマンションが。


「信じられないくらいいい部屋が見つかったんです」

数日後、渉は嬉しそうに高野に報告した。

屋外のカフェのテーブルを挟んで、渉はきらきらと笑っていた。

「マンションなんですけど、新築なのに今までとほとんど変わらない家賃で」

へえ、と高野は驚いた振りをした。

「なんでそんなに安いんだよ。わけありか？　幽霊でも出るんじゃないか」

違います、と渉は苦笑する。

「持ち主の方が、そこを買ったとたんに遠方に転勤になったらしいんです。だから、戻ってくることが決まった時には一週間以内にすぐ引っ越すって条件で。この条件のせいで、これまでなかなか借り手が見つからなかったそうなんです」

「一週間以内か。きついな」

そんなことには絶対にならないことを知りながら高野は顔をしかめてみせる。

「そうなった時のために、部屋探しは続けます。でもとりあえず、住むところができただけでも嬉しくて」

ありがとうございます、と渉は高野に笑う。

「なにが……？」

「高野さんが諦めないで探せって言ってくれたから。毎日電話をくれたじゃないですか」

高野が小さく目を逸らす。高野は、早く例のマンションに辿りついてほしくて、毎日のように渉に電話をかけて催促してしまったのだ。物件は水ものだから早く回れ、諦めるな、と。あまりにものんびりとしている渉にイライラしたのは一度や二度ではない。

「気後れして入れなかった駅前の立派な不動産屋にあったんですよ。高野さんに言われなかったらきっとあそこは入らなかったと思います」

「なら良かった」

「その日のうちに部屋を見たんですけど、明るくてきれいで、窓からの見晴らしも最高で、本当に夢じゃないかと思うくらい最高の部屋なんです。きっと僕には、こんな偶然がなければ一生縁がなかった部屋。数ヶ月でも数日でもあんなところで暮らせるなんて、思ってもみませんでした」

珍しく饒舌《じょうぜつ》に渉は話す。少し早口の口調が渉の浮かれた気持ちを代弁していて、高野は笑った。気持ちがふわりと温かくなる。

「いつ引っ越すんだ？」

「今週の中頃に」

「手伝いに行ってやるよ」

え？　と渉は高野を見る。目を丸くしてぶんぶんと手を振った。

「そんな、とんでもないです。大丈夫です」

「誰か手伝いでもいるのか？」

「一人ですけど、でも、もともとそんなに物がないので」

「遠慮するな」

高野はテーブルに頬杖をついて、渉の目を覗き込んで微笑んだ。

一分一秒でも渉といたい。

渉のためなら何でもしてやりたい。それで渉が笑うなら。

「行ってやるよ。彼女は身重だから何もできないだろ」

「でも……」

高野は渉をじっと見て、少し意地悪そうに笑った。

「渉の体にそんな筋肉があるとは知らなかったな。少なくとも、俺が触った限りはな」

渉が高野を見る。

「手触りは最高だけど、肉はほとんどない。そのぶん邪魔ものがなくて感じやすくて助かるけど」

かあっと目の前の顔が赤くなった。

目を伏せてアイスティーのストローを咥える渉に、高野は声を出して笑った。


南向きの部屋は、想像以上に明るかった。

ここと比べると、渉が前に住んでいたアパートはまるで穴倉だ。

渉と香代子の荷物は本当に少なくて、頼んだ引っ越し業者が拍子抜けするほどあっさりと移動は終わった。陽光が差し込むリビングの隅にちんまりと積まれている。

ベランダでタバコを吸う高野の隣に、渉がウーロン茶のペットボトルを持ってやってきた。

「ビールじゃないのか？」

「あ、すみません。買ってきます。たぶん、そこのコンビニに売ってると思うので」

「嘘だよ」

高野は笑った。

「そのお茶でいい。まだ昼間だからな」

咥えタバコのまま受け取って、高野はペットボトルをベランダの手すりに乗せた。

くすりと渉が笑う。

「なんだ」

「いえ、高野さんって時々すごく真面目だなと思って。昼からビールは飲まないなんて」

「真面目なわけじゃないさ。酒の匂いをさせて帰ると信田がうるさいんだよ」

「仕事に戻るんですか？」

「戻れってメールが来た」

手にしていたスマホを持ち上げる。

「じゃあ、こんどビールを飲みに来てください」

渉が高野の隣に並んでベランダから外を眺める。高野も同じ方向を見る。

階下に広がる戸建住宅の群れの向こうには大きな空が広がっていた。はるか向こうにおもちゃのように小さくビル群がある。冬になって空気が澄めば、遠くに海が見えるかもしれない。

飛行機雲の先端で飛行機がきらりと光った。

ね、きれいでしょう、と渉がため息をつくように言った。

「いくら見てても飽きないんです。こんな景色が部屋から見られるなんて」

高野は、そうだな、と呟く。

高野にとってはたいして珍しい光景ではない。事務所だって十七階だし、高層ビルの上層階の高級レストランに行けばもっと見晴らしのいい景色をいくらでも見ることができる。

だけど、渉に言われて改めて見た平凡なはずの風景は、高野にも美しいものに見えた。渉の言葉が高野のスイッチを変える。

隣に立つ渉を引き寄せて、その柔らかい髪の毛を高野は指に絡めた。

くすぐったそうに笑った渉の頭に、高野は頬を寄せる。

渉が見ているものと同じものを高野も見つめる。

同じものを見ていると思っただけで、なぜか胸がきゅっと疼《うず》いた。

しばらく二人は黙ったまま初夏の景色を眺めていた。

帰りがけに高野はリビングを振り返って足を止めた。

部屋の端に荷物が小さな山を作っているだけで、家具はほとんどない。古びた和ダンスがひと棹とぼろぼろのカラーボックスが数個、そして潰されたダンボールが壁際に置かれている。

「渉、あのダンボールをまた家具代わりに使う気か？」

「ええ、そうですけど」

当然という表情で渉が言う。

高野はリビングの壁を眺めて少し考えてから渉を振り返った。

「リビングボードを贈ってやるよ」

「え？」

「せっかくいい部屋なんだから、家具もそこそこのものを入れたほうがいいだろ」

「そんな、高野さん」

「俺が買うんだからいいだろ」

「でも高野さん。そこまで甘えられません」

焦って見上げる渉に、高野は目を細めて笑った。

「引っ越し祝いだから気にするな」

「でも」

「いいんだよ、受け取っとけ」

駅までの道を歩きながら、高野は、色は白がいいだろうかと考える。壁の白とよく合うだろう。いや、ナチュラルな明るい茶色もいいかもしれない。長く使うことを考えたらダークブラウンもしっとりとするだろうか。どっちにしても、シンプルだけど誰が見ても高級品だと分かるようなしっかりとしたものを贈るつもりでいた。

鼻歌でも零れそうなくらいに、高野の気持ちが浮き足立っていた。

そんな自分に気付いて思わず苦笑する。だけど、それすら嫌ではなかった。

渉のために何かをするということが、この上なく高野を上機嫌にさせる。

驚く渉の顔が頭に浮かぶ。家具を見た渉が、あの大きな瞳をもっと大きくして自分を見上げる様子を想像するだけで楽しくなった。渉の頰はきっと少し赤くなっているだろう。戸惑ったように目を泳がせながら、それでも「ありがとうございます」と言ってくれるはずだ。

気持ちがほわりと熱くなる。今ここに渉がいたら間違いなく抱きしめているだろう。

きっと渉は喜ぶ。いや、喜ぶものを探そう。どんなものでも、あのぼろぼろのカラーボックスとダンボールに比べたら最高に違いないのだけど、それでも高野は、渉が一番喜ぶものを探したかった。

翌週の搬入には高野も同行した。

高野が贈ったブラウンのリビングボードは、高野が思ったとおりに明るいリビングによく映えた。

決して派手ではなく、でも色目の重厚さを和らげる柔らかいデザイン。これがコレクターの中でも有名なデザイナーものだということを渉は絶対に知らないだろう。だけど、それでもいいと高野は思う。

あまりに立派な家具に、渉は言葉を失って思いっきり恐縮した。それでも、嬉しそうに頬を紅潮させて、大きな目をいっそう丸くして真新しい家具を見つめている渉の姿に、高野は心の底からほっとしていた。

思いついた時のわくわく感はどこへやら、もし渉が気に入らなかったらどうしよう、もしかしたら第二候補のリビングボードの方がよかっただろうか、返品はきくだろうか、とここ三日ほど、思いがけない不安な気持ちが湧き上がって苛まれていたのだ。そんな高野には、渉の喜びの表情はまるで何かの許しのようにさえ感じられた。

「ありがとうございます、高野さん」

渉の声にはっとする。

業者が去り二人だけになった部屋で、渉が頭を下げていた。

「気に入った？」

高野は笑顔を作って渉に笑いかける。自分の心臓の音がうるさかった。

「ええ、とても」

渉は、リビングの壁に腰を落ち着けた家具を振り返り「すごく、格好良くて……」と呟くように言う。そのまま高野を見上げて、渉は微笑んだ。渉がまぶしい。

「……なんだか、高野さんみたいです」

「俺？」

思わず問い返す。

「洗練されてて、でも頼りがいがある感じで」

照れたように笑う渉に、どきんと心臓が飛び跳ねた。体の芯《しん》が熱を持って、即効で体を温めていく。

渉を抱きしめたいという衝動をこらえるのは高野には無理だった。

肩を摑んで引き寄せて、力任せに胸の前で抱き込む。

「高野さん？」

腕の中の渉が戸惑った声を聞かせる。

鼻先に触れた柔らかい髪から太陽の匂いがした。大きく吸い込めば、それは渉の匂いになる。高野は何も言えないまま渉を強く抱きしめた。

くすりと渉が笑う気配がした。戸惑っていた体のこわばりが解けて、腕の中の背中がかすかに柔らかくなる。

それが愛しくて高野はゆっくりと息をついた。

背筋がじんと痺れるくらいこの生き物が愛おしい。可愛い。

高野はそのままじっと渉を抱きしめていた。

しばらくして、高野さん、と渉が高野を呼んだ。

「ホテル、行きますか？」

思いがけない言葉だった。高野は目を瞬いた。

体を離せば、渉は高野を見上げて微笑んでいた。

その笑顔に、ふっと小さな違和感が浮かんだ。渉は家具のお礼に高野に体を与えようとしているように感じた。少なくとも、高野に抱かれたいわけではないはずだ。渉はきっと、セックスは好きではない。金のために抱かれているだけだ。

——金のために。

これもおそらく渉にとっては家具の見返り。貧乏な渉ができる最大のお礼。

高野は目を瞬いた。

俺は抱くためにこの家具を贈ったわけじゃない、と心の中で否定する。渉が喜んでくれる何かをしたかっただけだ。家具をあげれば喜ぶだろうと思ったから贈った、それだけだ。

抱きたいというよりも、愛したい、もっと可愛がりたい――ベッドの上で、という気持ちはある。いつでも高野は渉を抱ける。だけどそれは、家具と引き換えのものではなくて……。家具と体は関係なくて、これは純粋に高野の渉に対する気持ちで……。

戸惑いながらそこまで考えてから、高野は唐突に気付いてしまった。一瞬で息が詰まる。

――渉は高野の気持ちを受け取らない。

渉には香代子がいる。そして香代子の腹の中の子供。守るために道端で体を売ったほど大切な存在が。

高野のこの気持ちを知ったら、渉は逃げるだろう。金づるだから渉は高野に会うのだ。金を得るためでなければ、渉は高野に会わない。家具の見返りにホテルに行こうと誘ったことがそれを如実に示していると高野は気付く。

高野が渉を本気で手放したくなくなっていることを、気持ちを寄せていることを知ったら、きっと渉は逃げる。金と体の関係、ビジネスだから、渉は高野に体を開くのだ。

「……そうだな」

高野は答えた。

答えて、渉を改めて両腕で包む。

「ここだと、いつ彼女――香代子さんだっけ、が帰ってくるか分からないもんな」

それなら、契約関係を継続しようと高野は思った。

高野は渉を離せない。この温もりはもう手放せない。渉はまるで麻薬のように高野に染み込んだ。

この温かみに触れるために契約という形が必要なら、それをいつまでも維持しようと高野は強く思った。

痛いくらい強く抱きしめられて、渉が戸惑ったように身じろぐ。

その顎を持ち上げて、高野は渉の唇をゆっくりと覆った。

ひとつになった二人ぶんの影が、何もないリビングの床に長く伸びた。

◆◆◆

ダイニングテーブルを買って送った。

ソファーを送った。ラグを送った。ダブルベッドを送り、ベビーベッドを送った。

そのたびに渉《わたる》は恐縮したが、高野《たかの》は週末に渉と会うたびにきちんと現金を払い、それとは別にそのあとで家具屋に新しい家具を見繕ってもらって新居に送りつけた。

ひとつずつ、最高のものを。渉が喜ぶと思うものを。

高野は想像する。

渉と香代子《かよこ》が、高野が買った家具が溢《あふ》れた部屋で生活するところを。二人の間には赤ん坊。

こぼれる笑顔。幸せな若い家族の風景。

その世界には高野はいない。

いつか渉が自分との関係を終わらせることを、高野は分かっていた。

子供が生まれた後か、そのもう少し後か。どちらにしても、無事に子供が生まれて、ある程度生活が軌道に乗れば、渉が高野を手放して家庭の人になるのは確実なことだと思えた。

もともと渉は二股《ふたまた》や後ろ暗いことをするのに向かない性格だと高野は感じている。

いずれ渉は高野を去り、高野と渉を繋《つな》ぐものはなくなる。

――だけど。

そうなっても、渉は高野が贈った家具に囲まれた部屋で暮らすのだ。しかも、高野があつらえたマンションの部屋で。渉は高野に囲まれて、高野の胎内《たいない》で暮らすようなものだ。

その場面を想像して、高野は薄暗い喜びに浸る。

そして渉はことあるごとに高野を思い出すだろう。これは高野が買った家具だと。記憶喪失にでもならない限り。

いや、記憶喪失になってもかまわないと高野は思う。

渉はその瞳に高野の家具を映しながら生活するのだ。

高野は渉の心に巣食う。高野と渉の糸は切れない。いつまでも。

そう考えるだけで、高野の体はじんと痺《しび》れた。

高野のキーホルダーに新しい鍵が増えた。

皮のケースに包まれて銀色の先端しか見えないそれは、渉の部屋のマスターキーだ。高野が大家なのだから持っていても不思議じゃないものだ。

客先を回る合間に、高野は渉のマンションを訪れる。オートロックのマンションの入口は自動で開き、高野は住人のような顔をして七階に上がる。

ダークグレーのドアの鍵穴に銀色の鍵の先端を差し込んで右に回す。かちゃりと軽い音がした。

中には誰もいない。当然だ。渉も香代子もいない時間を狙って、高野はわざとこの部屋に訪れているのだから。

リビングにはセンスのいい揃《そろ》いの家具とソファー。香代子がまめなのだろうか。部屋の中が乱れていたことはない。それを斜めに見ながら、高野はいつもまっすぐに寝室に向かう。

寝室のドアを開ける一瞬だけ、高野はかすかに戸惑う。

静かにドアを押せば、大きなダブルベッドが目に入った。高野が贈ったものだ。お揃いの桃色と水色の枕も、追って高野が送りつけた。

高野は寝室の入口に立ったまま黙ってベッドを見つめる。午前中の日差しがベッドを照らしている。少し乱れた白いシーツが高野の瞬きを奪う。高野はじっとベッドを見つめる。体の中を巡る血が、どろりと淀《よど》んでいく気がした。呼吸を忘れた肺が苦しさを訴える。

「――……」

シーツの乱れが高野の心を粉々に刻んでいく。

ここで渉と香代子が寝ているのだと思った。ここで愛を営んでいる。セックスしている。ぎりぎりと胸が痛くなる。息もできなくなって高野は背中を丸める。

渉はどのように香代子を抱くのか。香代子はどんなふうに渉の体の下で悶《もだ》えるのか。喘《あえ》ぐのか。声を出すのか。

どうしてこんなものを見に来るんだろうと自分でも思う。苦しくなるばかりなのに。何ひとついいことなんかないのに。

この部屋を見るたびに高野の内臓は握りつぶされて、雑巾のように絞られて、ぼろぼろになるのに、それでも見ずにいられないのだ。

殉教者《じゅんきょうしゃ》のように、体に傷をつけて気持ちを捧げる聖職者のように、高野はあえてこの場所を見に来て自分を苛《さいな》めつくす。

背中がぶつかったドアが壁に当たり、がたんと音を立てた。

高野は両手で自分の体を抱きしめて、ドアに背中を擦《こす》ったままずるずると座り込む。

「……」

声が出ない。

何を言いたいのかもわからない。だけど、何かを叫びたい気がしていた。

真新しいフローリングの上に、レースカーテンが波のように模様を落としていた。


「……ん」

高野の腕の中で、渉がくぐもった声を聞かせる。

キスをする時、乳首を甘く舐《な》めた時、性器を口に含んだ時、渉はいつも泣く直前のように眉《まゆ》を寄せてかすかに声を漏《も》らす。目尻《めじり》が赤く染まり、閉じたまつげがかすかに震える。薄く開いた唇から、乱れた息がこぼれる。

高野の体がじんと痺れる。

冷えた体でぬるい湯を張った湯船に座り込んだ時のような、一瞬だけ感じる熱さ。ほんの一瞬だけ熱いと思うが、すぐに慣れてしまい逆に自分の体熱を吸い取られるようなぬるい湯。寒くて出てしまいたいが、出ると震えるくらい寒さを感じるのが分かっているから、冷たいと思いつつ湯船から出られない。――渉から離れられない。縋《すが》るように高野は渉を食べる。

「あ、……ふ…っ」

渉が息継ぎをする金魚のように酸素を求めて顎《あご》を上げる。

高野はその顎を指の腹で撫《な》でて、鎖骨のくぼみに鼻先を沿わせる。

渉の匂《にお》いがした。

肺一杯に吸い込む。渉の香りが自分の肺に染み込むように。

きりっと胸が苦しくなり、高野は渉の背中に回した腕に力を込めた。痩せた背が弓のようになる。

渉は決してよがったりしない。

絶頂にある時も、その後も、渉はいつも苦しそうに眉を歪《ゆが》める。顔を背けて唇《くちびる》を嚙《か》む。

それを見るたびに高野は香代子の影を感じ取る。渉の心は香代子にある。だからきっと、こんな顔をするのだ。

香代子を抱く時には渉はきっと微笑《ほほえ》むのだろう。

そう思った途端に肺がまともに動かなくなる。息ができなくなる。

だから高野は渉のことを考えるのをやめる。渉の笑顔は考えない。渉を囲んでいる環境も、彼が置かれている状況も頭から吐き出して心を平静に戻す。波立てないように、浅く静かに呼吸を繰り返す。目を閉じて、目の前にある渉の体温と吐息《といき》と心臓の音だけを追いかける。

それが高野を向いていようといなかろうと、熱は熱だ。

だから、ただ熱だけを受け取り、高野は、深い海の底をただ漂うだけの生き物になる。考えることを捨てた、切なく寂しい、静かな物体に。

涉の意見をもとに改良した携帯電話対応ソフトは思ったほど評判にはならなかった。

だが、ユーザーフィードバックをまめに取り入れ、細かなバージョンアップを繰り返す対応を好意的に取ってもらえたのか、地道に、でも着実にダウンロード数は増えていった。

「高野、こんな要望がけっこう入ってきてるんだけど、これ対応できそう？」

書き込まれる内容に返事をして、その内容を精査するのは信田《しのだ》の役目だ。ユーザーの心の動きを大局的に読んで、高野に報告を上げてくる。

「んー……」

Ａ４の用紙を眺《なが》めて高野は顔をしかめる。

「できないことはないよ。だけど、これ本当に必要なのか？」

「似たような意見がけっこう来てるんだよ」

信田が高野の隣に椅子《いす》を引き寄せて腰掛ける。

「簡単にできそうなら対応してみてほしいんだけど。どうだろう」

「でもこれって、コンセプトが別の方向に流れていきそうな気がするんだけど」

「高野がやりたくないなら諦めるけど、でもさ、要望が多く上がってるってことはそれが世の流れなのかなという気もするんだよな」

信田が考えながら言葉を繋ぐ。その様子に高野はため息をついた。

「それは諦めてないって言うんだろ」

「まあな」

にやりと信田が笑う。

「信田がゴーサイン出したら俺は従うよ。商品化は信田の役割だし、そもそも流れを読むのは俺は信田にはかなわん」

「サンキュ。よろしくな。いいねえ、スピーディーな企画会議。気持ちいいよ」

高野の肩を叩《たた》いて信田が立ち上がった。

二人の様子をじっと見ていた智美《ともみ》が頬杖《ほおづえ》をついたままポツリと「ふうん」と呟《つぶや》く。

「なんだよ智美。観察してんなよ」

「そうだよ、智美ちゃんの『ふうん』は時々怖いんだよ」

べつに、と智美は呟いて背筋を伸ばしてキーボードに手を戻した。

「高野君と信田君って喋《しゃべ》り方も似てるのよね」

「そうか？」

「笑い方まで似てることもあるわよ。考え方も性格もけっこう近いわよね」

智美は眼鏡《めがね》を外して、おもむろに高野をまっすぐに見た。

「似たような性格の人間は、同属嫌悪になって嫌い合うか、意気投合して地の果てまで突《つ》っ走って自滅するかのどっちかなんだって」

「自滅ってなぁ、智美」

信田が苦笑する。

「俺と高野は大丈夫だよ。似ているようで似てないから」

「そうかしら」

信田に答えているのに、智美の視線は高野から離れない。無表情なのに、その瞳はまるで挑んでいるように高野には見えた。

割り込んだのは信田だった。

「大丈夫だよ、俺たちには智美っていう強力なストッパーがあるだろ」

「私では力不足よ」

智美がふいと目を逸《そ》らす。

「信田君と高野君の間には入れない」

高野は「そんなことないと思うよ」と答えてかすかに笑った。そうだ、実際、智美は高野と信田の間に入り込んだ。二人だけの世界を乱した。

「まあ、技術的な内容だからな」

信田が能天気に笑う。

「そうだ高野。技術的なストッパーが欲しいなら、またあの子連れてこいよ。ほら、水沢《みずさわ》君」

「渉か」

「俺、けっこうあの子好きよ。大人《おとな》しそうなのに、意外といろいろよく見てる。説明も分かりやすいし。何よりも、すれてない感じなのがいいね」

「そうだな」

答えた高野を見ながら、智美が肩を竦めてキーボードをトンと叩いた。

「ほら、おんなじ人を気に入ってる」

驚いたように智美を見て、信田がおもむろに笑い出す。

なんだそりゃと笑う信田の声を聞きながら、高野も一緒に笑い顔を作った。心の中で智美を睨《にら》みながら。

確かに高野と信田の趣味は似ているかもしれない。だけど自分は、智美に好意を抱くことだけはないだろうと高野は強く思った。


その数日後だった。智美が二時間ほど遅れて出社した。

信田と智美は基本的に一緒に事務所に現れる。客先回りで信田が遅れてくることはあっても、智美が遅れることは珍しい。だけど信田が「智美、少し遅れるから」とだけ言ったので、高野は「分かった」とだけ答えてあえて理由は尋ねなかった。

「ごめん、遅くなって」

智美は事務所に姿を現すなり、ふぅと大きく息をついた。

「珍しいじゃん、智美ちゃんが遅くなるなんて。どうしたの」

私にだって用事くらいあるわよ、というういつもの突っけんどんな反論を予想して尋ねた高野を、智美は不思議な目で見た。あまり見たことのない彼女の表情だった。

智美は信田に顔を向ける。

「信田君、話してないの？」

「ああ、まあ」

信田は微妙に言葉を濁した。智美はため息をついて、視線をまっすぐに高野に戻した。

「妊娠したの」

一瞬、聞き返しそうになった。

「だから、病院に行ってきた」

智美から瞳が離せない。

「そうなんだよ、だから時々通院で休むと思うし、産まれてからしばらくは休むと思うけど」

信田の言葉が耳の中を抜けていく。

「――よかったじゃん。おめでとう」

言葉は勝手に滑り出た。粘土のような笑顔が張り付く。

「ありがとう」

智美は高野の顔をまっすぐに見たまま言った。彼女はかすかに笑った。

ざわりと体中の血が震えた。

高野には分かった。智美の笑みには高野に対する優越感が滲《にじ》み出ていた。


「高野さん？」

後ろ手に縛った上に目隠しまでしようとしたら、さすがに渉はいぶかしげに問いかけた。

昼前に信田と智美に子供ができたと告げられてからのことは、まるで別の次元の出来事のように遠い。いつものように信田と昼食に出てランチを食べ、仕事をこなし、来客に対応した。普段通りに笑い、話し、事務所の電気を消してエレベーターに乗った。だけどそれは現実感を欠いていた。笑っている自分が別の自分のようで、一方の本当の自分は信田たちと別れたとたんにスマホを取り出して渉を呼び出していた。

いつものビジネスホテルではなく、駅前で待ち合わせて裏通りのラブホテルに連れ込んだ。

「時には刺激的でいいだろ」

高野は渉の耳元で囁《ささや》いて笑った。

「最初の頃はよくこうやって楽しんだじゃないか」

目隠しの布をきつく縛って、渉をベッドに仰向《あおむ》けに転がす。

「ちょっと待ってて。準備するから」

「……はい」

不安げな渉の声を背に部屋を出て、ロビーに続く細い階段を下りる。

安っぽい丸椅子に腰掛けていた男を手招きした。以前、何度かプレイを楽しんだアジア系の同類の男だ。渉に電話をした直後に彼にも連絡を入れて、あらかじめ待たせてあった。

「喋らなければいいいんだね」

「そう。あとは何してもいい。好きなことを好きなだけどうぞ。あの子は慣れてるから」

「中出しは？」

「したけりゃどうぞ」

にっと男は笑った。日に焼けた笑顔に白い歯が目立った。


手を縛られ目隠しをされたまま心もとなさげにベッドに座っていた渉を男が押し倒すのを、高野はベッドの脇に立ってじっと見ていた。

顎を持ち上げて口付ける。渉がぴくりと震える。

「――……ん……っ」

男はしつこく渉の唇を舐める。厚い唇で噛み付くように覆い、息まで食べるように奪い尽くす。高野が手を伸ばせばすぐ触れられるほど近くで、渉が苦しげに身じろぐ。

「──高野、さん……？」

口付けの合間に渉がいぶかしげに問いかける。

男は高野を見上げて笑った。高野も笑い返す。笑い返してから、もっといいよと渉を指差す。男は楽しそうに目を細めた。

額を押さえて首筋にかぶりつかれ、渉が小さな声を漏らす。怯《おび》えた悲鳴だった。

次の瞬間、渉が「嫌だ」と叫んだ。

首を振って「高野さん！」と大声を上げる。

「高野さん、高野さん！　どこ！」

後ろ手に縛られたまま体を捻《ひね》って後ろを振り返って、渉は必死で叫ぶ。足を振り上げて逃れようとするのを男が押さえつけようとする。渉は全身で抵抗する。

「高野さん！」

「ここだよ」

叫ぶ渉のそばに静かに歩み寄り、その耳元で高野は囁いた。渉の動きが止まる。

「俺だよ。何をそんなに嫌がるの」

「──……え？」

渉が戸惑った声を聞かせる。

高野は渉の首筋を指の背で撫でた。ぴくりと震えた渉の唇をそっと覆う。一度だけ軽く吸って高野は唇を離した。

「ほら、俺だろ？」

渉の動きが止まった。高野は男に笑いかける。男はにっと笑い返して、渉のシャツの襟元《えりもと》に手を這わせる。渉が息を呑《の》んだ次の瞬間、男は力任せにシャツを開いた。鈍い音とともにボタンがいくつか飛ぶ。驚いた渉が唇を噛んで肩を揺らす。

「——た、高野さん」

渉の声は怯えて揺れていた。

「なに？」

耳元で答える。そのあいだにも、男の手は渉の胸元を這う。乳首を摘《つま》み上げられて、渉がびくりと震える。

「高野さん、なに……」

「抵抗するの？　渉」

渉ははっとしたように黙る。

「前はされるがままだったのにね。いつの間にそんなに反抗的になったの。俺も甘やかしすぎたかな」

囁くように言えば、渉は唇を引き結んで俯《うつむ》いた。

男が渉のシャツを左右に大きく開いてベッドに押し倒す。両肩を摑《つか》んで押し付けて、首筋に顔をうずめた。

男の舌が渉の体を這う。息を殺す渉の体が徐々に赤くなっていくのを、高野は冷めた目で眺めていた。

「――い、っ……」

渉が声を漏らして足を揺らす。鎖骨に歯型が残っている。はぁっと息を漏らして渉は顔を横に向ける。痛みを逃している様《さま》がかすかに高野を煽《あお》った。

男が圧《の》し掛かり、渉の唇を唇で覆う。両手は渉の小さな乳首を容赦《ようしゃ》なく摘んで捻る。渉が身を揺らすのが分かった。痛いのか、息が泣きそうに乱れている。

男の唇は、果物にかぶりつくように渉の顔のそこかしこをかじっていく。その唇が再び口元に戻った時、唐突に渉は「嫌だ……っ」と叫んだ。

「違う、高野さんじゃない！」

大声で叫んで体を捻る。高野さん、と必死の声を上げる。

暴れる渉の耳元に、高野は口を寄せた。

「だったら何？」

動きを止めた渉が顔を上げる。

「渉は耐えられるだろ？　何よりも大切な彼女と子供のためなら、どんなことだって耐えられるよな」

目隠しをされたままの渉の表情は高野には分からない。だけど、口元が戸惑って震えるのが見えた。

「見ず知らずの俺に体を売ったくらいなんだから。金を払ってくれるなら誰でも良かったんだろ？　安心しな、今日はいつもの倍払ってやるよ」

「——高野、さん……？」

渉の声が掠《かす》れている。

「いいよ、続けて」

男に向かって言い放つ。許しを得た男は、にっこり笑って渉をうつぶせにひっくり返した。ジーパンを引きずりおろされようとしていると分かって、渉が「嫌だ！」と叫ぶ。

「嫌だ、嫌！　高野さん！」

もがく渉を高野はベッドの脇に立って見下ろした。心はしんと冷えている。

「高野さん、こんなことさせないで。ねえ、高野さん……！」

「いくらでも叫びな、渉。どれだけ声を出しても音が漏れないようにこの場所を選んだんだから」

「高野さん！」

仰向けに戻された渉が足を振り上げて抵抗する。男が困った顔で高野を見上げた。

「邪魔な足だな、俺が押さえるよ」

足首を掴んでベッドに縫い付ければ、渉は「嫌だ」と叫んで高野の手から足を引き抜こうとする。だけどそれも、剝《む》き出しの性器を男に握りしめられて引きつるように止まった。

「――う、……っ」

苦痛の声。

男が乱暴に揉《も》めば、こらえる声はやがて引きつって乱れ、泣き声に変わった。目隠しの端が濡《ぬ》れる。

渉の泣き顔を見るのは久しぶりだと高野はぼんやりと思った。昔はこの泣き顔にこの上なくそそられた。噛み締めた唇から息が漏れる様子も前と変わらない。だけど、前ほど興奮を煽られない。

もう渉は嫌だとは言わない。ただしゃくりあげている。

男が渉の片足を担ぎ上げて強引に指を突っ込んだ時も、痛みのために悲鳴を上げはしたけど、嫌だとは言わなかった。

だけど、当然のように、渉の性器は萎《な》えたままだった。高野にはそれが最大の抵抗のように見えた。

「渉、どうした？　いつもみたいに楽しまないのか？」

声を降らせて、高野は渉の胸元に顔を下ろす。男にいじられて腫《は》れた乳首を口に含めば、渉のしゃくりあげる声に泣き声が混ざる。高野は手を伸ばして、男が後ろをかき回すその手前で力なく揺れている渉の性器を握った。いつものように柔らかく揉み上げてやればそれは徐々に形を成し、逆に高野の気持ちはいっそう冷めていく。

だんだん、自分が何でこんなことをしているのか分からなくなる。興奮したかったのか？　渉を苛《いじ》めたかったのか？　高野は渉の性器を刺激する傍《かたわ》ら、空いた手で自分の性器を引きずり出してしごいた。硬くはなっていくけど、それは生理的なものでしかなくて、気持ちは興奮しない。それが許せなくて、躍起になって高野は自分をしごいた。

男が渉をうつぶせにひっくり返し、腰を高く引き上げる。渉はもうされるがままになっている。

男がちらりと自分を見るのを感じたけど、高野は目を合わせなかった。そのまま渉を見ていた。目隠しをされたまま頬をシーツに押し付けている横顔。薄く開いた唇から息が漏れている。背中の上下は速い。

「——う、っ」

それでも、男が赤黒いものの先端を押し付けた時、渉は唇を噛んで声を漏らした。

渉の白い尻《しり》にそれが徐々に押し込まれていくのを高野は無表情に眺める。心がしんと冷えていた。

次の瞬間、渉が「高野さん！」と大声で叫んだ。

高野はびくりと震えた。飛び上がるくらい驚いた。

「嫌、やっぱり嫌だ！　高野さん……！」

渉が頭を上げてもがく。その背中を片手で押さえつけて力任せに自分を収めようとする男を、高野は突き飛ばしていた。

男が離れるのと同時に渉がベッドに崩れ落ちる。渉は体を丸く縮めて、荒く息をついている。噛み締めた唇からしゃくりあげる息が漏れていた。

自分が何をしたのか一瞬分からず、高野は呆然《ぼうぜん》と男を見る。男は、まるで予想していたかのように高野を見てにやりと笑い、肩を竦めた。

「——悪い、帰ってくれ」

もう一度肩を竦め、男は床に落ちていた自分の服を拾う。

しなやかな背中がバスルームに消えるのを見送って、高野はベッドに上がった。横たわる渉の体を仰向けに転がせば、ぎくりとしたように顔を上げる。怯えた様子に思いがけずどきりとする。その感覚をあえて無視して、高野は渉の両の足首を掴んで大きく広げ、そこそこ硬くなっていた自分のものをその間に押し込んだ。

「——あ、う……っ」

渉が悲鳴を上げる。だけど抵抗したのは一瞬で、渉は体の力を抜いた。

高野が体を押し付けるたびに、高く上がった渉の足が揺れた。渉の中の熱と摩擦で高野のものは徐々に硬くなっていく。高野の体が熱くなっていく。

嚙み締めていた唇をほどき、渉はいつしかはぁっはあっと息を漏らすようになっていた。逆に高野の唇が嚙み締められていく。泣きそうに顔をしかめていることに高野自身気付いていない。

どのくらいそうして獣《けもの》のように動いていただろうか。ドアが静かに閉まる音が聞こえてしばらくしてから、高野はようやく達した。

「——……っ」

渉がのけぞる。

興奮が去るまで、渉の両足を抱えたまま高野はじっとしていた。息が落ち着いてから、高野はずるりと自分の体を引き抜いた。渉の両足が力なくベッドに伸びる。

高野は重い体を動かしてベッドから下りた。渉の肩を押して縛った両腕をほどき、そのまま渉に背を向けた。ティッシュを手に自分の後始末をし、乱れた服装を整えはじめる。

ベッドが軋《きし》むのが聞こえた。

高野の背中に何かが当たって床に落ちた。渉の目を隠していた黒い布切れだった。渉が投げつけたのだと知る。

「——何があったんですか、なんて聞かない」

涉の声は掠れていた。

高野は動きを止める。だけど渉を振り返ることはしない。

「高野さんはわがままだ。なんでも持ってるじゃないですか。お金も、地位も、学歴も、住む場所も、信頼してる仲間も……。それ以上、何が欲しいって言うんですか……！」

初めて耳にした渉の憤った口調だった。渉でもこんな声が出せるんだと高野は鈍い頭の奥で思った。

「なんだって手に入るのに。僕が欲しくても手に入らないものをいくらだって持ってるのに、なんでもかんでも欲しがってる」

呻《うめ》くような声だった。

高野は振り返らない。振り返れない。渉が自分を睨んでいるのが分かっていたから、その目を見るのが高野は怖かった。

ひっくと渉がしゃくりあげる音が聞こえた。

「——高野さん！」

明らかに涙混じりの悲鳴のような叫びも無視して、高野はバスルームに向かう。

手と顔を洗って、髪を整えて部屋に戻った時には、もうそこに渉の姿はなかった。

安っぽい絨緞《じゅうたん》の上に白い小さなボタンが落ちている。渉のシャツのボタンだった。

あのボタンの飛んだシャツでどうやって帰ったのだろうと高野はぼんやりと思った。

その日を境に、渉は高野と連絡を絶った。

高野のメールに渉の返事が返ってくることはなかった。電話をかけても渉は出ず、しまいには番号が変えられたことを、高野は無機質な女性の声のアナウンスで知った。

◆◆◆

男がいいな、と信田は言った。

なんで、と高野が問うと「親友でライバルで相棒、なんて関係は男同士にしか築けないと思わん？」と信田は高野を見て笑った。

そして、おもむろに高野の目を覗《のぞ》き込む。

智美が病院に行き、二人きりで事務所にいる時だった。信田は学生の頃の距離で高野の腕の横に肘《ひじ》をついた。

「高野、俺はお前のそういう相手だと思っていい？」

顔は笑っているのに、信田の瞳は笑っていなかった。縋るような瞳に高野には見えた。

「――もちろん」

かすかに間が空いたのは、切なくなったからだ。信田がどんな気持ちでライバルで相棒なんて言葉を口に出したのか。信田が引け目を押し殺して高野に接していることに苦しくなる。もう、純粋に対等な関係には戻れないと思い知らされるのが高野にはつらかった。

「サンキュ」

信田はため息をつくように笑った。その表情に、かすかに高野の息が止まる。信田と自分がとてつもなくすれ違っていると感じる。

「昨日、智美と話したんだ。男がいいか女がいいかって」

信田は、高野のそんな気持ちに気付かずに、高野の目を見上げたまま言葉を繋げる。

高野は息苦しくなりながらその言葉を聞く。

「俺は、男がいいって思った。自分の子供にも高野みたいな相手ができるといいなと思ったんだ。その時さ、結局、なんだかんだ言っても俺は、高野が俺の軸なんだって実感したんだよ」

「軸？」

問い返した高野に信田は小さく笑った。

「俺は、自分が小難しい人間だって実感してるから。打ちとけない、心を許さない。親しくしている人間が多くいるように見えて、気を許しているのは一方的に向こうだけで、実は俺は壁を崩していない。言い方によれば、寂しい人間だと思われると思う」

高野の心がかすかに揺れる。

自分も、そのように一方的に好意を寄せている人間なのだろうと思った。そして信田は同じ場所にいない。

そんな高野を前に、信田は言葉を続ける。

「だけど俺が卑屈にもならずにいられるのは、高野の存在があるからだ。高野という親友がいるから、俺はぶれずにいれたんだと思ってる。高野は……俺の軸なんだよ」

高野の胸の奥がきりきりと音を立てる。

だけどお前は俺の隣にはいないじゃないかと心の中で叫ぶ。俺は、同じ場所にいてほしいと思っているのに、勝手に一歩下がって俺を見上げる。

そんな心を押し殺そうと力を込めれば、高野の笑顔はいつも以上に穏やかに顔を覆ってしまった。「ありがとう」と呟いた言葉さえ、一瞬もぶれない。ポーカーフェイスの上手《うま》さに自分で悲しくなる。

「俺も、信田は一番の親友だよ」

高野が呟けば、信田は笑った。ほっとしたように。大学にいた時の無邪気な笑みがかすかに姿を見せ、高野はいっそう苦しくなる。こんな言葉で素顔を見せるなんて、どういうことだよと思う。

信田と自分の関係はいつの間にか変わってしまった。

高野が一番だと言ってくれる。拠《よ》り所《どころ》だと言ってくれる。自分の子供に、高野みたいな親友ができたらいいと願ってくれる。それは嬉《うれ》しいと思う。だけど、信田は隣にいない。

その役を担うのは智美だ。

智美の前なら、きっと信田はもっと楽にいられるのだろう。自分といるより、きっと自然体で、卑屈にもならずに……。昔の、高野と一緒にいた頃の信田のように気を許すのだろう。

「タバコ、吸ってくる」

耐え切れずに、高野は席を立った。「おう」と信田が手を上げる。

喫煙ブースに向かって歩きながら、高野の心がしんしんと冷えていく。同時に体は泣きそうに熱くなる。

もう誰もいないと思う。

信田はいない。

そして、渉もいない。高野には何もない。高野はあまりに空っぽだった。

頭に浮かぶのは渉。

渉に会いたい。渉を抱きしめたい。髪に顔をうずめて、渉の匂いをいっぱいに吸って安心したい。自分がどれだけ渉に甘えていたのか、渉がどれだけ自分の支えになっていたのか、高野は今更思い知っていた。

だけど、渉はもういない。

あの夜から数日後、高野が外出している間に、渉は事務所にやってきた。

留守番をしていた信田に「高野さんにお返しします」と手渡したのは分厚い封筒。

中身は、二百枚近い一万円札だった。高野が支払った情事の報酬を、渉は本当に必要なぶんを除いて使用していなかったのだ。

渉は本気で高野との関係を清算してしまった。

高野は立ち止まり、自分の手の甲に爪《つめ》を立てる。

心がぎしぎしと軋んでいる。痛い。苦しい。息ができない。

渉が離れていくようなことをしたのは自分のくせに。自業自得なのに。

あの夜は、無性に渉を傷つけたかった。ぼろぼろになるまで痛めつけたかった。そのあとにどうなるかなんて考えなかった。いや、考えていたのかもしれない。泣かせたけど高野は、これまで許してくれたように、きっと渉は今回も許してくれると思っていたのだ。渉に甘えていたのだ。

なんてバカな自分。なくして初めて愚かさに気付く。

渉に会いたいなんて。

あまりの身勝手さに、高野は嘲《あざけ》るように笑った。顔には出さずに。

手の甲に血が滲む。だけど、痛みは感じない。

空は高く青い。電車に揺られながら、高野はビル群の上の空を眺めた。

昼過ぎの電車の中はがらがらだ。片手ほどの人が座席にぱらぱらと腰掛けている。

打ち合わせの成果は悪くなかった。

それなのに満足感は一切なくて、高野は足を組み直して目を閉じた。

むしろ空虚さばかりが募る。最近の高野はずっとむなしさを抱えている。商談を成功させても、売り上げが上がったと聞いても、ランキングの順位が上がったと聞いても、心はぴくりとも動かない。喜ぶ信田に合わせて嬉しがるふりをするが、そんな自分を斜めに見ている自分がいていっそう心が冷える。

「次は——」

車内アナウンスが耳に入り、高野ははっとして目を開けた。顔を上げる。

渉のマンションがある駅だった。どきりとして、ぼんやりとしていた意識が一気に覚める。

高野は思わず腰を上げかけて、また座る。

渉はまだあそこに住んでいるはずだ。大家の高野には渉が転居したという連絡は入っていない。

だからどうだと自分で自分をけなす。いまさら渉には会えない。どちらにしても、今の時間は渉は仕事をしている。それに、渉は自分から高野との繋がりを絶ったのだ。高野の顔を見るのも嫌だろう。

取り留めなくぐるぐると考えは巡るのに、気付けば高野はホームに立っていた。

高野の後ろで音を立ててドアが閉まり、ゆっくりと電車が動き出す。

呆然としながら、高野は小さくなっていく電車の後ろを見つめた。


渉の部屋の鍵を、高野は開けられなかった。

鍵を出す手がためらい、高野はポケットに手を突っ込んだまま動くことができなかった。

この時間帯は、渉も香代子も家にいないことは分かっている。いつものように鍵を差し込んで、回して、ドアノブを摑んで引いて中に入ればいい。そう思うのに、体は動かなかった。

ダークグレーのドアの前でどのくらい突っ立っていたのだろう。エレベーターが開いて、足音が近づくのにはっとして、高野はようやく渉の部屋の前を離れた。

荷物を抱えた宅配業者の青年と挨拶《あいさつ》を交わしてすれ違い、エレベーターに乗り込む。

一階のボタンを押して、高野は壁に寄りかかった。

目を閉じれば沈み込むような疲労が降ってきて、高野はため息を嚙み殺した。

駅に戻ったら、次の電車は二十分後だった。

少し考えて高野は、渉と行ったいつかの公園に足を向けた。

ビルの間の痩せたしだれ桜は、意外なほどしっかりと緑の葉を茂らせていた。濃い影が茶色い地面にくっきりと落ちている。

渉と座ったベンチに腰を下ろし、高野はぼんやりと桜の木を眺めた。

寄りかかった背もたれが熱い。

炎天下にさらされていたベンチは熱を持ち、高野の尻と背中をじわじわと温めていく。昼過ぎの太陽を浴びる頭頂部が熱い。木陰のベンチもあるのに、あえてかんかん照りのベンチに座る高野をちらりと見ていく人もいる。

高野は自嘲《じちょう》する。

真昼間からスーツ姿でベンチに座り、暇そうに寄りかかっている男。傍らにはビジネスバッグ。スマホをいじるわけでも、書類に目を通すわけでもない、本当にやることのなさそうな男。

「……派遣切りにあったプー？」

呟いたら、くすりと笑いがこぼれた。

空を見上げれば、飛行機雲が長く尾を引いている。まぶしくて目を閉じれば、往来の車の音に混じって、子供たちの声が遠く届いた。

——じゃんけん、ぽん。あーん、また負けたー。

——勝ったー！　チ、ヨ、コ、レ、イ、ト。

あの時も聞いた。下校する子供たちの声。

あの時は隣に渉がいた。

高野が恐る恐る伸ばした指を受け止めて、優しく笑った。あの笑顔で。高野の鼓動《こどう》を速くする、綿のような微笑みで。

目を開けて隣を見て、高野は目なんて開けなければよかったと思った。

そこにあったのは、誰もいない空っぽのベンチだった。きりきりと胸が締め付けられて、息苦しくなる。

もう渉はいないのに。

渉を手放したのは自分のくせに。

自分のバカさ加減に息が詰まる。瞬時にかっと頭が熱くなり、高野は衝動的にポケットに手を突っ込んでキーホルダーを取り出した。渉の部屋の鍵を外すと、立ち上がって大きく振りかぶる。

高野が投げた鍵は、大きく放物線を描いて飛び、しだれ桜の隣の植え込みに落ちた。

はあっはあっと息が漏れる。

鍵を投げただけなのに、息が切れていた。

どれだけ運動不足なんだと自分をあざ笑い、倒れるようにベンチに座り込む。

顔を上に開けて目を閉じて、高野は、息が乱れているのは運動不足のせいではなくて自分が泣きそうになっているからだとようやく気付く。

奥歯を噛み締めて、高野は固く目を閉じた。


スマホが震えて、高野ははっとして身を起こした。

『高野、今どこ？』

信田からだった。

「横川《よこかわ》システムの帰り」

『何かトラブった？　えらい時間かかったな』

「いやべつに。上手くいったよ。昼食を食べに途中の駅で降りてぶらぶらしてた」

『なんだよ、心配させるなよ』

ふてくされた口調で言いながらも、ならいいや、と信田はほっとしたように続けた。

『新しいプロモーションの件で、高野に見てもらいたいものがあるんだ。帰ったらよろしく』

「ああ。分かった」

返事をして通話を終えたものの、高野はベンチから立ち上がれなかった。根が生えたように体が重い。

頭の中が疲れきっている。何を考えたというわけでもないのに、何も考えたくないくらいぐったりとだるかった。

ぼんやりと見ていた景色の中に、年配の女性がレトリバーを連れて通りかかるのが見えた。金色の大型犬は、ふんふんと茂みの匂いをかぎながら歩いている。柔らかそうな尾がゆっくりと揺れている。

レトリバーは突然、茂みに顔を突っ込んだ。

「ちょっと、モモちゃん」

慌てる飼い主の言うことなど聞かずに、わさわさと茂みに入り込もうとする様子に、高野ははっとして体を起こした。

その茂みは、さっき高野が渉の部屋の鍵を投げ込んだ場所だった。どきりとする。

高野は、皮のケースをつけたまま鍵を投げ捨てた。もしかしてあの犬はその匂いに惹かれたんじゃないだろうか。

思わず腰を上げかけて、即座に座り直す。

――いったい何をしようとしてるんだ。あの鍵は捨てたんだろ？

自分に言い聞かせるが、速くなった動悸《どうき》は治まらない。瞬きもできずに、尻尾《しっぽ》をぶんぶんと振って茂みに顔を突っ込む犬を、高野は凝視《ぎょうし》する。

じわりと汗が湧いた。

「ちょっと、モモちゃん。もう行きますよ」

飼い主が引っ張るが、大きな犬はびくりともしない。

「ねえ、何があるというの。変なものくわえないでね」

女性の声が耳に届くが、焦りのほうが大きい高野の耳には音としてしか入ってこない。高野は、腕が痙攣《けいれん》するほど強く手を握りしめていることに気付いて、意識して手をほどいた。寒くもないのに、はあっと息を吹きかける。

動悸が速くて苦しい。

早く離れろ、早くどこか行け、と心の中で呟く。

あの犬が鍵を見つけて咥えていってしまったらどうしようと焦る。捨てたはずなのに。犬が茂みを離れるのと同時に、高野はその場所に向かって走り出していた。荷物もスーツの上着もそのままに。

スーツのパンツに枝が引っかかるのにもかまわず、茂みに入り込む。

必死だった。

腰を屈めて枝葉を掻き分け、薄暗い地面に目を凝《こ》らす。だが鍵は見あたらず、体を上げて、遠ざかっていく犬を目で追う。もしあの犬が咥えていたら、と焦るが、犬にはそのような様子はなかった。口を開けて、はっはっと息をついている。

それなら鍵はまだここにある、と高野は茂みを掻き分ける。手の甲や手首を枝が叩き、淡く傷が付く。通りかかった子供たちの奇異の視線を感じながら、それでも高野は鍵を探すのをやめられなかった。最後には茂みの中にしゃがみ込んで、地面に手をついて這いつくばった。

泣きそうに焦っていた。

捨てたくせに、と心の中でもう一人の自分があざ笑う。

そうだ捨てた。だけど、捨てちゃいけないものだった、とプライドも捨てて降伏する。

「――……っ」

あの鍵は、渉と自分を繋ぐ最後のひとつなのだ。

渉は携帯電話の番号も変えた。

職場で呼び出してもきっと応じてなんかくれない。

「あのおじさん、変なの」

「きもちわるーい」

子供たちの声が届くが、高野はそんなことを気にかけている余裕はない。ただ、「どこだ、どこに行ったんだよ」と呟きながら茂みをあちこち漁《あさ》る。

ズボンのポケットに入れていたスマホが鳴る。信田の呼び出し音だ。ああ帰らなくちゃいけないと思う。だけど、帰りたくない。帰れない、鍵を見つけるまでは。帰っている間に誰かが見つけて持って帰ってしまったら？　公園の管理人が拾って捨ててしまったら？

跳ね返った枝が、屈んだ高野の頬を叩く。

苛立《いらだ》たしげに押しのけて、高野は茂みの中に目を凝らす。

ここ。あそこ。いや、あそこはもう探した。

でも分からない、また探そう。見落としているかもしれない。

どうしてあの鍵を投げ捨てるなんてバカなことをしてしまったんだと唇を噛みながら、高野は何度も茂みに潜った。

どのくらい経った頃だろうか。

目の端に、少し離れた植木の根元で、ぽとりと小さなものが落ちるのが映った。

「――え……？」

茶色い皮のものに見えた。息を呑む。

枝が引っかかるのも構わずに手を伸ばす。

指に引っ掛けて引き寄せる。

「……あった」

高野が投げた鍵だった。枝に引っ掛かっていたのが落ちたのだ。高野の必死さに根負けするように。

両手で握りしめる。

息が詰まり、泣くかと思った。

髪も服も乱し、葉切れを何枚もつけたぼろぼろの姿で、高野はしばらく茂みの中に突っ立っていた。

ベンチに戻って上着を手に取り、その軽さに違和感を覚える。

胸ポケットに入っていたはずの財布とパスケースがなくなっていた。


「何やってんだよ、高野は」

駆けつけた信田は呆《あき》れたように高野の頭をはたいた。

そして「大丈夫か？」と高野の顔を覗き込む。

「何が？」

「何がじゃないよ。お前、ここのところずっと変だぞ。元気がなくて、ボーっとしてる」

「そうか？」

「ああ」

信田の視線から目を逸らして、高野は斜めの方向を見る。

「ほら、そういうところ。なんだか覇気がないんだよな」

答えない高野に、信田はため息をついて、気を取り直すように言った。

「財布に入ってたクレジットカードの使用停止はしたんだろうな」

「あ、してない」

「パスモは？」

「……してない」

はぁ？　と信田は呆れた声を聞かせる。

「目の前が駅だろうが。何やってんだよ」

「悪い」

顔をしかめて信田は高野を見た。

「本当に、大丈夫か？」

「大丈夫だよ、悪いな、心配かけて」

高野は笑顔を作って信田を振り返る。

ふう、と信田は大きくため息をついた。

「カード停止しとけよ。パスモも。免許証も紛失届け出しとけよ」

「ああ」

「俺、今日は高野んところに泊まろうかな」

「は？」

思わず信田を凝視する。

「お前やっぱり変だよ。久しぶりに夜通し飲もうじゃん。それで、溜《た》めてるもんぶちまけてみろよ」

ぎりっと胸が音を立てた。

ああ信田はやっぱり幸せなんだと思う。他人を気にかけるなんてことは、自分の心に余裕がないとできない。信田は幸せなのだ。智美という伴侶《はんりょ》がいて、家庭があって、子供もできて。

「なにバカなこと言ってるんだよ」

高野は信田の背中をぐいと押した。

「智美ちゃんが家にいるんだろ。妊婦になったとたんに外泊なんて顰蹙《ひんしゅく》もんだぞ。——俺はなんともないよ。ちょっと疲れただけ。一晩ぐっすり眠れば復活できる」

疑わしそうな顔をする信田に笑いかける。

「来てくれて助かったよ。本当に一文無しだから、電車にすら乗れなかった。……借りた金は明日返すから」

「そんなんいいよ。返さなくていいから」

何か言いたそうに高野を見上げて、それでも信田は口を閉じた。

信田には智美がいる。

信田と別れて一人で家路《いえじ》を辿《たど》りながら、高野はぼんやりと考える。

俺には何もない。渉を手放してしまったから。

いや、渉はもともと香代子のものだったのだ。自分のものになったと思っていたのは錯覚でしかなくて。

——俺は、もともと一人だった。いつだって一人だったんだ。

ポケットに突っ込んだ高野の手は、ずっと無意識に渉の部屋の鍵をいじっていた。


ブランデーを生のまま三杯も四杯も飲んで眠りに落ちたその夜、高野は渉の夢を見た。

高野は夢で渉を抱いていた。

どこだか分からない乱れたシーツの上で、渉と高野は繋がっていた。

腕の中で渉は微笑んで、高野の頬に手を伸ばした。頬に触れた手が温かくて優しくて、高野はその手を握り返して強く自分の頬に押し付ける。渉が嬉しそうに笑った。

——ああ幸せだ、と思う。

目を覚ましてしばらく、高野はぴくりとも動けなかった。

このまま自分が泥になって消えてしまえばいいのにと思った。

◆◆◆

「信田お待たせ、マニュアルできたぞ」

両手を上に上げて、大きく伸びをする。

「おーサンキュ。契約書書き直すよ。何枚になった？」

「表紙入れて二十一枚」

「お、なんだよ。ぶつぶつ言ってた割りにすごい頑張ったじゃん」

「やるって決まったら、中途半端にはしないさ」

信田がにやりと笑って、高野の肩に自分の肘を置く。お疲れさん、と笑って、ぽんと背中を叩いた。

「よっしゃ、じゃあ今度は俺の出番だな。契約更新行ってくる」

「よろしく」


財布とパスケースをなくしてから二週間。

新しい財布を購入し、クレジットカードや免許証も新しくなると同時に、高野の日々に張りが戻ってきた。

いや、戻した。高野は覇気のある自分を演じている。昔からそうであったように、演技でもそうしていれば、いつかそれが本当の自分になると思い込ませた。どこか心配げな信田に、もう元に戻ったと見せつけるため笑いかけるように努めたら、最近では信田も以前のように無理のある注文を高野にぶつけてくるようになった。そうなって初めて高野は、最近の信田が高野を気遣って無理を言わないようにしていたのだと気付いた。

それでも高野は、一人きりの部屋に戻ると、沈黙が嫌でテレビをつけた。

渉を高野の部屋に入れたことなんてない。渉がこの部屋の風景にいないことは以前も今も変わらないことなのに、音のないしんとした空間は高野に渉を思い出させて息苦しくさせた。

あんなことをしなけりゃ良かったと天井《てんじょう》を見上げる。

だけど、そう思うそばから、あのままの関係が長く続くはずがなかったと、引導を渡した自分を慰める考えも浮かぶ。いつかは渉を手放さなくちゃいけない時がやってくる。それが後になればなるほど、きっともっとつらかった。だから、今、こうなって正解だったのだと。

手は無意識にキーホルダーをいじる。一度は投げ捨てた小さな鍵は、まだそこに慎ましくぶら下がっていた。

気持ちを切り替える前に一度だけ、高野は仕事が終わってから渉のマンションの下に行った。

渉と一緒にベランダから見下ろした公園に行って、渉の部屋を見上げた。公園のベンチに座って見上げた白いマンションは、まるで巨人のように暗い夜空にそびえ立っていた。

「往生際が悪いな、俺も」

苦笑とともに呟きが漏れた。

渉の部屋は七階の角部屋だ。まだ渉も香代子も帰宅していないのだろう。ベランダの向こうに見える窓は暗いままだ。

自分が何をしようとしているのか、何を求めてここにいるのか分からないまま、高野はベンチの背に寄りかかってマンションを見上げていた。ただ決めているのは、今日ここを離れたら、渉のことはきっぱり忘れるということだけだった。

夕方の風が弱まり、夜の湿った空気が漂い始める。夕餉《ゆうげ》の匂いがどこからともなく高野に届き、かすかに懐かしい気持ちにさせる。思いがけないことに、高野は実家にいた頃のことを思い出した。

母の得意料理はマーボ茄子《なす》だった。父が毎晩ビールを飲んだからかもしれない。マーボ茄子は父にも好評で、父はいつも喜んでひき肉の絡まった茄子を食べながらビールを飲んだ。いや、父が好きだったから得意料理だったのかもしれないとふと思う。母は、父の褒め言葉にいつも嬉しそうに笑った。

そこに、母に対抗するように、妹が手の込んだ料理を持ち込む。それを喜ぶのは兄だった。父の晩酌《ばんしゃく》に付き合ってビールを飲みながら、妹の料理をからかいながらも喜んでつついた。平和な高野家の夕食。

だけど、そこに高野の居場所はなかった。

いや、あったのだけど、それは他の四人に比べてあまりにも希薄で不安定で、高野が「ごちそうさま」と空になった茶碗《ちゃわん》を持って席を離れても食卓の盛り上がりは変わらない、そんな存在だった。

「あ」

渉の部屋の電気がついた。リビングだ。

高野は明かりを見つめる。帰ってきたのは渉だろうか、香代子だろうかと考える。

窓に人影が近づき、カーテンに手をかける。遮光カーテンが閉められる直前に見えた人影は渉に見えた。ぎゅっと胸が締め付けられて、高野は無意識に手を握った。

薄暗くなった窓を見上げて、浅く息をつく。

心臓がどきどきと鳴っていた。

こんなに恋しい。こんなに切ない。暗くて顔も見えず、影の形しか分からない、それでも泣きたくなるほど胸が絞られる。

高野は身じろぎひとつしないで、ただじっと渉の部屋のベランダを見上げていた。

そんな高野の目の前で、唐突にカーテンが開いた。

え、と思う間もなく、人影がベランダに現れる。今度こそはっきりと渉だと分かった。

思わず息を呑む。

渉は手を伸ばして洗濯物を取り入れる。細い腕、痩せた首。柔らかい髪が部屋の明かりを透かして揺れるのさえ見える気がした。

息を詰めて見上げる高野の前で、もうひとつの人影がベランダに現われた。渉が振り返る。何か話したのか、渉が顔を前に戻すのと同時にその人影もベランダに降り、二人で洗濯物を取り込み始めた。

なんだ、と高野は思う。

あの影は香代子だ。

二人で一緒に帰ってきたんじゃないか。仲良く。そうだ、結婚していなくても一緒に住んでいれば夫婦同然だ。

長いため息が漏れた。

同時に瞼《まぶた》が熱くなっていく。

――どうして。

どうして、と心の中で呟く。

どうして、俺は居場所を見つけられないんだろう。

居たいと願う場所にはいつも別の誰かが収まる。

生まれ育った家族の中にも。

信田の隣にも。

そして渉の横にも、高野ではない誰かが座る。

七階のベランダの揺れる明かりを瞬きもしないで見上げながら、高野は自分が泣いていることに気付かなかった。

――どうして、居たいと心から願った場所に限って、俺は必ず弾《はじ》き出されるんだろう。

もう胸は痛くない。

ただ、どうしようもない空虚な穴が心に空いていた。ぽっかりと空いた白い闇。

ふたつの人影が屋内に消えて、遮光カーテンが閉められてから、高野はベンチに寄りかかったまま静かに目を閉じた。目を閉じれば涙は出ないかと思ったが、閉じた瞼の隙間《すきま》からそれは次々と流れ出て、高野のワイシャツの襟を濡らした。

その夜から、高野は渉のことを強引に頭から消すように意識した。

どうしても消えない夜には、新宿《しんじゅく》の裏通りの馴染《なじ》みのジャズバーに行って、音楽に酔って眠った。

「もうワングラスいかが」

彼が高野の肩を叩いたのは、そんなジャズバーでのある夜だった。

いつも座るソファー席が埋まっていて、高野はカウンターに座ってブランデーを飲んでいた。振り返ると、アジア系の男性の整った笑顔が見えた。

「ああ、君か」

「こんばんは。その節はどうも」

彼は、渉との最後の夜に高野が呼んだ男だった。あの夜を思い出して思わず顔をしかめる。

「あの時は悪かったね。追い出して」

「べつに。それなりの金は最初にくれたでしょ、あんた」

彼は人好きのする顔で笑って、「ただ」と言葉を繋げた。

「最後まで楽しませてくれたらもっと良かったんだけどね。あの子、けっこういい感じだったよね。こう、本来Mのはずの俺のS心までそそったっていうか」

気のない様子でため息をついて顔を背けた高野の隣のスツールにひょいと腰掛けて、「どうしたの、元気ないじゃん」と彼は強引に高野の顔を覗き込む。

「どう、今晩あたり楽しまない？」

「悪いけど、そんな気分じゃないんだ」

彼は高野の顔を覗き込んだまま、くっきりとした二重を緩めてふふんと笑った。

「そうだね、そんな感じじゃなさそうだね」

「どうしたんだよ、君がこんなところに顔出すなんて。ここじゃ相手なんて釣《つ》れないだろ」

「あんたが最近ここによく来てるって聞いたからさ」

「俺を誘いに来たならハズレだな。俺は純粋にジャズを聴きに来てるんだよ」

つれなく前を向いた高野に、彼は「本当に残念。久しぶりにあんたに苛められたいと思ったのに」とにっこりと返す。そして、カウンターについた肘を滑らすようにして高野に体を寄せ、耳元で「ねえ、このあいだのあの子ってあんたの何?」と囁いた。

高野は思わずむっとする。

「詮索するなよ。マナーだろ」

「あの子って、あんたの本命?」

高野の剣呑《けんのん》な声など意に介さないで彼は質問を重ねる。

「違う」

高野は吐き捨てるように答えてスツールを降りる。席を替えようと思った。

「君がそんなこと詮索する人間だと思わなかった。ドライなところが一番いいところだったのに」

どうしようもなく苛立った。

「あんたの本命じゃないならいいんだけどね。ねえ、あの子が今なにしてるか知ってる？」

「なんだよ」

立ち止まった高野に、彼はスツールをくるりと半回転して向き直る。

「あの子さ、ちょっと顰蹙かってるんだよね。俺たちの店のそばで、勝手に体売ってるわけよ」

「は？」

思わず問い返した高野に、彼は「まあ、三十万とかバカなこと言ってるから誰も買わないんだけど」とおどけた口調で繋げる。

——三十万……？

忘れられない数字に高野は彼の顔から目が離せなくなっていた。

「でも、あのルックスでしょ。ガードレールとかに座ってると目立つわけよ。それで、買ってもらう気があるのか無いのかバカみたいな金額吹っかけて、客を怒らせるわけ。あんたの本命なら一言あの子に言ってもらおうと思ってさ」

高野は言葉を失う。

瞬時にいろいろな考えが頭を巡る。

どうしてとか、なんでとか、言葉になるのは疑問詞ばかりで、まとまった文章にならない。

彼はひょいとスツールを降りた。

ぽんと高野の肩を叩いて「いつもの裏通り。この時間ならいるかもね」と囁く。

動けずにいる高野に「ま、もし値段下げたらすぐに客はつくだろうね。俺も、五桁まで下がったら買ってもいいかなと思うもん」とくすりと笑う。

財布を取り出してマスターに向き直った高野に、彼は声を出して笑ってひらひらと手を振った。


閉店の支度《したく》を始めたパチンコ屋の前のガードレールに渉は座っていた。

暴力的なほどの白い明かりに背中から照らされて、渉の細い体は誘うように浮かび上がっていた。物憂げに斜め横を見ている整った横顔はどこか蠱惑的《こわくてき》で、普通に通り過ぎるぶんには頭に残らないのに、一度気付いてしまうと忘れられないような印象深さがあった。

渉が動いた。伸びた前髪をかき上げて目を伏せる。

「――渉」

高野がかけた声は、ちょうど開いたパチンコ屋の自動ドアの向こうから溢れ出した騒音にかき消されて、渉の耳には届かなかった。

それでも、高野が近づくのと同時に渉は顔を上げて、驚いたように目を丸くした。

「……高野さん」

「何をやってるんだよ、渉」

高野の声は叱《しか》るでもなく、ただ戸惑いに揺れている。あの男に言われても、本当に渉がここにいるとは思っていなかったのだ。座っている渉を見た時には目を疑った。

「買ってくれる人を探してるんです」

渉は微笑んだ。

「——バカなことを……」

声が掠れた。

「バカなことなのかな。高野さんだって、買ったじゃないですか」

「渉には香代子さんがいるじゃないか。もう生まれる頃だろ……？」

あれだけ大切に思っているものがあるのに。高野に心まで任せきらなかった拠り所が。

渉はかすかに目を細めて高野を見上げてから、何も言わないでにっこりと笑った。ガードレールを降りる。

黙ったまますれ違おうとする渉の腕を摑んで、高野はその細さにぎょっとした。高野といた頃よりもいっそう細くなっている。

「渉、どこに行く」

「河岸《かし》を変えます」

「金が必要なら、俺が買う。俺が渉を買う。三十万なんだろ」

早口に言い募った高野を、渉は瞬きをひとつして見上げた。

にっこりと笑う。人形のようにきれいな、整った微笑みだった。

「高野さんにだけは売りません。何十万、何百万積まれても」

そして、力任せに腕を振りほどいて、渉はぱっと駆け出した。

「渉……！」

突然のことに動けない高野を置いて、渉は人ごみの中に駆け込んでいく。

高野が追いかけた時には渉の姿はすでに見えなくなっていた。

「——渉……？」

足を止めた高野の声は戸惑いに揺れていた。

渉が何を考えているのか分からなかった。右手で左手の甲に爪を立てる。

心臓がどきどきと鳴って、じわりと湧いた汗が気持ち悪く背中を湿らせた。


高野は用事のない夜には、毎晩同じ場所を訪れた。

だけど、二度と渉に会うことはなかった。

どうしようもない焦りを抱えて、高野は何度も裏通りの交差点で立ち尽くした。

◆◆◆

「よう、高野」

缶チューハイとビールがたっぷり詰まった袋をぶら下げて信田が高野のマンションを訪れたのは、それから一週間ほど経ってからのことだった。

「信田」

「泊めてくれ。ほら、宿泊代も持ってきた」

重そうに袋を持ち上げる。

また今日も渉を探しに出ようとしていた高野は、すでに酔っ払っている様子の信田を追い返すこともできずに部屋に上げる。信田は壁に手をついて、床を蹴《け》るように靴を脱いだ。

「どうしたんだよ。智美ちゃんはいいのか」

「どうしたは俺の言葉だよ」

信田は握った手の甲で高野の胸をどんと突く。

「高野、お前最近変すぎ。いったん元に戻ったかと思ったけど、ここ一週間くらいなんだよ」

信田の声は叱るように強かった。

高野は言葉に詰まる。確かに今週の自分は変だと言われても仕方ない状態だったと思う。

「もう我慢ならない。今日は話してもらう」

「話すことなんてない」

「ある」

言い切って、信田はずかずかと奥に入っていく。

「おい、信田。ちょっと」

呼び止める高野を無視して勝手にリビングに上がると、信田はガラスのローテーブルの上にどんと袋を置いてラグに直接胡坐《あぐら》をかいた。もうどかないというように据《す》わった目で高野を見上げる。

「帰ってくれよ、信田」

困りきって高野は信田を見下ろした。

そんな高野を見上げて、信田はばんと自分の隣のラグの上を叩く。隣に座れという仕草だ。大学生の時はよく見ていたのに、ここしばらく見ていなかった懐かしい仕草だった。

「す、わ、れ」

腰を屈めて信田の顔を覗き込んだら、思いがけずビールの強い匂いがした。

「信田、お前けっこう飲んできただろ。どこに寄ってきたんだよ」

「どこにも寄ってない。家からまっすぐに来た」

「家で飲んでから来たのか?」

「そうだ。悪いか」

高野はため息をつく。

「智美ちゃんにはなんて言ってきたんだよ」

「高野のところに行ってくるってちゃんと言ってきたよ」

思わず「あーあ」と呟きが漏れた。

「なんだよ、あーあって」

完全に絡み口調で返しながら、信田はビールのプルトップを開けた。あくまでも高野のだと主張するように、高野の前に置く。

「また俺が智美ちゃんに睨まれる」

「なんだよそれ」

ため息をつきながら、高野は信田の隣に腰を下ろした。

「智美ちゃんさ、けっこう俺のことライバル視してるよ。気付いてた？」

「もちろん気付いてるさ」

信田はきっぱりと言い切る。

「だったら、もうちょっと気を遣ってやれよ」

「なんで」

「なんでって……」

思わず返事に窮した高野にビールを押し付けながら、信田は「どう気を遣えって言うんだよ」と絡む。

「高野と智美のどっちも大事なんだから仕方ないだろ」

信田の声はぐさりと高野に刺さった。思わず顔をしかめる。

どっちも大切だなんて言えるのは、智美に対する気持ちと高野に対する気持ちが違う種類だからだ。それは、高野には恋愛感情を抱いていないことを意味している。かすかに息が詰まった。

「そんなこと言うなよ。智美ちゃん大事にしろよ」

高野は目を閉じて呟いた。

「智美は大事にしてるよ。でも、高野も大事なんだよ」

きっぱりと言い切られれば言い切られるほど言葉は突き刺さる。

信田から受け取ったビールを口もつけないままテーブルに戻そうとしたら「飲めよ」と、不機嫌に言われた。高野はため息をついて髪をかき上げた。

「あのさ信田」

「なんだよ」

「おまえさ、崖《がけ》から俺と智美ちゃんが落ちそうになってたら、どっち助けるわけ？」

当然智美だという答えが出てくると思って、高野は問いかけた。どうしてこんな質問を俺がしなくちゃいけないんだと苛立ちながら。

だけど、信田の答えは思いもよらないものだった。

「高野」

「――は……?」

思わず身を起こして信田を凝視する。

そんな高野を見返して、信田は何が悪いんだと言いたげに睨みつけた。

「なに安っぽい雑誌に出てくるような質問してくるんだよ。バカ高野」

「『高野』じゃダメだろ、その答えは」

「高野でいいんだよ」

答えて信田は、ぐいとビールを飲む。勢いつけて半分ほど飲んでから、どんと缶をテーブルに置く。腕で口を拭ってから信田は高野をまっすぐに見た。

「俺は高野を助ける」

高野は咄嗟《とっさ》に言葉を返せなかった。

「……智美ちゃんって、言えよ。言わなくちゃいけないんだよ、信田は」

高野の言葉は震えていた。

「なんで高野がそんな顔するんだよ」

言われて、高野は自分が泣きそうに顔を歪めていることに気付く。隠すように大きな手で自分の顔を覆って、高野は深く息をついた。

「――ものすごく残酷だな、信田、お前」

心の底からそう思った。

背中を丸めて、立てた膝の間に顔をうずめて、高野は呟いた。

そんな高野の背中に信田は腕を乗せて横から寄りかかる。信田の体温が右肩から伝わる。けれどそれは、性的なものとは程遠く感じた。それが高野と信田の決定的な気持ちの違いなのだ。

信田は高野に寄りかかったまま、ぽつりと「あのさ」と呟いた。

「智美がいなくなったら、俺は泣くと思う。しばらく立ち上がれないと思う。だけど、きっと、長い人生の中で、いつか再婚する気はするんだ」

信田の声は自分に言い聞かせるように静かだった。

「でも、高野をなくしたら、俺はきっと代わりは見つけられない。……きっと、高野の代わりは探さない。高野は高野でしかなくて、代わりになる人はいないし、俺は高野と似た誰かに自分が心を許すとは思えないから」

信田の声は真摯《しんし》だった。だけど、そうであればあるほど、きりきりと高野の胸を苦しくする。

自分を唯一だと言う信田。それは正直に嬉しいと思うけど、同時に、もうこれで高野が望む方法で信田と気持ちが交わることはないことを思い知らせる言葉でもあった。

「なあ高野。俺は、自分でも嫌になるくらいものすごく気難しいんだよ。これまで二十七年かけて、ただ一人見つけた気を許せる人間が高野なんだよ」

信田は言葉を重ねる。

「——智美ちゃんは」

信田はふぅと息をついた。

「智美は、なんだろうな。大切だけど、俺の軸じゃない」

「……すげー不誠実」

「仕方ないじゃん、そうなんだから」

信田は少し考えて「居場所を作ってくれる相手、かな」と短く言った。

「智美は、帰る場所をくれる。だけどそれは、俺を形づくる軸ではないんだ。俺が鉛筆だとしたら、智美は筆箱で、高野は鉛筆の芯《しん》なのかもしれない」

高野は唇を噛んだ。

「……なあ、信田」

「なに」

高野はひとつ息をついて唇を噛んだ。

もう信田の言葉を聞きたくなかった。渉も失い、何もなくなった高野には、信田の言葉はきつすぎた。こんな言葉を聞くくらいなら、もう引導を渡してもらおうと半ば自棄《やけ》になって口を開く。

「俺、大学の頃から、ずっと信田のこと好きだったんだよ」

「俺も高野のことは好きだよ」

即座に返ってきた言葉に、ああやっぱり分かっていないと思う。

「違うよ、信田。性的に好きだったんだよ。押し倒したい、舐め回して突っ込みたい、自分ひとりのものにしてしまいたい、そういう好きだよ」

高野はわざと卑猥《ひわい》な言葉を使った。信田が逃げ出すように。

「気持ち悪いだろ？」

高野は信田の足の先を見つめたまま呟く。

「このままここにいたら、押し倒すぞ。さっさと帰れよ」

「――帰れるかよ」

信田は静かに呟いた。

「そんな言葉を吐くくらい、ぐだぐだになっている高野を置いていけるわけないだろ。高野の気持ちは気付いてなかったけど、俺が唯一気持ちを許したってことをそんなに軽く見るなよ。押し倒すなら押し倒せよ。俺の高野に対する気持ちは変わりようがない」

信田は高野の額をぐいと押して、高野の顔を上げさせる。思いがけず目が合った。信田の瞳は強く見えた。

「俺を押し倒せば、俺に突っ込めば、高野は立ち直れるのか？　だったらやればいい」

信田は強い口調で言い切った。

「だけど高野、俺は、そういう意味ではお前に気持ちをやれない。お前の温かい場所にはなってやれない。俺は、いつか冷めるかもしれない温かい場所なんて不安定なところにお前を置けない」

「——どこまで、残酷なんだよ。信田」

高野は目を閉じて唇を噛んだ。

「……でも俺が欲しいのは、そういう場所なんだよ。居場所が欲しい。……気持ちが欲しい」

言葉がこぼれた。

「信田はすでに智美ちゃんという絶対があるから、そんなに強くなれるんだ。俺には何もない。どこにいていいか分からないんだよ」

「俺がいる」

「——だけど、信田はここにいないじゃないか……！」

高野は自分の隣の床を叩いて叫んだ。

「寂しいんだよ。一人きりでいるのは……！」

ああ寂しかったのか、と叫びながら高野は思った。渉がいないからじゃない。ずっと、高野は寂しかったのだ。きっと、実家にいた頃から。

誰かに笑いかけてもらいたかった。居てもいいと思わせてくれる場所が欲しかった。帰っても良かったんだろうかと疑わないで戻れる場所が欲しかった。

胸が大きく揺れた。喉が詰まって嗚咽《おえつ》が漏れそうになる。

信田にこんな姿を見せたくないのに、胸が喘いで言うことをきかない。

自分の肩に触れたままの信田の手を振り払って、高野は信田に背を向けた。立てた膝の間に頭をうずめて唇を噛んで嗚咽を噛み殺す。それでも大きく震えてしまう背中に信田が手を乗せる。

信田の手のひらの熱が、焼きごてのように高野を苛んだ。

「触るなよ！　俺に……触るな！」

高野は叫んだ。

「触るよ」

信田が静かに答える。

「ごめん、これは俺のわがままだ。高野は俺の軸だから、軸がなくなったら俺はやっていけない。だから高野に何があっても、俺は高野を放せない」

「……もう、見捨ててくれよ。そのほうがよほど……楽だ」

「そんなこと言うなよ。――いつか、高野がまた元に戻ったら、思い出して欲しい。高野には俺がいる。居場所にはなれないけど、高野は俺の絶対だから。自分には信田がいると、どんな状態になっても信田は俺を見捨てないと思い出してくれ」

「帰れよ」

だけど、信田は帰らなかった。

翌朝、いつの間にか眠った高野が目を覚ました時も、信田はソファーの前の同じ場所で片膝を立てて座っていた。耳を澄まさないと分からない程度の音量でテレビがついていて、なぜか高野はそれにすごくほっとした。

眠ったふりを続ける高野にタオルをかけ、事務所を開けるのに間に合うぎりぎりの時間に信田は高野の部屋を出ていった。

キスぐらいしてくれるかと思った信田は、そのようなことは何もしないで去っていた。何を期待しているんだと高野は自嘲する。信田のそれは、高野にとって最後の引導だった。だけど、それでいいんだと思った。

今から自分は立ち上がり、シャワーを浴びて着替えて、電車に乗って出勤する。そして、信田と智美に「遅れてごめん」と謝るのだ。いつもと変わらない様子で。そして、パソコンを立ち上げて仕事を始める。

信田の言葉の意味はまだ実感としては染みてこない。染みさせる心の余裕もない。だけど、信田はいつまでも高野を見捨てないと言ってくれた。それだったら、その言葉を信じて、待ってもらおうと思った。いつか、信田の言葉を受け入れられる時まで。

泣いたせいか、信田にぶちまけたせいか、あるいは引導を渡してもらったおかげか、不思議と心が落ち着いていた。

体を起こす。

カーテンの間から差し込んだ朝の光がまぶしかった。

◆◆◆

盛夏が過ぎ、蟬《せみ》の声が変わり始める。

高野はもう渉を探していない。探すのをやめた。

傍目《はため》には、高野は落ち着きを取り戻したように見えていた。

その日高野は、休んだ智美に代わって久しぶりに銀行に行き、カウンターの向こうに渉の彼女の姿がないことに気付いた。

腹が目立つようになったら辞めるしかないと渉が言っていたことを思い出す。子供は十月十日腹の中にいるらしい、もうそろそろ生まれる頃だと頭の中で計算して、高野は静かな息を吐いた。

渉を想像する。香代子と赤ん坊と一緒に、あのマンションのリビングで笑っている様子を。高野が贈ったソファーやリビングボード。それらに囲まれた幸せな若い家族の姿を。

きりっと胸が痛んだけれど、あえてそれを受け止める。

意識して渉の幸せを願おうと思った。

渉はきっと、これまで恵まれない人生を送ってきたのだろうから、今度こそ幸せになってくれるといいと思う。香代子と子供が、その場所を作ってあげてほしい。自分みたいに居場所のない人間にならないように。

「高野様、遅くなり申し訳ございません」

副支店長が現れる。

「お久しぶりです」

にっこりと笑って、高野は渉の姿を頭の中にそっとしまった。


高野がベビーカーを押した香代子を見かけたのは、それから数日後だった。

最近売り込みを続けている大手家電量販店の本部の近くの遊歩道だった。

それはあまりにも渉ののマンションからは遠い場所で、高野は最初、香代子とよく似た別人かと思った。沿線でもないし、しかも、何度も乗り換えをしなくてはいけないかなり離れた場所だったからだ。

だけど彼女が頭につけていたバレッタが目に入り、高野は香代子だと確信した。いつか高野が渉に買ったあのサファイアのバレッタだった。

珍しいところで会うもんだ。友人のところに遊びにでも来たのかと漠然と思う。

ベビーカーの中の子供は、遠すぎてはっきりとは見えなかったけど、思ったよりも大きく見えた。

だけど、高野は数日続けて香代子を見かけた。

家電量販店に『なくしません』の新バージョンを置いてもらうために、毎日のように高野は営業に通っていた。契約内容と見積もりのやり直しの繰り返し。智美が抜けがちになったために、これまで信田が一手に引き受けてくれていた契約交渉の一部を高野が引き受けていて、そして、その場所を訪れるたびに高野は香代子を見かけた。

打ち合わせをしている事務所の窓からは、その遊歩道が見下ろせる。香代子はいつも三時過ぎにその場所を通ることすら分かってしまったほどだ。

最初は友人のところに泊り込んでいるのかと思った。

それなのに、友人と一緒に歩いているところは一度も見かけない。

じゃあ親のところに里帰りでもしているのかと考え、香代子に限ってはそれはありえないことに思い至る。彼女は渉と同じ施設の出身だった。高野の記憶に間違いがなければ、その施設もこの近辺にはない。

そして、思いがけない同伴者を見かけたのは高野が香代子を初めて見かけてから一週間ほど経った時だった。


金曜日だった。

その週の最後の打ち合わせということで話し合いが長引き、高野はいつもよりもかなり遅く、七時過ぎに客先の事務所を出た。そこで今度はベビーカーを押して公園から戻ってくる香代子を見かけた。

公園に行く彼女の姿はよく見かけていても、家に帰る彼女の姿を見るのは初めてだった。しかも、ビルのガラス越しではない状態で。

話しかけてみようとふと思った。

渉の子供を見たいと思う。渉に似ているだろうか。

そして、香代子に渉の様子を聞いてみたいという思いもあった。渉がちゃんと家に戻っているか。子供が生まれてからも体を売っているなんてバカなことはないだろうけど、香代子の口からちゃんと「家にいます」と聞いて安心したかった。

国道の交差点の横断歩道が青になるのを待って遊歩道側に渡ろうとした高野は、そこで、思いがけない人物が香代子の斜め後ろを歩いているのに気付いた。

年配の、五十歳前くらいの品の良い紳士。まだ夏も終えていないのにきっちりと着込んでいるグレーのスーツが印象的だった。どこかで見たことがあると考え、はっと思いつく。

高野の会社が行きつけている銀行の副支店長だった。

香代子の元の勤務先の上司だ。

歩いているうちに赤ん坊が泣き出し、香代子がベビーカーから抱き上げる。彼は至って自然にベビーカーを押す役割を彼女と代わり、並んで歩き出した。

言葉も交わさずに目と目を交わしただけでベビーカーのハンドルに手をかけた彼の様子に高野は違和感を覚える。あまりに親しげに見えた。

上司と部下ではありえない。

親子とも違う。それは、恋人とか夫婦というのにふさわしい距離に見えた。

だから思わずあとをつけてしまったのだ。

そして、二人が入っていった古い小ぢんまりとした日本家屋の表札を見て、血が下がるような気がした。

いまどき珍しい、全員の名前を書く木製の表札には、福島《ふくしま》という苗字《みょうじ》の下に、利男《としお》、香代子、みゆき、と三人の名前が並んでいた。

何がなんだか分からずに、高野はしばらく引戸の前で立ち尽くしていた。

どうして香代子が副支店長と一緒にいるのか。

どうしてまるで夫婦のように表札に名前が並んでいるのか。

香代子は渉と一緒にいるのではなかったのか。

渉は幸せな家族の風景にいるのではなかったのか。

ぐるぐると考えが巡る。

いても立ってもいられず、高野は帰りの足で都心に向かった。いつか渉を見かけたパチンコ屋の前に向かう。

だがそこには渉の姿はなかった。

高野はそのまま、いつかのアジア系の彼に電話をかけた。

電話口の彼は『最近は見てないよ』と答えた。

『どうしたの、そんなに必死な声出して。ちょっと妬《や》いちゃうね』

「ほっといてくれ」

電話の向こうで彼はけらけらと笑う。

『ああ、そんなあんたにいいこと教えたげる。あの子ね、二週間くらい前まで時々道にいたんだけど、最後まで三十万を崩さなかったよ。だから結局、誰も買ってない』

「……」

思わず口ごもった高野に『いい情報だろ？　ありがとうくらい言ってくれないの？』とか

らかうような口調で言う。

「――うるさい」

電話口の向こうで彼はけたけたと笑った。

『素直じゃないね。まあ、あの子に振られて寂しくなったら俺と楽しもうじゃん。いつでも声かけてよ。あんたならいつでも大歓迎よ』

笑い続ける彼の声を遮るように「またな」と大きく声を送って高野は通話を切った。

通りの向こうからパチンコ屋の軍艦マーチが聞こえてくる。週末の人出は多く、高野は人波の中で大きく息をつく。

携帯電話を握ったまま高野は踵《きびす》を返した。

心の中に残っていた迷いを振り切って、高野は渉のマンションに行くことを選んだ。


マンションの裏の公園から見上げた渉の部屋は暗いままだった。

高野はオートロックのマンションのエントランスを通り抜け、エレベーターで七階まで上がる。手には渉の部屋の鍵がついたキーホルダーが強く握られていた。

強くなり始めた夜風が高野の髪を乱す。高野は鬱陶《うっとう》しげに髪をかき上げた。

部屋の主《あるじ》のように堂々と鍵を差し込んで、ドアを開ける。部屋の中は薄暗かった。真っ暗ではないが、何かあったら気付かずに躓《つまず》くくらいには暗い。少しためらってから上がると、感応式なのか廊下の電気が自動でつく。

廊下を通ってリビングに向かう。

高野が忍び込んだのはいつも昼間だった。電気をつけなければいけない時間に入ったのは初めてだ。窓から差し込む光ではなくて、人工的な明かりにさらされた室内は別の場所のように見えた。

リビングのドアを開けて電気をつけて、高野はかすかな違和感に目を細める。

だけど、その違和感がなんだか分からないままぐるりと見渡した。部屋は変わっていない。高野が最後に来た時のまま、ソファーもリビングボードもラグもそこにあった。カーテンがぴっちりと閉められていて微妙な違和感を与える程度だ。

高野は振り切るように顔を回して、子供部屋に顔を向けた。

渉と香代子は子供の部屋として一室を確保し、そこに、高野が贈ったベビーベッドや子供用のたんす、玩具《がんぐ》などを置いていた。

ドアを開けて高野は息を詰める。

部屋の中は空だった。

高野はしばらく、何もなくなった部屋を見つめていた。茶色いフローリングの床が廊下からの明かりを映して光っている。

心臓がどきどきと鳴る。

どうして、と思う。何があったのか。

高野は体を返して寝室に向かった。きりっと胸が痛くなる。

寝室を覗くという行為はいまだに高野の気持ちを締め付ける。

それでも高野は寝室の扉を開けた。

数歩歩いて、扉の横のクローゼットを開ける。

予想していたこととはいえ、高野は思わず唇を噛んだ。

女物の服は全てなくなっていた。ぶら下がっていたのは、高野も何着かは見覚えのある男物の服ばかりだった。

――渉だけが残されたのだ。

なぜ、どうしてと疑問が湧き上がる。

ベッドを振り返り、――二つあった枕はどうしただろうと思って振り返って、高野はぎくりとして息を止めた。

人がいた。眠っていた。

廊下から入る光の筋から外れたところにいたので、気付かなかったのだ。

どっと汗が湧き、心臓がどきどきと鳴り出す。

目を凝らす。

——渉だった。


渉は、うずくまるようにしてベッドの上に転がっていた。

ジーパンとTシャツ姿。

暗闇に沈むその姿はまるで死んでいるように見えて、高野は一歩も動けなかった。こんなに音を立てて室内を歩き回っても気付かなかった渉。死体じゃないのかと怖くなる。

高野は目を逸らすこともできずに渉を凝視した。

どのくらいの時間が経ったのか、渉の胸が大きく動いた。

はっとして目を凝らす。

よく見れば、渉の背はかすかに上下していた。息をしていた。

高野は固く目を閉じて、吸ったまま吐き出せなくなっていた息を吐く。先ほどとは別の意味で汗が背中を湿らせた。へたり込みそうになる。

目を開けて、渉を見つめる。

渉は目を覚ました様子はなかった。それこそ死んだように眠っている。

高野は足を忍ばせてベッドに近寄り、渉の顔を覗き込んだ。

やつれた顔をしていた。乱れた前髪の間から覗く目元が落ち窪《くぼ》んでいるように見えた。顎は明らかに前よりとがっていて、シャツから覗く鎖骨の窪みも以前より深くなっていた。

高野は唇を噛む。

なんで、と思う。

渉は幸せになっているのではなかったのか。

香代子と子供と、幸せに暮らしているのではなかったのか。

どうしてこんなにやつれて、一人で寂しく眠っているのか。一人残されているのか。

いったいいつから、と思う。

このあいだ会った時には、もうきっと一人だったのだろう。だから、あんな時間にあんな場所で体を買ってくれる相手を探すことができたのだ。

渉を強引に抱いた最後の夜を思い出す。あの時はどうだったのだろうか。

もしあの時すでに渉が一人になっていたとしたら……。

悲鳴のような言葉を思い出す。渉は、高野は全てを持っているのにわがままだと言ったのだ。どんな思いであの言葉を叫んだのだろうと思う。

渉の姿が歪んだ。

喉《のど》が詰まって、高野はしゃくりあげる前に渉の前を離れた。あとずさって寝室を出て、静かにドアを閉める。

リビングの照明を消して、カーテンを開けた。窓から差し込む明かりの中でキッチンに入る。食器は棚の中にあった。香代子のものまで。

だけど、水切りの中には一人分の食器しか入っていなかった。

シンクの縁に手をついて俯く。唇を噛む。

頭の中がぐちゃぐちゃだった。

涉の幸せを願って身を引いたわけではない。自分がこれ以上傷つくのが怖くて逃げただけだ。

だけど、渉は幸せでいると思っていた。当然幸せになるはずだと思っていた。家族を守るために高野に体まで売っていたのだから。

どうして幸せはこんなに遠いのかと思う。

渉は、幸せになるのに十分な身の犠牲を払ってきたと思うのに、それでもこんな目にあう。

この渉でさえ幸せになれないなら、自分が幸せになんかなれっこない、とふと思う。

渉が哀れで、悲しくて、悔しくて、自分のバカらしさに唇を噛む。

高野の鼻筋を伝った涙がシンクに落ちて、ぽたんと水音を立てた。

興信所からの報告書には、香代子が副支店長と同居していることがはっきりと記載されていた。

副支店長は二ヶ月前に離婚、その一ヶ月後に香代子が副支店長宅に引っ越したこと。その際にはすでに赤ん坊が生まれていたこと。

香代子は以前から副支店長と関係があったということも調べられていた。

高野は怒りで頭の中が煮えるような錯覚にとらわれる。

それなら、香代子は、渉が香代子の出産と通院の費用のために高野に体を売っている頃から浮気をしていたのだ。渉が、あれだけつらい思いをして高野に体を差し出していた時に。

苦痛をこらえる渉の歪んだ顔を思い出す。気絶してベッドに沈む横顔。切れた唇。初めて優しく扱った時、渉は泣いた。香代子に気兼ねして。

それなのに、あの女は渉を裏切った。

いや、その頃から裏切っていたのだ。

——あれは、なんだったのか。渉のあの犠牲はなんだったのか。

怒りに全身が溶けるような気がした。

自分がマグマになったかと思うくらい激しい怒りが全身を満たす。

高野は勢いよく立ち上がった。キャスター付きの椅子が床を滑り、大きな音を立てて壁にぶつかる。

貴重品が入った上着だけを引っ摑み、高野は事務所を飛び出した。

渉を裏切った香代子が許せなかった。あれだけ渉に大切にされたくせに、自分を犠牲にしてまで尽くした渉を不幸にして、あの女だけが幸せでいるのが許せなかった。

煮えたぎる怒りが全身に溢れる。

香代子を問い詰める。頭の中にあるのはそれだけだった。


昼過ぎに、高野は福島宅の前に辿りついた。

蟬がうるさく鳴いていた。住宅街の端の古い日本家屋の引戸は開いており、玄関で香代子と年配の女性が立ち話をしているのが見えた。薄暗い玄関の中にいる彼女の表情は見えない。女性は近所のおばさんそのままの雰囲気で、話はなかなか途切れそうになかった。

電車に乗って移動する間にマグマのような激しい怒りは多少静まり、来客が去るまで待つ程度の分別は戻ってきていた。玄関の様子が見えるところで見張ろうと、垣根を右に曲がり、ふと足を止める。

垣根の間に古びた裏木戸があった。香代子の家の裏庭に続く小さな木戸だった。しかも、閉まりきっていない。細く隙間が開いていていた。

香代子はまだ玄関で話をしている。声が聞こえる。

高野はそっと木戸を押して中を覗いて息を吞んだ。

障子を開け放した和室に小さな布団《ふとん》が敷かれていて、そこに赤ん坊が眠っていた。

緩やかに首を振る古い扇風機。布団のそばには朝顔模様のうちわ。たった今まですぐそこで香代子が緩やかにうちわで風を送っていたのが見えるような気がした。

わずかにためらってから、高野は裏木戸をくぐって庭に入った。

静かに赤ん坊に歩み寄る。桃色のベビー服。ゆるく曲げた腕と足を横に広げて、赤ん坊はかすかな寝息を立てていた。タオルをかけられた小さな胸が上下している。

高野の鼓動が徐々に速くなっていく。

高野は赤ん坊から目が離せなかった。

これが渉の子供。渉の血を引いた赤ん坊。そう思ったら、不思議な気持ちが湧き上がった。

軒先に片膝をついて上り、赤ん坊を間近に見る。

まつげが長いと思った。近寄ると赤ん坊独特の匂いがした。妹の息子《むすこ》もこんな匂いがしたとふと思い出す。

玄関先から笑い声が聞こえ、はっとして高野は顔を上げた。

夢から覚めたような気持ちになり、赤ん坊を見下ろす。

そして、唐突に思った。

――この子がいなくなれば、あの女は苦しむだろう。

衝動的に、高野は赤ん坊を抱き上げていた。

ふにゃりとした軽い体を横抱きに腕に抱えたまま、高野は裏木戸から外に出た。

最寄駅に辿りつく頃には、高野は自分の行動に完全に戸惑っていた。

自分は香代子を問い詰めに行ったのではなかったのか。それがなぜ、赤ん坊をさらって出てきてしまったのか。このまま赤ん坊が消えれば、確かに香代子は苦しむだろう。それは、渉を裏切った女に相応しい罰に思えた。

だが、この赤ん坊はどうする。今更戻すわけにも、かといって放置していくわけにもいかない。

駅前で、高野は赤ん坊を抱いたまま立ち尽くした。

幸いにして赤ん坊はまだ眠っている。

このまま眠りっぱなしでいるわけはない。いつか絶対に泣き出す。オムツも替えなくちゃいけないし、腹が減ったりもするだろう。

高野は困惑して腕の中の赤ん坊を見下ろした。

タオルにくるまれてすやすやと眠っている。薄く開いた小さな唇。長いまつげの下の産毛《うぶげ》が目立つ頬が、ほのかに赤くなっている。

暑いのだろうか。気付けば、赤ん坊だけでなく高野の首筋も汗で湿っていた。

「——けっこう図太いな、お前」

それなのに眠り続ける赤ん坊に思わず呟く。

「まあ、それはそれで助かるけど」

口の中でもごもごと喋って、高野は駅前のデパートに足を向けた。

子供の体温は高い。カイロを抱いているような自分とカイロ本体を涼ませるために、高野はデパートに逃げ込むことにした。


デパートの中は快適だった。すうっと汗が引いていく。

子供を抱いていても怪《あや》しまれないように、子供服やベビー用品が置いてある階の待ち合わせスペースに腰を落ち着けて、高野は改めて大きなため息をついた。

赤ん坊は相変わらず眠っている。高野は赤ん坊を縦抱きにして自分に持たせかけ、横向きに抱き続けてこわばった左腕をようやく伸ばした。

さてどうしようと思った途端に、赤ん坊がふにゃと声を出した。目を覚ましたかとぎくりとした高野の耳元でふにゃあふにゃあと泣き出す。縦抱きが気に入らなかったのかと思って慌てて横抱きに戻すが、赤ん坊は眉を寄せてしかめっ面《つら》をしてふにゃふにゃと泣き続ける。

「ちょっと待てよ、おい」

焦ったまま高野は立ち上がる。

とりあえず思いつくのは、腹がすいているか、尻が気持ち悪いかだ。だけど、どっちも高野には対処方法がない。オムツもなければミルクもない。高野は早足でベビー用品売り場に駆け込んだ。

わけが分からないままオムツを探す。新生児用のオムツの旅行セットがあったので、それを手に取る。腹がすいていた時のためにミルクを買おうと思うが、高野が想像していたような蓋《ふた》を開けるだけで飲ませられるようなレトルトのミルクはなかった。並んでいるのは粉ミルクだけだ。

困って動きを止めた高野の腕の中で赤ん坊は泣き続ける。

「泣くなって」

焦る高野に「なにかお探しですか」と声がかかったのはその時だった。

デパートの制服を着た若い店員が高野の斜め後ろから声をかけてきた。

「……粉ミルクを」

答えてすぐ、言い訳をするように付け足す。

「妻が洋服を見ているあいだ預かったんですが、オムツとかミルクを預かるのを忘れてしまって」

「それは大変ですね。いつも何を飲んでいるかご存知《ぞんじ》ですか？」

「いえ、特には……」

「もしよろしければ、当方で用意してある粉ミルクをご利用になりますか。すぐ作ってまいりますが」

「ありがとうございます。助かります」

高野は、デパートを選んだ自分の勘に感謝する。

「少々お待ちくださいませ」

結局、哺乳瓶《ほにゅうびん》と紙オムツは高野が自分で買う羽目になったが、高野は無事に赤ん坊にミルクを与えることができた。正直にほっとする。高野はミルクの作り方なんて知らなかったから。

高野の腕の中で、赤ん坊はちゅうちゅうと哺乳瓶のミルクを飲んでいる。

その仕草を見つめながら、高野は赤ん坊の面影《おもかげ》に渉を探す。

この子の半分は渉なのだ。そう思うと、困ったことに愛《いと》しさが湧いてしまう。その一方で高野の胸がぎゅっと痛くなる。複雑な気持ちだった。

渉を裏切ったあの女を苦しめたい。そのためにはこの子を例えば目の前で歩道橋から落としたり……などと考えてみるが、高野はそう思うそばからその思い付きを否定する。この子を殺すのは、高野にとっては渉を殺すのと同じだ。この子の半分は渉で構成されているのだ。

高野には渉は殺せない。

じゃあ、どうする。

このまま連れて姿を消すか。

そうすれば香代子はさらわれたと知って苦しむだろう。それは目的にかなっている。

だけど、きっと渉も香代子と同じくらい苦しむだろう。それでは意味がないのだ。

ふう、とため息をついたそばで、哺乳瓶の中のミルクを飲み終えた赤ん坊が目を開けた。

ぢゅうぢゅうと音を立てて空気を吸いながら、彼女はまっすぐに高野を見た。高野はどきりとする。

「腹は満腹になったか？」

呟いてから、一拍置いて「みゆき」と付け足す。

記憶を掘り返して、高野は表札に書いてあったその名前を思い出していた。

「ほらみゆき、口を離せ」

強引に引っ張ってシリコンの乳首を口から離させると、高野は立ち上がった。さっき見た授乳室でオムツを替えようと思っていた。これ以上泣かれないように。

オムツの旅行用パックを自分のバッグから取り出して、使用方法をしげしげと見つめる。

思ったよりシンプルなものだった。

「ふーん、マジックテープなのか」

分かったつもりになって、赤ん坊のベビー服を脱がせる。

赤ん坊は大人しく転がって高野を見上げている。くりっとした丸い目の中の大きな黒い瞳に瞬きもしないで見つめられて、高野は思わず目を逸らす。

ベビー服の前をはだけて、高野は戸惑った。

高野が想像していた紙オムツは現れず、布のオムツが現れる。どうしたものかと戸惑ったが、紙も布も扱いは同じだろうと、脱がした布のオムツ一式を備え付けのビニール袋に入れてゴミ箱に放り込んだ。代わりに紙オムツを当てる。

赤ん坊は相変わらずじっと高野を見ている。

見られているのが嫌で赤ん坊の顔の前に手をかざしたら、視線が手のひらに移った。高野が手を動かすと目だけで手のひらの動きを追う。手の動きを止めると、しばらく手のひらを見つめてから視線は高野に移る。だけど、また手のひらを動かすと視線は手のひらに戻った。

へえ、と高野は思わず感心する。

よく道端で人形とかを見せて「ばあ」なんてやっているのはこれかと思った。

あまりにも単純で素直な反応に思わず微笑みそうになったその時に、ベビーカーを押した母親が入ってきた。

男性がいることに一瞬戸惑った表情を見せたことを見逃さずに、高野は赤ん坊を抱き上げる。すれ違いざまに軽く頭を下げてにっこり笑いかけて、高野は授乳室をあとにした。

いつまでもデパートをうろついているわけにもいかない。

時刻は五時過ぎ。かんかん照りだった太陽が傾いて、ようやく暑さがピークを過ぎるのを見計らって高野は駅前の公園に場所を移した。日陰のベンチはどこも先客がいたので、高野は風通しが良い日陰の芝生を選んで直《じか》に座り、胡坐をかいた足の上に赤ん坊を下ろす。彼女はまるでかごの中に入るようにすっぽりと収まった。

そのまま両腕を後ろについて高野は空を仰いだ。

木々の間から夏の青空が見える。

本当に、自分はいったい何をしているのだろうと思う。

ろくでもないものを連れ出した自分の咄嗟の行動を目一杯後悔しながらも、足の上の赤ん坊を邪険に扱う気にはなれなかった。

朝、家を出た時の煮えたぎるような気持ちは、まったく消えたとは言えないけれど、かなり静まっている気がした。目を閉じれば、香代子と副支店長の幸せそうな姿が浮かび、同時に渉の痩せ細った寝顔が浮かび、またむらむらとどす黒い気持ちが湧き上がってくる。だけど目を開ければここは明るい公園で、柔らかい風が吹いていて、そんな気持ちをそよいで流す。

苦しい、と高野は思った。

このぐちゃぐちゃな気持ちが苦しい。重い。どうしていいのか分からない。

「……アー……」

赤ん坊がかすかに声を上げたのはその時だった。

はっとして高野は視線を足の上の赤ん坊に戻す。

初めて聞いた彼女の声だった。

「おまえ、ちっちゃいくせに声出せるんだ」

思わず笑って、高野は彼女の頬をつついた。柔らかかった。

何気なく手のひらを指で撫でたら、きゅっと摑まれた。思いがけず強い力に驚く。

高野の人差し指を握るだけで精一杯の小さな手。おもちゃのように小さい。指なんて、摘んで力を入れたらぽきっと折れそうな気がするくらいだ。

高野は、彼女に握られた人差し指をまじまじと見つめる。

繫いだ指と手。いつかの公園で、渉の手の甲にじっと触れた時のことを思い出して、息が詰まった。赤ん坊の顔に視線を落とせば、瞬きもしないで高野と同じもの——高野の指を見つめている。

——渉。

渉が半分ここにいる。

ぎゅうっと胸が痛くなって唇を嚙んだ。

日が暮れ始めたところで、高野はベンチに移動した。

みゆきは腕の中ですやすやと眠っている。横抱きにすると目を覚ますので、縦抱きのままだ。だけど、まだ首も据わっていない彼女は、高野がまっすぐに体を起こすと首がかくんと後ろに折れてしまう。手で押さえているのも疲れて、高野は彼女を胸に抱いたまま、そろそろとベンチに横になった。

高野の胸の上でうつぶせになったまま、彼女は眠り続けている。丸い背中が緩やかに上下しているのを見て、高野も目を閉じた。

胸の上が熱い。生きているものの体温。

それはいつか、渉を胸の上で抱きしめた時を思い出させて切なくなる。

高野は片腕を目に乗せて瞼を閉じた。

「高野！」

呼ばれてはっと目を覚ました。

体を起こした拍子に胸からずり落ちそうになったものを咄嗟に押さえる。

温かくて柔らかいそれが赤ん坊だということに気付いて、高野の頭の中に全ての記憶がなだれ込んできた。赤ん坊を香代子の家から連れ出し、胸に抱いたまま公園で眠ってしまったところまで。

「高野」

もう一度声をかけられて、赤ん坊を抱いたまま顔を上げる。

夜が訪れた薄暗い公園に信田がいた。いつものワイシャツ姿のまま、だけど、どこか乱れてくたびれているように見えた。

「……信田」

どうして信田がここに現れたのか、高野は瞬きをして信田を見つめ返す。頭がぼうっとする。熟睡状態から飛び起きたせいなのか、なんだか頭があまり回っていない気がした。

信田は高野を見つめたまま唇を噛む。

「何やってるんだよ、――高野」

腕の中の赤ん坊が、ふにゃあと泣き出す。

高野は慌てて抱え直してその背中を叩く。泣き声は少し静まる。

「――みゆきちゃん！」

叫び声がして、高野は声のほうに顔を巡らせた。

香代子の姿があった。泣き腫らした青ざめた顔が目に入った途端に、ぞわりと体が熱くなる。駆け寄ろうとする彼女に「来るな！」と大声を出した。

「近寄るな！」

腕の中の赤ん坊がびくりと震え、今度こそ大声で泣き出す。

高野は香代子を睨みつけたまま、立ち上がった。

「――みゆきを、娘を返してください」

香代子が立ち尽くしたまま震える声で言う。

耳元で赤ん坊が泣く状態でも、その言葉ははっきりと聞き取れた。

「高野様、どうしてこんなことを……。お願いです。その子を返してください」

「――どうしてだと？」

その言葉に、かっと頭に血が上った。

静まったはずの怒りが一気に膨れ上がり、高野は香代子を睨みつける。

「……お前がそれを言うのか？」

香代子が高野を見上げた。

「お前、渉に何をした。渉が今どういう状況になってるのか知ってるのか」

「――え？　わた君？」

香代子の表情が固まる。

「お前が渉を捨てたあと、渉がどうしてるのか知ってるのかって聞いてるんだ！」

高野は叫んだ。

思いもよらないことを言われたという様子の香代子の表情に、激情のあまり全身が燃え上がりそうだった。

「お前が捨てたんだろ⁉　あれだけお前に尽くした渉を。渉をどん底に落としておいて、どうしてお前だけそんな幸せそうな顔して笑ってるんだよ！　誰のおかげでお前が無事に子供が産めたと思ってるんだ。渉がどうやって医療費を工面したのか知ってるのか！」

高野の大声と赤ん坊の泣き声が入り混じって薄暗い公園に響いた。

「高野さん」

思いがけない声に高野はびくりと体を揺らす。

「——渉……？」

香代子の後ろの木々の間の暗がりに突然現れた渉が、まっすぐに高野を見ていた。

「渉、……なんで」

「俺が連れてきた」

信田が静かに言う。

「事務所に戻ったら、いるはずの高野がいなくて、代わりにこの興信所の報告書が床に散らばってたから。悪いと思ったけど内容を見て、念のためと彼女の家に電話をしたんだ」

高野は呆然として渉を見つめたまま信田の声を聞いていた。

「そうしたら、赤ん坊がいなくなって警察に連絡するって言うから、それだけはやめてもらって、即座に彼女の家に駆けつけて、水沢君も呼んで三人で手分けして探して……」

赤ん坊は必死に泣き続けている。

すぐ耳元で響く止まらない泣き声が、耳鳴りのように高野の頭に染みていく。

「高野さん」

静かに言って、渉がゆっくりと足を踏み出した。

近くなる渉の姿を、高野はぴくりと動くこともできずに見ていた。

渉の姿が徐々に近寄ってくる。視線が近くなる。

その香りも熱も触れられるほど近づいてから、渉は高野を見上げていた視線を高野の腕の中で泣き続ける赤ん坊に下ろした。

渉はゆっくりと両腕を伸ばして、高野の腕からそっと赤ん坊を抱き上げた。

「――渉……」

間近にある渉の匂いに、呼吸も絞り取られるほど胸が締め付けられる。

それなのに渉は高野に視線を戻さないまま、高野に背を向けた。

渉が香代子に向かって歩いていると気付いて、高野は「渉!」と叫ぶ。

「なんでだよ、渉!」

本気で泣きそうだった。どうして渉は香代子にそこまでするのか。あれだけひどいことをされたのに。捨てられたのに。ぼろぼろになるほど傷ついたのに。

渉は香代子に赤ん坊を手渡す。

「渉!」

香代子は娘を抱きしめてへなへなとしゃがみ込んだ。腕の中で泣き続ける赤ん坊に顔をうずめて、自分も泣き出しそうに見えた。

「渉、……どうしてその女にそこまでするんだよ！」

高野こそ泣き出しそうだった。頭をかきむしりたい。

「お前はその女に捨てられたんだろ⁉　あんなに尽くしたのに。お前がその女と赤ん坊のためにどんなことまでしたのか、その女は知ってるのか？」

高野はうずくまっている香代子を睨む。

「いいか、よく聞け。渉は、お前の出産費用と通院の費用を稼ぐために、――」

「高野さん！」

唐突に渉が叫んだ。

渉が全身で振り返って高野を見ていた。

「言わないで、高野さん」

「なんでだよ！」

高野は叫んだ。

「お前、悔しくないのか。苦しくないのか。あれだけ尽くしたのに捨てられて。せっかく生まれた自分の子供まで持っていかれて。自分はぼろぼろになって、それなのにこの女は赤ん坊と別の男と幸せに暮らしてるんだぞ」

香代子が顔を上げる。

その姿を睨みつけて、高野は唇を噛む。

「――渉。この女は浮気してたんだぞ。お前が必死になって稼いでいる間に。お前が俺と……」

「言わないで！　高野さん！」

高野の声に被《かぶ》せるように渉がもう一度大声で遮った。

「――これ以上、僕を惨めにしないでください」

渉は顔を歪めて呟く。

「それに、高野さんは基本的なところで間違ってます」

渉の声は静かだった。

「この子の父親は僕じゃないんです。この子の父親は、もともと福島さんなんです」

「――え？」

「だから、これでいいんです。きちんと、元の鞘《さや》に収まった状態なんですよ。この子も、ちゃんと本当のお父さんとお母さんと暮らせるんだから」

高野は呆然として渉を見つめ返す。

咄嗟には頭が回らない。渉の言葉が頭に入ってこない。

信田も驚いた表情で渉を見ていた。

「香代ちゃんが、一人で子供を産んで育てるというから、だったら僕が一緒に育てるって言ったんです。でも、このあいだ福島さんの離婚がちゃんと成立して、正式に香代ちゃんと一緒になりたいって言ってくれたから。香代ちゃんは戸惑っていたけど、そうしなよって勧めたのは僕です」

渉は淡々と喋る。

「だから、香代ちゃんは何ひとつ悪くない」

渉は、高野からふっと目を逸らした。自嘲するように口を歪める。

「……悪いのは、僕です。香代ちゃんの不幸に付け込んで、お手軽に幸せになろうとした」

「――わた君」

香代子が震える声を漏らす。

「ごめん、ごめんね。私も最初は本当にわた君と一緒になって、この子を育てていこうと思ってた。だけど、福島さんが離婚して、結婚しようって……言ってくれて」

「分かってる、香代ちゃん。それでいいんだよ。本当のお父さんとお母さんと一緒にいるのが一番いいに決まってるんだから」

渉はうずくまる香代子の頭に優しく触れる。

「だから、僕のことは気にしないで、ちゃんと幸せになって、家庭を作って。この子が自慢できるような温かい家庭を。――香代ちゃんが一番欲しかったものだろ?」

渉は香代子の前にうずくまる。

赤ん坊が泣きやんだ静けさの中に、渉の「約束だよ」と囁く声が柔らかく響いた。

「幸せになって。お願いだから。僕たちみたいなのでも、幸せになれるんだって教えて」

優しい声だった。

高野は、うずくまる二人の丸い背中を前に、ぴくりとも動くことができなかった。

渉の気持ちが苦しかった。泣きたいくらいに。

渉も幸せになりたかったのだ。だけど、なれない。手元にあったはずの幸せをあえて手放して、それで、幸せになって、と優しく囁く。自分はぼろぼろのくせに。

なんなのだろう、この子は。

どういうものなのだろうか、この生き物は。

渉が立ち上がる。

「……わた君」

「またね、香代ちゃん」

小さく笑って、渉が歩き出すのを、高野は何もできずに見つめる。声をかけることも、追いかけることもできない。どうすればいいのか分からない。

「送るよ」

まず動いたのは信田だった。

薄暗い歩道に向かう渉を走って追いかける。

「ほら、高野も来い」

振り返った信田に手招かれて、高野ははっとしたように瞬きをした。


信田の車の後部座席に二人で並んで座りながら、高野と渉は一言も口をきかなかった。

高野はちらちらと渉を見ることをやめられないが、渉はぼんやりと車窓の外を眺めているだけだ。瞬きもしていないいんじゃないかと思うくらい、シートに寄りかかったまま渉は動かなかった。そのうち高野は、盗み見るようにではなく、じっと渉を見つめるようになった。

明らかに瘦せた首筋。前より少し伸びた前髪が目にかかっている。流れていく繁華街のネオンが、渉の横顔をはかなく浮かび上がらせていく。

渉は人形のように静かだった。

「水沢君、この辺りを曲がればいいんだっけ」

信田に運転席から声をかけられて、渉が身を起こして視線を正面に戻す。

「あ、はい。次の信号で左に曲がって、あとは道なりです」

渉の声が高野の心臓を波立たせる。声だけでこんなに苦しい。

渉はまたシートに寄りかかって視線を車窓に投げる。高野のことはひと目も見ない。

「ありがとうございました」

丁寧に頭を下げて、渉はマンションのエントランスに消えていく。

それを、車から出ることもしないで見送っていた高野に、運転席の信田が「追いかけなくていいのかよ」とぶっきらぼうに言った。

「渉は、……きっとそんなこと望んでない」

高野は砂を噛むような空しさを感じながら言葉を絞り出す。

「行けよ」

信田は短く、でもはっきりと言った。

その言葉の強さにどきりとする。明らかに怒った口調で信田は「行けって」と繰り返した。

「ここまでやっておいて今更怖気《おじけ》づくなよ。バカ」

そして信田は高野を振り返る。

「行けよ。——だいたい、なんとなく事情は分かった。お前はともかく、水沢君は一人にしておくのはまずいんじゃないのか。そのために、俺はお前も車に乗せたんだよ。じゃなかったら、お前みたいなバカ、あのまま公園にほっぽっとくさ」

信田は高野をじっと見る。高野は奥歯を噛んで息を詰めた。

そして、目を逸らさないまま「行けよ」と信田が口にした四度目の言葉に、高野はようやく体を起こした。

「――行ってくる」

「ああ」

ドアを開けて車外に出る。体が異様に重かった。

バタンとドアを閉めた高野を、運転席の窓を開けた信田が振り返る。その横顔に、高野は「悪かったな、信田」と短く謝った。

「どうせなら、ありがとうと言ってもらいたいもんだ」

ため息とともに呟いてから、信田は車のエンジンをかけた。

「さっさと行けよ、バカ。大事なんだろ？　あの子が」

高野を睨みながら窓を閉める。

信田の車が小さくなるのを待たずに、高野はマンションのエントランスに向かって走り出した。


エレベーターの内部を写すカメラには、壁に寄りかかって立つ渉の姿が映っていた。渉がまだエレベーターに乗っていることを確認して、高野はエレベーターの隣の階段を駆け上がる。

七階の廊下に転がるようにして飛び出せば、渉の部屋のドアがちょうど閉じるところだった。駆け寄り、インターホンを鳴らす。

「渉」

声をかけても、中から開く気配はない。

高野は立て続けにインターホンを鳴らし、ドアを叩いた。

「渉！」

叫ぶ。

聞こえていないはずはないのに、渉はドアを開けない。無視している。

高野はドアを叩く手を止めた。迷ったのはほんの数秒だった。ポケットに手を入れる。キーホルダーが触れた。この部屋の鍵。一瞬指先が軋んだが、高野は意を決して取り出した。戸惑いを振り払うように、乱暴に差し込んで回す。

ドアが開いた。

廊下は薄暗かった。リビングのカーテンが開けっ放しなのか、廊下の向こうから室内の照明とは違う淡い光が入ってきていた。

「――渉」

勝手に靴を脱いで上がれば、感応式の廊下の電気がつく。

リビングの方向を見れば、廊下の明かりが差し込む先に、壁に寄りかかって座っている渉の姿が見えた。きしりと息が詰まった。

「渉?」

声が掠れた。様子を窺いながら足を進める。

渉は壁に背をつけて、フローリングの床に足を投げ出して座っていた。両手は足の間に落ち、視線はぼんやりと窓の外に向いている。高野からは横顔しか見えない。

「――なんで、高野さんが鍵を持ってるんですか」

渉はまったく姿勢を変えないまま、ポツリと呟いた。

渉の声にほっとする。それがどんな内容であれ、渉が自分に話しかけてくれたことで高野はため息が漏れるくらいほっとした。

「この部屋の家主なんだよ。俺が」

少しの間を挟んで、渉は「そうなんだ」と小さく声を漏らした。感情のない、空虚な声だった。

高野は渉の前にしゃがみ込む。膝をついて、渉の顔を覗き込むように床に手をついた。

廊下の明かりが消えて、リビングに薄闇が戻る。月明かりがぼんやりと差し込んでいたが、渉の表情はまた見えにくくなった。

「大丈夫か、渉」

そんな立派なことが言える立場じゃないと思ったが、口から出た言葉は昔のように渉を見下すような口調になった。どうしてもっと上手く言えないのかと高野は唇を噛む。

渉は答えない。高野と目も合わせない。

高野は渉を見つめる。何を言えばいいのか分からなかった。

渉の視線がゆっくりとフローリングに落ちた。顔も少し下に向く。

「……どうして……」

渉の囁き声が小さく耳に届いて、はっとして高野は耳を澄ました。

「どうして、……高野さんがみゆきちゃんをさらうんですか」

足の間に落ちていた渉の手が、いつの間にか握りしめられていることに気付く。渉は、右手で自分の左手を摑むように握っていた。

高野は唇を嚙む。どう答えていいのか分からなかった。

「どうして、高野さんは僕にかまうんですか」

渉の質問は続く。

「ほっとけばいいでしょう。僕なんて。——気晴らしのおもちゃなんて」

「違う」

高野は即座に答える。これだけははっきりと言えた。

「渉は、おもちゃじゃない」

「もうほっといてください。心配されなくたって、死んだりなんかしません。そんなことしたら、香代ちゃんが責任を感じて泣く」

きりっと心臓が引き絞られた。息苦しくなる。

「あの女が、そんなに好きなのか……？」

渉が視線を上げた。ようやく高野と視線が絡む。

だけどそれは見るからに頑《かたく》なな硬い視線で、高野は思わず息を詰める。

「高野さんには、分からない」

「なにが」

「僕たちは……一緒なんです。寂しくて、空虚で、幸せになりたくて、あっぷあっぷと溺《おぼ》れて。香代ちゃんは、ようやく幸せになれる木切れを掴んだんです」

渉の声の語尾は意外に強かった。彼女のことになると渉が強くなることを感じて高野は苦しくなる。

「高野さんは、なんだかいろいろ調べたみたいだから、きっと、僕たちのことも知ってるんですよね。僕たちが親に捨てられたってことも」

「――ああ」

再び視線を落とした渉が少し笑ったような気がした。投げやりに。

「――高野さんには、僕たちの気持ちなんて分かりっこない。何でも、どんなものでも持ってるし、買えるんだから。僕たちは生まれたその時から親に捨てられて、ずっといらない存在で、どこにいてもふわふわしてて、何もかも諦めて、何かを欲しいなんて願うこともしないで、空気みたいに暮らしてた」

涉の言葉にはっとする。

言われて気付いた。空気みたいにと渉は言った。確かに、渉は空気だったのだ。強い主張はしないで、大人しく、柔らかく。それが諦めから来ていたものだと、ようやく高野は気付く。

投げ出していた足を片方引き寄せて、渉は両腕でその膝を抱えた。膝頭に頭を乗せて俯く。月明かりに慣れ始めた目に、柔らかい髪がさらりと揺れるのが見えた。

「いろいろなもの全部諦めて、本当に欲しいものはひとつだけなのに、――ひとつだけしか欲しがってないのに」

「――それは何……?」

渉は答えない。

しばらく経ってから、渉はぽつりと言った。

「手が、届くと思ったんだ。香代ちゃんが一人で子供を産むって聞いた時、そこに入れば、家族になれると思った。……だけど、ダメだった。当然だよね、そんなの。そんな都合よくいくわけない」

高野は黙って渉の呟きを聞いていた。

渉が手を握りしめる。

「だけど、つらい時に手助けをしたら、一緒にいたら、僕がいないとダメなところまで食い込んだら、いつかそこが自分の場所になると思ったんだ。言ってもらえると思ったんだ。――いていいよ、って……」

渉の言葉がぐさりと高野に刺さった。

咄嗟には言葉が出ない。だけど、それは、高野が抱えている孤独と同じものだと瞬時に分かった。

「――俺が言う」

高野の口から言葉が滑り出ていた。

渉の体がかすかに震える。

「俺が、渉に言う。いてくれ。俺といてくれ」

渉が顔を上げる。月光の中の渉の表情がかすかに見えた。口を引き結んで、高野を強い目で睨んでいる。

「どうして、そんなこと言うんですか」

渉の口調はきつかった。

「もう僕を振り回さないでください。――これ以上、引っかき回さないでください」

「俺といてくれ、渉。渉じゃなくちゃダメなんだ」

高野は繰り返す。

渉は、伸ばしていたもう一方の足まで引き寄せて、身を守るように両膝を抱える。高野にはそれが渉の心の頑なさなのだと分かった。

それでも、高野は食い下がるしかなかった。今この時を逃したら、もう次の機会はないと意味もなく確信していた。

「渉」

「そんなの聞かない。出ていってください……！」

「渉、同じなんだよ。俺も、ずっと孤独だった」

「そんなわけないでしょう、高野さんはなんだってあるじゃないですか。信田さんだってあやって駆けつけてくれる。帰る家と家族だってある。それに、大金持ちで、物だって人だって買えるじゃないですか」

「それでも寂しかったんだよ！」

高野は思わず大声を上げていた。

渉がびくりと震え、体を硬くして高野を見上げた。

「ずっと、寂しかったんだよ。家はあったけど、家には居場所はなくて、なぜか入っていけなくて自分だけ家族から浮いてた。遊ぶ仲間は何人もいるけど、それは表面だけのもので、……どこにいても、自分だけがその場からはじき出されている気がしてた。――だけど、渉だけは、渉といる時だけは、俺は、楽だったんだ。俺が俺でいていいって思えた」

渉は眉を寄せて高野を見上げていた。

「――俺は、渉じゃなくちゃダメなんだ。渉が欲しい」

高野は渉を見つめる。必死だった。この気持ちを分かってもらうためだったら、何度言葉を重ねてもかまわないと思う。

「渉、俺と一緒にいてくれ」

渉は殻にこもるように膝を抱き、いっそう体を硬くする。

そんな渉を高野は身を乗り出すようにして見つめた。だけど、触れることだけはどうしてもできない。手は床についたまま剝がせなかった。

「――……」

渉が高野を見上げたままかすかに口を動かした。

「――なに？」

「……あんなことしたくせに。他の誰かに抱かせようとしたくせに」

高野の息が詰まった。

「あんなことさせる人を、どうやって信じろって言うんですか」

「反省してる」

「反省？　そんな……」

「後悔したよ！」

渉の言葉に被せて高野は叫んだ。

「ものすごく後悔した。あんなことしなけりゃよかったって、死ぬほど後悔した！　……何を、どう言えばいいんだよ。あとどう言えば、何をすれば、渉は俺の言葉をちゃんと聞いてくれるんだよ。信じてくれるんだよ」

泣きたくなりながら、高野は続けざまに言い募る。言い終えたら息が上がっていた。

だけど、渉は顔を伏せて短く「信じない」と言い切った。

きっぱりとしたその言葉に高野の息が詰まる。もどかしさに唇を噛んだ。

「もう嫌だ。もうあんなの……」

渉の声が詰まる。

「高野さん以外の人に抱かれるなんて、絶対に嫌だ。高野さんだったから……」

「金のために体を売ってたじゃないか。誰でも良かったんだろ」

思わず高野は口を挟んでいた。

渉の肩がびくりと震えた。

「最初は、そうでした。どうしてもお金が欲しくて……。だけど、お金はすぐに貯まったんです。高野さんが沢山くれたから。――お金を貰わなくても、僕は高野さんの呼び出しだったら行きました」

思いがけない言葉に高野は戸惑う。

「……優しく抱いたら、泣いたじゃないか。彼女に後ろめたかったんじゃないのか」

しばらく渉はためらうように黙ったあと「優しいのは怖い」と呟いた。

「僕たちに優しい人なんて、滅多にいなかったから……。それが振りだけだと分かっていても、優しくされたら好きになってしまう。——高野さんにとっては、都合のいいおもちゃでしかないと分かってるから、好きになんてなりたくなかった」

「彼女は……？」

「香代ちゃんは、同士だから。仲間だから。香代ちゃんに後ろめたいことは一切なかった。それに、香代ちゃんはずっと福島さんのことを好きだったんです。福島さんと会わなくなったあとも」

高野は信じられない思いで渉の言葉を聞いていた。

それならば、渉は高野のことを好きでいてくれたのだろうか。あまりにも自分に都合の良い答えだと思いながら、だったら自分はどれだけ酷いことを渉にしたのだろうと思う。この、優しさに不慣れな子供に。

同時に、この少年はこれまでどれだけ裏切られてきたのだろうと切なくなる。どれだけつらい思いを繰り返したら、こんなに臆病《おくびょう》になれるのだろう。

渉の気持ちがなだれ込んで、そんな渉を陥れて苦しめた自分の酷さに苦しくなる。

高野は床についたままの手を握りしめた。

「——好きだ」

言葉は口からこぼれ出ていた。

「好きだよ、渉。……ごめん」

いろいろな意味のこもった「ごめん」が自然とあとにくっついた。

渉が膝の前で握っていた手を組み替える。またぎゅっと握るのを高野は見ていた。

「……いつから？」

ぽつりと渉が聞いた。くぐもった声が抱えた膝の間から漏れた。

「だいぶ前から。いつの間にか、気がつけば好きになってた」

渉が顔を上げた。泣きそうに目を赤くしながら、それでも高野を睨んでいた。嚙み締められた濡れた唇が月の光を映している。

「——分かんないよ」

渉は絞り出すように言った。

「高野さんの好きが分かんない。好きなのに、あんなことできるんですか……？　好きって言ってもらえても、いつまたあんなことされるかって、僕は怯えてなくちゃいけないんですか？」

「愛してる」

高野は畳《たた》み込む。初めて使った言葉だった。これまで一度も誰にも囁いたことのない言葉だけど、渉はそんな重みなんて分からないだろうと苦く思う。

「知らない」

渉は即座に切り返しながら、壁をたどって尻でいざる。高野から逃げるように。

「俺のそばにいてくれ。必要なんだ」

高野は距離を詰める。渉はいっそう逃げる。高野から目を逸らさないまま。

「嫌です。高野さんは怖い……。もう一度あんなことがあったら、もう……耐えられない」

「もうしない。絶対に」

「それを、どう信じろって言うんですか……!」

渉は叫んだ。叫んで、両腕で頭を抱える。

それこそ殻の中の生き物のように背を丸めて小さくなる。拒絶と防御と。全身で高野から身を守る様子に、高野は動けなくなる。

膝をついて迫っていた高野は、どさりと床に尻を落とした。頭をかきむしって、髪を握りしめた。大きな息をついて唇を噛む。バカなことをした過去の自分を殺しに行きたい気分だった。

フローリングの床の上に、月光が二人ぶんの影を長く伸ばしている。

高野は、何をどうしていいのか分からなかった。自業自得だと分かっているだけに挫《くじ》けそうで、そう分かっているからこそ、粘らなくちゃいけないとも感じていた。自分が渉を傷つけたのだから、自分がなんとかしなくちゃいけないと思う。

それでも、どう動けばいいのか、高野はまったく分からなかった。

月の光が差し込む部屋に、二人ぶんの息の音だけがやけに大きく響く。

「——押し倒さないんですか」

しばらくして、丸くなった姿勢を崩さないまま渉がぽつりと呟いた。

その言葉にどきりとして顔を上げた高野に、渉は言葉を繋げる。

「高野さんのお得意でしょう。動けなくして力任せに突っ込むのは」

息が詰まった。自分のこれまでの行為を思い知らされて、刃物を突き刺されたような痛みが走る。渉は体を丸めたまま、息を潜めるようにして月光の淵《ふち》に沈んでいる。

高野は顔を歪める。泣きそうになった。

片膝を立てて床にぺたりと座ったまま、髪を引っ張って長く息をついた。

「そんなこと、もうできないよ。……渉に嫌われると思ったら、怖くて、指一本触れることだってできない」

本心だった。本当に、高野は渉に触れられなくなっている。触るのが怖い。どう触ればいいのか分からない。

高野は、月の光に照らされた自分の手のひらをまじまじと眺める。抜けた髪が一本、指に絡んでいた。苦い息が漏れる。

渉が動くのに気が付いて顔を上げる。

渉はのろのろと顔を上げていた。高野を見る。

その顔がおもむろに歪んだ。

「――……っ……」

渉は慌てて腕で顔を覆ったけれど、高野の目には一瞬見えた渉の涙が焼きついていた。

渉が高野に背を向ける。涙を隠すように。だけどそれはかえって、波打つ背中を高野に見せ付ける結果になる。

「渉……?」

渉は答えない。ただ、泣くのをこらえようとするあまり、逆に大きくしゃくりあげる音を漏らしてしまう。そうしたら、もう、痙攣する喉のつかえは抑え切れなかった。静かな部屋に、渉の泣く小さな声だけが響く。

渉の体は、壁に肩をつけて寄りかかったままずるずると崩れ落ちて床に転がった。

顔を腕で隠したまま渉はしゃくりあげて泣いている。体を丸めて。

その姿がどうしようもなく哀れで、高野は自分も泣きそうになりながら近寄った。だけど、触れられない。伸ばしかけた手が戸惑う。そのあいだも渉は肩を揺らして泣き続けている。

高野は唇を噛んだ。

渉に触れたかった。

渉の髪を撫でたかった。その肩を抱きたかった。性的な意味でなく、ただ、自分が渉を大切に思っているということを伝えたかった。そんなに一人で寂しく泣かないでくれと。

ためらったあげく、高野は口を開いた。

「渉、触っていいか……？」

そっと手を伸ばす。

「嫌だったら払ってくれ。そうしたら、俺はもう二度と渉には触れないから」

言って、渉の腕の間から見えている頬に手を伸ばす。

なぜか頬に触れたかった。涙で濡れた頬を手のひらで包みたいと思った。優しく、温かく、親が子供にするように。幸せな恋人たちが額を寄せる時のように、渉に触れたかった。

指先が頬に触れた瞬間、渉はびくりと震えた。

驚いたように高野を見上げた直後、渉は頬に触れていた高野の手を摑んだ。両手で摑んで自分の顔の前に引き寄せる。

高野が驚くほどの強い力で高野の手を握りしめて、渉はその手に額を押し付けた。

泣き出す。こらえきれない嗚咽が次々と零れ落ちる。

「――渉」

高野はもう一方の手で渉の頭に触れた。

体を曲げて、大切なものを守るように渉の頭を抱きしめる。柔らかい髪に指を差し込んで何度も撫でた。渉の頭の中は湿っていて、渉に触れていることが実感できて、自分も泣きそうになる。

「高野、さん」

泣き声の間で渉が高野の名前を口にする。

「高野さん、――高野さん」

「渉」

縋るような渉の声に、高野は名前を呼ぶことしかできない。もどかしさが募る。抱きしめたい。力いっぱい抱きしめて両腕で包みたいのに、渉に誤解されるのが怖かった。

「高野さん」

渉が起き上がり高野の首に腕を回す。しがみつく。

涙に濡れた唇が高野の唇に触れた。かっと体が熱くなる。限界だった。高野は渉の背に手を回して抱きしめた。

抱きしめ合ったまま、縋りつくようにキスを交わす。

泣きながら口付ける渉は、苦しそうに喉を鳴らしながら、それでも高野にしがみついた腕をほどこうとはしない。嗚咽を漏らしながら、何度も何度も高野の唇に唇を寄せる。高野は渉の頬や首筋に繰り返しキスを落とす。

「高野さん、――もう、あんなことしないで」

キスの合間に渉は訴える。泣きながら、それこそ祈るように。

「しない。絶対にしないよ」

高野は誓った。

絶対にしないと自分を戒めて、渉を強く抱きしめる。

渉の体は、前よりも簡単に高野の腕の中に収まってしまう。ただでさえ細かったのに、どこもかしこもいっそう痩せて骨ばっていた。

だけど、腕の中にあるのは、渉の温度だった。渉の匂いがする。渉の息の音がする。高野の体がじんと痺れる。

渉を抱きたいと思う。

渉と肌と肌で触れ合いたい。隙間なくくっついて混ざり合いたい。

渉を大切にしたいのは本当なのに、渉を抱きたいのも本当の気持ちだった。

だけど、高野は自分を抑えた。渉に愛想《あいそ》を尽かされることのほうが怖くて、高野は疼《うず》く体をこらえて、子供のように泣きじゃくる渉をただ抱きしめていた。


月の光が壁を照らしている。

すぐそこにソファーもラグもあるのに、硬いフローリングの床の上で、高野は泣きやんだ

渉と抱き合っていた。渉の腕も高野の背中に回されている。高野と渉は、セックスではなく、ただ互いを腕の中に閉じ込めて抱きしめ合っていた。

腕の中で渉が息をしている。湿った背中が愛しい。

顎をくすぐる髪の感触すら切なくて、高野は目を閉じる。

安息とは程遠い。きっと渉は高野を信じていない。いつ渉に嫌われるか、離れていくか、自分はずっとびくびくしなくちゃいけないのだろうと高野は思う。それがきっと、自分の贖罪《しょくざい》なのだろうと。

それでも、今ここに触れられるところに渉がいるのが、夢のようで、胸を苦しくするくらい高野は嬉しくて幸せだった。

「渉」

高野は囁いた。

腕の中の渉がかすかに体を硬くする。

「一緒にいよう。ずっと」

抱きしめた渉の体がかっと熱を持つ。じわりと湿るのが分かった。

渉は返事をしなかった。

だけど、嫌だとも言わなかった。高野が覚悟をしていくら待っても。

それに例えようもなくほっとして、高野は泣きそうになりながら渉の髪に顔をうずめた。

渉の匂いがした。

◆◆◆

「渉君、そろそろ時間じゃない？」

智美の声に渉が顔を上げて壁の時計を見る。

「あ、もうこんな時間」

「もういいわよ。予備校に行きなさいな」

「あ、はい。すみません」

渉は手元の出力用紙の束と時計を見比べてから、「でも、これだけ終わらせてから」と黄色いマーカーを握り直す。そんな渉に智美が呆れた顔をする。

「続きは明日でいいわよ。明日も来るんでしょ？」

智美の言葉に、渉は「でも」と粘る。

「渉君を苛めるなよ。プログラムチェックは途中でやめるとかえって面倒なんだよな」

渉に助け舟を出したのは信田だった。

智美が肩を竦める。

「まったく、理系人間の感覚はよく分からないわ。まあ、駅まで走ることになるのは渉君本人だからかまわないけど」

「……すみません」

「そこで謝るのが、またよく分かんない」

「だから絡むなって」

信田は笑いながら席を立った。高野を見ながらタバコの箱を軽く上げる。喫煙ブースへのお誘いに、高野も席を立った。

信田と並んで廊下を歩く。

「智美ちゃんにあまり渉を苛めるなって言ってくれよ」

「まあ、相性ってもんもあるからなぁ。大人しい男はダメなんだよ、あいつ」

ため息をつく高野に、信田がにやにやと笑う。

「でも、認めるには認めてるみたいだぞ。頼んだ仕事はちゃんとやるって褒めてたから」

「それでも、口調があれじゃあな」

タバコに火をつけながら、信田は「えらい気にしようだな」と高野の腕を肘で突いた。

「高野がそこまで過保護だと思わなかったよ。渉君のこととなると変わるねぇ」

にやにやと笑う。

「ほっとけ」

高野は信田のタバコの箱を胸ポケットから奪って一本くわえた。

信田が寄せるタバコの先に自分の先を近づけて火を移す。苦い香りが喉を舐めていく。二人して同じタイミングで長い煙を吐いた。

「同居はどうだ？」

信田がさらりと問う。

「ぼちぼち」

高野は短く答える。そうとしか答えようがなかった。

高野は、ひと月ほど前から渉の部屋で寝泊りをしている。だけどそれは本当にただの同居で同棲《どうせい》ではない。セックスは一度もしていないし、それどころか寝室も別で、一緒に時間を過ごすこともあまりない。時間が合えば一緒に食事をして、リビングで時間を潰す程度だ。会話も少ない。でもそんな時間すら、渉が郵便局の臨時職員をやめて予備校に通い始めてからはいっそう少なくなった。

見つめ合って微笑むような甘いものとは程遠くて、だけど、不思議な距離感を保った関係。渉は普通に高野と接する。微笑む。だけどそれは、こんなにこじれる直前に渉が見せていたあの透明で柔らかい笑みではなくて、出会った当初の人形のような微笑だ。

高野はいつも、渉がいつ姿を消すか怯えている。渉が嫌がるのなら、高野はいつでもこの部屋を出ていくつもりだった。出ていかれてしまって、渉の居所が分からなくなることのほうが怖い。だから、元いた部屋もそのまま残している。

「今日さ」

高野は煙に声を乗せた。

「渉の誕生日なんだって」

信田が体を起こす。

「誕生日不明じゃなかったっけ？」

「そうなんだけど、さっき、彼女がメールを送ってきたんだよ」

「彼女？」

「福島香代子」

ああ、と信田が壁に頭を戻す。

「それで高野が変な顔してるわけだな。なんだよ、彼女と連絡取ってるんかよ」

「取ってないよ。突然来た」

メールには、今日が渉の誕生日であること、いつも香代子が祝っていたけど、今年は祝えないから高野にお願いしたいとの旨《むね》が書かれていた。こんなことをお願いできた義理ではないと分かっているという謝罪とともに。

「彼女は、渉君の何なんだろうな」

呟きのような信田の言葉に、さあ、と高野は答える。

同士、仲間と渉は言った。だけど、それだけでは説明できないもっと深い何かがあるようにしか高野には思えないのだ。

信田には、渉と香代子の関係は伝えてある。あそこまで巻き込んでおいて隠しておくことはできなかった。

渉をアルバイトで雇おうと言い出したのは信田だ。それは、腫れ物に触るようにしか渉に接することができない今の高野のために信田が出した助け舟だった。

「で、高野はどうするんだよ。渉君の誕生日だと聞いておいて」

高野は黙ったまま煙を吐いた。

「どうするかな」

呟く。

「渉はそんなこと望んでるんだろうか」

一瞬の間を挟んで、くっ、と信田が笑った。

「なんだよ」

「高野、可愛《かわい》いなぁ、お前」

「はぁ?」

信田はくつくつと笑い続けている。

「高野にこんな可愛いところがあるなんて俺は知らなかったよ。お前、これまで誰かの気持ちなんか考えなかったろうが。自分がやりたきゃやる、やりたくなきゃやらない」

「暴君みたいに言うなよ。俺だっていろいろ考えてたさ」

「そうか？」

「そうだよ。——信田のことだって……」

自分の顔を覗き込んだ信田の顔がからかうように笑っていた。

分かっていて言っているのに気付いて、その頭をこぶしで押す。

「祝ってやれよ」

信田は言った。

「……でもなぁ」

「関係を変えるきっかけになるかもよ。お前たち、まだ微妙に変な雰囲気だからさ」

信田は楽しそうに笑っていた。こんな信田の笑顔を見たのは久しぶりだと高野は思う。

「なんだよ、偉そうに」

「そうなんだよな、俺、すごく久しぶりに高野に勝った気分だよ。こんなに自信ない高野見るの、どれくらいぶりだろ」

あー楽しい、と信田はけたけたと笑う。

「戻る。勝手に笑ってろ」

「あ、俺も戻る」

待て待て、と信田が高野の腕を引っ張りながら、タバコの先を灰皿に押し付けて消す。

「なあ高野」

信田が改まった口調で言いながら高野を見上げる。

「今日は定時で帰れよ」

微笑む信田から高野は目を逸らした。

「定時なんかで帰ったって、渉は十時過ぎないと帰ってこない」

「ガキみたいな屁理屈《へりくつ》言うな。買い物して帰ればいいだろ」

「渉が欲しいものなんて分からない」

「俺は、ケーキとか買って帰ればって意味で言ったんだけど。そうかプレゼントまで考えてたか」

口ごもる高野の背を、信田がばしばしと叩いて笑う。

「可愛いなぁ、恋する高野。ああ、楽しい。いいもん見た」

「ほっとけ」

腹を抱えて笑う信田を放って、高野は喫煙ブースを出た。

事務所に戻る途中で、鞄《かばん》を斜めにかけて走る渉とばったり会う。

「あ、高野さん。……行ってきます」

渉は控えめに微笑んで頭を下げた。

「ああ」

それ以上、高野は言えなかった。早く帰ってこいとも、夕飯は食べてくるな、とも。

エレベーターに駆け込む渉の背を見送って頭をかく。もどかしさに小さく息をついて、高野はエレベーターに背を向けた。


かちゃりと鍵が回る音が聞こえて、高野はニュース番組を見ていた顔を上げた。

「ただいま戻りました。……？」

ダイニングテーブルの上に置かれた二セットのスプーンとフォークを見て、渉が変な顔をする。

「高野さん、まだご飯食べてなかったんですか？」

「いや、そういうわけじゃないけど」

高野はソファーから立ち上がる。テレビは消さなかった。

「コーヒー淹《い》れるから座れよ、渉」

「あ、僕が淹れます」

「いいよ、俺が淹れるから、荷物置いておいで」

「——はい」

微妙な雰囲気を感じたのか、渉は不思議そうな顔をしながら、自室に荷物を置きに行った。

そのあいだに高野はドリップを仕掛けて、冷蔵庫からケーキを出す。夕方、女性客でいっぱいの人気のケーキ屋で悩んだ末に買ったイチゴのショートケーキとチョコレートケーキ。三角形の二つのケーキをくっつけると正方形になる。

部屋から戻ってきた渉が、ケーキを見て足を止めた。

瞬きもしないでケーキを見つめながら、硬い声で「香代ちゃんですね」と呟く。

「昼間、連絡をくれたんだ。今日が誕生日なんだろ」

渉は黙って椅子に腰掛けた。

その目はじっとケーキを見ている。

おもむろに痛いように目を細めるのを見て、高野の心臓がどきりと鳴った。こんな余計なことをしなければよかったと後悔が瞬時に頭に浮かぶ。

「いらないなら食べなくていいよ」

高野がケーキの皿に手を伸ばしかけたら、渉がぽつりと口を開いた。

「――誕生日じゃないんです」

「え？」

「僕の本当の誕生日は、二ヶ月前です」

「でも、彼女は今日だって」

渉が唇を噛む。

「今日は、僕と香代ちゃんが初めて会った日です。香代ちゃんが、今日を僕の誕生日にしようって、毎年この日にケーキを買って」

「……どういうこと？」

テーブルの上に出ていた渉の握りこぶしがぴくりと震えた。

「僕の本当の誕生日は、僕が捨てられた日だから。——そんな日は忘れようって。あすみ園にやってきて、私と初めて会った記念日を誕生日にしようって、香代ちゃんが」

高野は言葉を失う。

「……僕は、デパートのトイレの便器の中に産み捨てられてたんです。死にかけてたのに病院で息を吹き返して」

ぞわりと鳥肌が立った。思いがけない事実に高野は息を詰めて渉を見つめる。俯いた渉の頬は石のように白かった。

「未熟児で、二ヶ月保育器にいて、退院と同時に区と契約していたあすみ園に預けられて。——そこで、香代ちゃんと会ったんです。香代ちゃんはその時二歳くらいで、二週間前にお父さんにあすみ園の前に置き去りにされていて、毎日あすみ園の玄関でお父さんを待って座ってて、食事もほとんど取らないでひとことも口もきかなくて、そんな香代ちゃんが、赤ん坊の僕が泣いた時初めて自分から保育室に入ってきたんです。ベビーベッドの僕に『泣かないで』って。それが、香代ちゃんがあすみ園に来て初めて喋った言葉だったんです」

涉の言葉が少し柔らかくなる。

「香代ちゃんはそれからずっと、僕と一緒に眠って、僕をあやして。学校も一緒に通って」

涉が言葉を切る。

ドリップの音は止まっていたけど、高野はコーヒーを淹れるために動くこともできなかった。何を言えばいいのか分からない。つけっぱなしにしていたテレビの音が遠く耳に届く。

涉と香代子の繫がり。それは高野の想像をはるかに超えて重かった。親に見放された二人の幼子は、互いを支えにして寄り添うようにひっそりと生きてきたのだ。恋人とか家族とか、そんな普通の言葉では言いあらわせない関係。

涉の肩がひくりと動いた。唇を嚙み締めている。泣いているかと思って思わず見た目には涙はなかった。だけど、乱れた息を整えるように大きく深呼吸をする涉の姿に高野の息が詰まる。

「泣いたか？　涉」

思わず声をかけていた。

「――彼女がいなくなって、ちゃんと泣いたか？」

涉が顔を上げて高野を見上げた。笑おうとする。

「泣かないですよ。だって、香代ちゃんは幸せになったんだし、それは喜ぶべきことで……」

「泣いてもいいんだよ、渉。大切な人がいなくなったんだから。寂しいんだろ」

「でも、香代ちゃんはちゃんと」

「寂しいんだろ」

畳み掛ければ、渉が唇を噛んだ。

高野は渉の隣に立った。椅子に座る渉の頭を抱えて、その顔を自分の腹に押し付ける。

「泣けよ」

しばらく渉は動かなかった。

「彼女のためにも泣いてやれよ。誰かが泣いてくれて初めて、ああ自分は必要とされていたんだと救われることもあるんだよ。その涙があとからその人の宝物に変わることもある」

ゆっくりと高野が語り終えてしばらく経ってから、渉のくぐもった声が聞こえた。

「……泣いて、いいんですか？」

「いいんだよ」

高野のシャツがじわりと熱くなる。そのすぐあとに、渉はようやくしゃくりあげた。

「――……、っ」

高野のシャツの裾を摑んで、渉は大きく胸を喘がせる。喉が鳴る。

「一度も泣かなかったのか？」

「……だって、僕が泣いたら、香代ちゃんは行けなくなる……から」

公園で渉が泣かなかったわけが分かって高野は唇を噛む。泣きそうな顔をしながら、それでもなぜ渉が香代子に笑いかけたのか。体を売っていたことを喋ろうとする高野を、どうしてあれだけ強い口調で遮ったのか。

プライドなんかじゃない。恥ずかしかったからじゃない。

全て、香代子に幸せを渡すためだったのだ。香代子に幸せになってもらうために。

生まれてからずっと支え合ってきた片割れを幸せにするために、渉は足掻《あが》き、そして、幸せになるのを見送って一人になった。

胸が苦しくて、高野まで息がつけなくなりそうだった。

いったい何なのだろうと思う。この少年は。

この、稀有《けう》な宝石みたいな少年を手放したくないと思う。手放せない。大事にしたい。

他人の幸せばかりを願って、自分のことを省みないこの少年を、自分の手で守ってやりたいと思う。笑ってもらいたい。いつか見た笑顔で。

こんなに優しくて、きれいで、よく今まで壊されずに生きてこれたものだと思う。いや、もしかしたら高野が壊していたかもしれないのだと今更ながらぞっとする。出会った頃の傍《ぼう》若無人《じゃくぶじん》な高野なら壊しかねなかった。

壊れなかったのは、香代子がいたから。守りたいものがあったから。そう思うと、憎い香代子にも感謝をし、そして、香代子がいなくなった今、渉はいつ壊れても不思議じゃないことに改めて気付く。

渉が今ここにいるのは奇跡なのだ。

渉を抱く腕に力がこもる。鼻の奥がつんと痛くなった。

感謝の気持ちがぽこりと浮かぶ。――壊れないでいてくれた奇跡に心から感謝を告げる。

「渉」

肩が揺れる。

「なあ、渉」

頭を抱く。

「来年は、ちゃんと渉の誕生日を祝おうな。今日じゃなくて、二ヶ月前のその日を」

渉の息が乱れる。

「……捨てられた日を？」

違う、と高野はできる限り優しく言う。

「渉が生まれてくれた日だよ。――俺は、渉が生まれてきてくれて良かったと思うから。渉に会えて良かった。生まれてくれて良かった」

渉は動かない。その背だけが大きく喘ぐ。

高野は渉の髪を何度も梳《す》く。大切だと思う気持ちを伝えるために何度も繰り返す。

「――僕は」

涉が小さく洟《はな》をすすってから、言葉を絞り出す。

「僕は、高野さんにだけは、――捨てられたなんて知られたくなかった……っ」

声は小さな叫び声のように強くて、でも掠れていた。

「絶対に、絶対に知られたくなかった。……軽蔑されたくなかった」

「軽蔑なんかしない」

高野は思わず強く言葉を返していた。

「どうして軽蔑なんかするんだよ」

「――だって、……だって」

「捨てたお前の親は軽蔑する。だけど、涉を軽蔑なんかするもんか」

高野の腹に額を押し付けていた涉を、肩を摑んで引きはがす。涙で濡れた顔を正面から見つめる。

涉を椅子から引っ張り上げて、高野は痩せた体をかき抱いた。両手で抱きしめる。

「涉は何も悪くない」

涉の喉が鳴った。

「むしろ、尊敬するよ。よく頑張って生きてきた。涉も……彼女ももう十分頑張ってきた。いろいろ大変だったのだろうに、今でもこんなに強くて、優しくいられる涉を、俺はすごいと思う」

どう言っていいのか分からない。

何を言えば、どう伝えれば渉は分かってくれるのか。渉は自分を卑下する必要なんか欠片《かけら》もないことを。気持ちを伝えられないもどかしさに高野は唇を噛む。

「俺と一緒にいろ、渉」

渉の体が硬くなって震えた。

「もう十分頑張ったから、そろそろ幸せになっていい。俺が渉を幸せにしたい。俺じゃダメか？　もう信じられないか？」

畳み込むように言葉を重ねる。だけど、渉の口からこぼれた言葉は残酷だった。

「——信じられない」

高野の頭からざあっと血が下がる。明確な否定の言葉に目の前が一瞬揺らいだ。

渉が高野を押し返して、硬い声を絞り出す。

「だって、……僕なんて、なんの価値もない。分かんない、どうして僕なのか」

思いがけない言葉に、高野は目を瞬いた。

「僕は、生まれたその瞬間からいらないって言われたんですよ。生まれたこと自体が間違いだったんだ」

「そんなことない！」

高野は、自分が否定されたわけではないことにほっとしながら、渉を抱きしめ返す。だけど同時に、渉に染み付いている惨めな寂しい価値観に胸が苦しくなる。

「渉は——きれいだよ」

言葉を選んで高野は囁いた。

「——そんなの」

「俺は、渉にそばにいてほしい。それじゃダメか?」

渉の肩がひくりと震える。

「——どうして、高野さんはそんなに優しいんですか」

掠れた声だった。

「ずっと、考えてました。どうして、高野さんはこんな僕に良くしてくれるんだろうって。……同情ですか?」

高野は黙った。違うとも言い切れない。もし渉がこんな境遇でなかったら、高野はここまで構わなかったかもしれない。たしかに、誰も渉を幸せにしないから、だから高野が幸せにしたいと思ったのだ。

じゃあ、渉をちゃんと幸せにしてくれる誰かが現れたとしたら、自分は大人しく渉を渡せるのか……?

嫌だ、と高野は思った。渡したくない。渡せない。

そう、一番強い気持ちは——。

「俺が、渉が欲しいんだ。俺のために」

高野は言い切った。

プライドも何も捨てて、高野は告白する。

渉のため、なんて格好つけていられない。格好をつけて渉を失うことのほうが怖かった。

「渉といると、落ち着くんだよ。気持ちが楽なんだ。ずっとそんな場所探せなかったのに、実家にいてさえ落ち着かなかったのに、渉のそばは……気持ちが自由なんだ。初めてなんだ、そんな場所」

少ないボキャブラリーを漁って、気持ちを表現する言葉をどうにかひねくり出す。だけど、どれも微妙に違う気がして、最後に高野は降参した。心の中の声を口にする。

「いてくれ。どこにも行くな。渉がいないと俺はダメになる」

渉の喉がひくっと鳴った。

「ダメか？　俺のしたことは、もう取り返しがつかないか？」

渉の息が乱れて、腕の中の体が小さく何度も震えた。

「――同情でも構いません。……僕も」

しゃくりあげながらが呟く。

「僕も、高野さんのそばにいたい、です」

体中の血が一気に巡りだす気がした。心臓が大きな音を立てて動き出す。例えようもなく安堵《あんど》して、膝が崩れるかと高野は思った。ようやく言葉が届いたと思った。

「……ありがとう」

高野の声に応えるように、渉の腕に力がこもった。高野の肩に顔を押し付けてしがみつく。

ようやく手元に戻った愛しいものの背中を何度も繰り返し撫でる。鼻に届く髪の匂いが、
渉がこんなにも近くにいることを実感させる。もう二度と離さない。幸せにまみれて、高野は渉をまた抱きしめた。

震える湿った息が高野の首筋に届く。

愛しくて、切なくて、体の芯から痺れる気がした。

やがて渉の息の乱れも落ち着き、それでも離しがたくて、どのくらいそうやって抱きしめ合っていただろうか。高野はいつまでも抱きしめていたかったが、ニュースがCMに変わって、けたたましい音が流れ出るのに合わせるように渉は高野の背に回した腕の力を緩めた。なくなった圧迫感に寂しさを覚える。

渉は泣いて腫れた目で高野を見上げて、恥ずかしそうに笑った。

「ケーキ、食べます」

「――ああ」

高野から身を離して椅子に座る。

「イチゴが僕ですよね」

銀色のフォークが三角形の端を削る。白いクリームが渉の唇の間に消えるのを、高野は黙って見ていた。二口、三口、渉は味わうように口を動かす。

「美味《おい》しい」

目を伏せたまま、渉はため息をつくように呟いた。

「コーヒーを淹れるよ」

茶色い液体を二つのカップに注ぎ、高野はテーブルを振り返る。

渉は静かにケーキを食べていた。伏せた目の端がきらりと光って、高野は渉が涙をこらえていることに気付く。

カップを持ってテーブルを回り、高野は渉の隣に腰掛けた。コーヒーを差し出せば、渉は「ありがとうございます」と高野を見上げて笑う。渉は、高野が歩み寄ってくる間に目をこすって、泣いていた気配を消していた。この子はこれまでこうやって涙を隠してきたのだろうと思ったら、高野の喉の奥がつきんと痛んだ。

高野は自分のフォークを引き寄せた。渉が食べているショートケーキをひとさじ掬《すく》い、黙って渉の口元に寄せる。

渉は少し驚いた顔をした。それでも大人しく口を開けてフォークをくわえるのを、高野はじっと見ていた。薄い唇がゆっくりと動いて、ケーキを咀嚼《そしゃく》する。ちらりと覗いた舌が、唇に付いたクリームを舐めた。

高野の心臓がとくんと音を立てた。

長いまつげの根元が濡れていた。瞳がかすかに潤んでいる。

前髪が目に入りそうに見えて高野は手を伸ばした。高野の指を渉の目が追う。

指先で前髪をよければ、渉は瞬きをして少し笑った。

高野と視線が絡む。

それは衝動だった。高野は触れたいという気持ちに抗《あらが》うこともできずに、吸い込まれるようにその唇に顔を寄せていた。

唇が触れる直前に、渉が静かに目を閉じる。

久しぶりの渉の唇は柔らかかった。舌先で舐めれば甘さが染みる。

薄く唇を開けて、渉の唇を吸う。渉は逃げない。高野に応えるように薄く唇を開きさえしたことに、高野の心臓がまたとくりと音を立てた。受け入れてくれた気がして、体の芯が喜びにぞくりと震えた。

名残《なごり》惜《お》しく唇を離して、間近で目と目を合わせる。

「ごめん渉」

高野は囁いた。

「抱きたい」

口に出せば、動悸が一気に激しくなる。

セックスなんて誰とでも何度でもした。渉のことだって何度も抱いたのに、まるで初めてセックスをしようとした少年の時のように、鼓動が走り出す。

「……だけど、もし渉が嫌なら、抱かない。何十年だって待つよ」

渉はかすかに眉を寄せて高野を見つめていた。それは、困っているような表情にも見えて、高野は断られる覚悟を決める。

だけど渉は、瞬きをしながら一度だけ視線を泳がせて、また視線を高野に戻した。

「僕も」と消えそうな声で囁く。

「ごめんなさい。意地を張ってて」

今度は少しはっきりと言葉を口に出して、渉は小さく微笑んだ。

「僕も、高野さんと……したいです」

心臓が壊れるかと思って、高野は目を閉じた。


「……ふ……っ」

高野の体の下で渉が自分の指を噛む。

「指を噛むなよ」

「――だって……」

渉は数ヶ月ぶりの愛撫《あいぶ》に、まるで初めての時のように激しく身悶えた。乱れた息の合間に、薄く目を開けて高野を見上げる。

その潤んだ瞳に、高野の体の芯がどくりと音を立てた。食べ尽くしてしまいたいほどの甘い衝動がぞわぞわと腰から這い上がり、ぶるりと震える。

何ヶ月ぶりかの渉の体は、磁石のように高野を引き寄せる。夢にまで見た渉の体は、夢よりも熱く、柔らかく、媚薬《びやく》のような芳香《ほうこう》を放って乾いた高野に染み込んでいく。

指を引き離した唇に、高野は自分の唇を寄せた。乱れて湿った渉の息を頬に受けながら、口の端をちゅ、ちゅ、と音を立てて吸う。

渉が愛しくて仕方ない。指を絡めた手も、頬も、顎も喉も。鎖骨も、胸も。揺れる息、湿った肌、上下する胸に速い鼓動。——声。

「……………あ……」

唇の隙間から滑り込んだ高野の舌を受け入れて、渉が薄く口を開く。

柔らかい唇と硬い歯。どこもかしこも、触れるもの感じるもの全てが涙が出そうなくらい愛しくて、高野は息を詰めてそれらを全身で感じようとする。

「渉、——渉」

熱っぽく名前を呼ぶたびに、渉の息が揺れて一瞬止まる。触れ合わさった胸の下で、渉の心臓がとくんと音を立て、じわっと肌を湿らせるその反応が嬉しくて、高野は何度も渉の耳元でその名前を囁いた。

夢にまで見た想い人。なくして初めて、どれだけ大切だったか知った宝物。失わなくて良かったと、間に合って良かったと、心から思う。――なりふり構わず追いかけた無様な自分さえ愛しく思うほど。

「ん、……ん……っ」

乳首を甘く吸っただけで、渉は身を反らして敏感に反応した。片方を吸いながら、もう一方を指先でそっと摘めば、「あ、……ふ」と息継ぎに甘い声が混じる。

抱きたい。食べ尽くしたい。無茶苦茶に愛したい。

だけど、痛いこと、苦しむことは一切したくなかった。ただひたすら甘やかして蕩《とろ》かしたいのに、そっと触っただけで渉は過剰に反応してしまう。現に、高野の腹に当たる渉の性器は緩やかに立ち上がり、まだ触っていもいないのに先を濡らしはじめていた。渉のこんな覿《てき》面《めん》な反応は初めてで、高野も戸惑ってしまう。

「渉、ここ、もうこんなになってる」

手を伸ばして渉の性器を包めば、かあっと渉は全身を赤くした。

「――だって……」

「渉、さっきから『だって』しか言ってない」

「だって……」

泣きそうに渉が眉を歪める。

「だって、なに？」

「……僕にも、どうしてだか分かんないんです。こんなの初めてで」

渉のそんな言い方が可愛くて、高野はぞくりと震えた。

「気持ちいい？　苦しくない？　続けて大丈夫？」

渉が意外なことを聞いたというように目を瞬いた。

そして眉を寄せて「大丈夫です」とふっと微笑む。

「だったら、良かった」

心からほっとして囁き、高野は渉の性器を包んだ手をそっと動かす。

「ん、あ……っ」

びくりと震えて顎を上げる渉を緩く押さえて、高野は熱いそれをゆるゆると撫で回した。

「あ、あ、あ……、あ」

手の動きに合わせて短い声が漏れる。しがみつく痩せた腕が愛しい。速い鼓動、びくびくと震える腹、擦り合わせた膝。たちまち硬度を増したそこは、あっという間に頂上に辿りついて高野の手を熱い迸《ほとばし》りで濡らしてしまう。

「ご、……ごめんなさい」

そんなに早く達してしまうとは渉自身も思っていなかったのだろう。真っ赤になって謝る渉に「いいよ」と高野は優しく言う。

「それだけ気持ち良かったって思っていいんだろ？　だったらそれはそれで嬉しい」

渉は赤くなった顔のまま高野を見つめ、なぜか泣きそうに顔を歪めた。

「なんで泣くの」

「――……怖い」

渉の言葉に高野は慌てる。痛めつける気も苦しめる気もないのに、まだ乱暴すぎたのかと。あるいは過去の蛮行が恐怖を呼び起こさせたのかと。

「なんか、……信じられなくて、夢みたいで、怖い」

渉の掠れそうな囁きに、高野は目を瞬いた。ぐっと胸が苦しくなる。

高野も夢のように感じていたけれど、渉も同じだったのだ。高野と触れ合うことを渉も望んでくれていたのだと思うと、愛しさと切なさが入り混じって膨れ上がる。

「夢じゃないから。渉」

強く抱き、耳元で囁きながら高野は渉の足の間に手を滑らせた。

渉が出した精液を尻の狭間《はざま》に塗り広げて、つぷっと指の先を入れる。

「あっ」

渉が驚いて声を上げる。

「力抜いて、渉」

指先を締め付ける圧迫感が緩むのを待って、濡れた指を揺らしながらじりじりと奥まで差し込んだら、渉は高野にしがみついて息を詰めた。胸の上下が止まっている。

「久し振りだからつらい？　渉」

話しかければ、答えるために息を再開する。

「……大丈夫、です」

渉は目を閉じたまま、はぁっと息を逃して短く答えた。その姿が、出会った頃の、痛みを逃して高野に身を預けた渉の姿と重なって、高野の胸がじくりと痛む。

「——ゆっくりやろう。別に、渉を苦しませたいわけじゃない」

高野は、時間をかけてゆっくりと渉の体を蕩かしていく。何度もやった行為なのに、最初の頃なんて何もしないで突っ込んだことさえあったのに、とあの頃の自分をまるで別人のように思い出す。そんなことができた自分が信じられない思いだった。

丁寧に、大切に、渉の様子を窺いながら指で中を探る。高野のちょっとした動きにも反応して、渉は悶えて体を震わせる。

渉はすぐに息を詰めてしまうから、あまり声は聞けない。だから高野は渉の体の震えに耳を澄ます。震えたり、しがみついたり、肌が熱くなったり汗が浮いたり。その意味さえ分かってしまえば、渉の体は声よりも雄弁だ。何よりも、体は嘘《うそ》をつけない。

触れ合った渉の肌が熱い。いつもよりも鼓動も速い。

シーツを摑んで、高野の背中に手を這わせて、渉は声もなく乱れる。

「――……っっ」

指を増やし、奥を探ったその時、腕の中の瘦せた体がびくりと大きく震えた。

自分の反応にびっくりしたように、渉が目を開ける。一瞬だけ高野を見てから、大きな瞳を恥ずかしそうに泳がせる様子に、高野は思わず笑った。可愛い。汗に濡れた前髪をかき上げれば、渉はようやく高野を見上げた。

「どうした？　つらかったらゆっくりやるよ」

あらわになった額に高野は慈しみを込めて口付ける。

唇に残る渉の汗の味を味わうように、唇を触れさせながら何度も舐める。

「……大丈夫です、ただ……」

「ただ？」

渉が瞳を泳がせてかすかに口ごもる。

「熱くて。なんだか、体中がうずうずして……、こんなの初めてだから……」

「感じてるの？」

数秒戸惑ったあとに、首筋まで赤くして頷いた渉の姿に、ぶわっと全身が燃え上がった。

下腹部に一気に熱が溜まる。

駄目だ、まだ早いと頭では思うものの、ぞくぞくとした痺れは強くなるばかり。体の下の渉が、本当に、もみくちゃにしたいくらい愛しくて、高野は自分を押さえるのにできる限りの自制心をかき集めたものの、それでは到底足りないことを思い知らされる。

高野は、溜めていた息をふうっと吐いた。

「――ごめん、渉」

渉が高野を見上げる。

「やっぱりダメだ。ゆっくりなんて言ったそばからでなんなんだけど、……あんまりにも渉が可愛くて、我慢できない」

かあっと渉の顔が赤くなる。

「可愛くなんて、……あ、っ」

渉の足を広げて腰を上げさせ、その場所に自分の腰を合わせる。渉の体が真っ赤になる。

「泣かすかもしれないけど、ごめん」

ぐっと体を押し込めば、渉が悲鳴を漏らした。細い体がのけぞる。

「ひ、あっ、……あぁ、っ」

息つく間も与えない勢いで、高野は渉の体を追い上げる。高野の体の下で渉が魚のように跳ねて悶える。

「ん、ふっ……っ」

口を押さえようとする渉の腕を、高野は強引に開いて肩と一緒に押さえ込んだ。

「声を聞かせて、渉。俺に感じてくれる声なら、どれだけでも聞きたい」

「や、です。……はずか、しい」

息を継ぐ隙間で渉が答える。

「渉は恥ずかしいかもしれないけど、俺は嬉しい」

真っ赤になった渉がぎゅっと顔をしかめて肩を竦める。唇を噛んで息を詰め、呼吸を止めて我慢しようとするが、やがてそれは耐え切れなくなって酸素を求める。その、最初の呼吸で混じるかすかな嬌声《きょうせい》が高野は、前から好きだった。

「ん、ぁっ、……っ」

堪えきれない、小鳥の悲鳴のような声。

高野の体の下で、高野のグラインドにに合わせて渉が悶える。

「あ、ああ、あ……っ、ひ、う、……っ、あ」

泣きそうに眉を寄せて、頬を紅潮させて、閉じようとしても閉じられない唇からひっきりなしに詰まった喘ぎ声が漏れる。こんなに声を聞いたのは初めてのような気がした。

苦しそうだけど、感じてくれている渉が嬉しくて、高野も動きを止められない。ああ渉だ、渉がいる、渉が自分に抱かれて悶えていると思ったら、嬉しくて体が蕩けそうだった。

「あぁっ、あ、ああ、あっ」

これまで聞いたことのないような声で渉が鳴く。そのことに高野まで燃やされて、意識が

溶かされていく。高野は、どうしても欲しいものを求めるただの獣になっていく。

「渉、——渉」

ほどなくして高野が達し、渉も二度目の解放を迎えて、高野は渉の上に崩れ落ちた。

嵐のように速い鼓動がこめかみに響く。自分の鼓動。渉の鼓動。

はあっ、はあっ、と二人ぶんの呼吸が交錯する。荒い息の音は自分のものか渉のものか。

あまりにも息が苦しくて声も出せずに、高野はただ渉の頭を撫でた。指先まで痺れている気がした。

少し呼吸が落ち着いてから、高野はのろのろと頭を上げた。

渉は目を閉じていた。汗が浮き、頬は真っ赤だ。濡れた唇から速くて熱い吐息が漏れている。それをじっと見つめていたら、渉が目を開けた。

そして高野を見つめ、——ふわりと微笑む。

それは、高野が夢にまで見たあの笑顔だった。

息が止まり、唐突に、本当に突然、喉が詰まって瞼が熱くなる。

「——た、高野さん……?」

渉が慌てて高野を見つめる。

思いがけずこぼれた涙は、ぼたぼたと渉の裸の胸を濡らす。

おろおろした渉が高野の頬を両手で包む。柔らかく頬に触れる渉の手が温かくて、優しくて、高野はいっそう息の乱れが止まらなくなる。

渉の手は頰を包んでいるだけなのに、顔全体、あるいは全身を包まれているかのように熱く痺れていく。凍えていた心臓が温まっていく。

「……渉」

呟けば、渉は、はい、と返事をしてくれる。どうして泣くのかとは問わずに、ただ高野に応える。視線を合わせれば、歪んだ視界の中で渉は包み込むように小さく笑ってくれた気がした。

渉だ、と思った。

渉がここにいる。

ああ、本当に天使だと思った。どうしてこの子はこんなに温かいんだろうと思う。頰を包まれているだけなのに、顔全体を、いや頭ごと柔らかく抱きしめて温められているような気がする。

「――やっと、笑った」

「え？」

「俺は、渉に笑ってもらいたかったんだ」

情けない泣き顔を見られるのが恥ずかしくて、高野は渉の胸に頭を落とした。渉の鼓動が伝わる。

「――なんだか、バカみたいに嬉しい」

心臓がとくりとくりと音を立てている。本当に、バカになったみたいに嬉しくて、高野は涙をすすりながらくすくすと笑いだした。

「渉」

顔を上げて、高野は渉を見る。

「好きだよ」

歪んだ視界の中で、渉はかあっと顔を赤くして、でもそのあとで、嬉しそうに笑った。どくんと高野の心臓が音を立て、じわじわと体が温かくなる。

「――僕も」

渉が短く告げるのを最後まで待てずに、高野は渉をかき抱いた。

そのあと高野は渉を放さず、飽きもせず二度三度と求めることになる。

何度も繋がって、夜明けが近くなったベッドの中で、高野はぐったりと眠りに落ちている渉を抱いていた。

愛しい寝息を腕に抱く。長いまつげ。筋の通った鼻梁《びりょう》。白い頰。よく見なければ分からないくらいの淡いそばかすがぽつりぽつりと頰骨のあたりに浮いている。

宝物。温かくて、柔らかくて、きれいで、弱そうで強くて、愛しい高野の宝物。それが腕の中にあることが泣きたいくらいに幸せで、思わず高野の腕に力がこもる。

もう渉とこんなことはできないと思っていた。半ば諦めて、でも諦めきれなくて、高野は渉を追いかけたのだ。

渉が目を開けた。

見つめる高野の前で何度か目を瞬いて、それから高野を見つけて、ため息をつくようにふわりと笑った。高野の胸に額をつける。

高野の胸がきゅっと絞られる。

渉がいる。高野が欲しかった、あの渉が今ここにいる。

「——もう少し寝てな」

限りなく優しい仕草で高野が渉の髪を梳く。柔らかい髪が指の間を撫でていく。

「高野さんは寝ないんですか？」

渉がそっと囁く。

「眠くならないんだ。なんだか、夢みたいに幸せすぎて」

腕の中の渉がぴくりと震えて顔を上げる。

その頭を高野は両腕で抱きしめた。

「渉がこうやって、ここにいることが信じられないくらいに幸せで嬉しいんだ」

てらいもなく甘い言葉が滑り出てくる。

心が楽だった。渉には言葉を飾る必要を感じない。今の渉なら高野の裸の言葉を受け止めてくれる気がした。茶化すこともしないで、ごまかすこともしないで。

渉がかすかに目を細めた。くすんと鼻を鳴らしてどこか泣きそうな顔をする。

「高野さん、幸せなんですか？」

「幸せだよ」

「本当に……？」

「本当だよ」

高野の言葉に、渉は唇を噛んでうつむいた。

「渉？」

高野の問いかけに、渉は「僕は」とため息をつくように揺れる声を漏らした。

「――ずっと、思ってたんです。たった一人でいいから、誰か一人でも、一瞬でも、幸せにできたらって」

高野の胸に掛かる渉の息が揺れていた。

「誰か一人でも、そう言ってくれたら、僕はずっとそれを宝物にして生きていけるって」

高野は目を閉じて大きく息をついた。

渉の言葉の重さが高野には分かった。捨てられて、生まれてきて良かったのだろうかと絶えず疑いながら、日陰で生きてきた渉の言葉だからこそそれは重かった。言ってもらいたかったのだ。「いてくれてありがとう」と存在を肯定する言葉を。

それは、渉ほど重くはないけれど高野も求めていた言葉だった。

だから高野の胸を締め付ける。

「幸せだよ」

高野は渉を抱きしめる。

「何度でも言ってやる。俺は、渉がいてくれて幸せだ」

高野の腕の中で、渉がぎゅっと手を握る。渉の息が熱くて、湿っていて、高野は渉が涙をこらえていることに気付いていた。

「渉は？」

「……僕は、高野さんが幸せでいてくれたら、それで幸せです」

渉らしすぎる言葉に、高野は思わず小さく笑う。

「じゃあ渉」

渉の頭のてっぺんにキスを落とす。

「渉もちゃんと幸せになろう。渉が幸せになってくれたら、渉を幸せにできたら、俺はもっともっと幸せになれる」

渉の頭に語りかける。

「やりたいことはないか？　買いたいものは？　食べたいものは？　渉がこれまで諦めてたこと、全部取り戻そう。金でなんとかなることだったら、全部俺がやってやる。俺は何でも買えるんだろ？」

　渉がくすんと鼻を鳴らす。

「――高野さんは、無茶苦茶です。甘すぎます」

「甘くないさ。渉はこれまで沢山我慢してきたんだ、このくらい山盛りだって全然問題ない。そうだな、まずは――」

　高野の頭に、いつかの渉の姿が浮かんだ。

「銀色の風船を買おうか」

　遊園地で、青い空に小さくなっていく銀色の風船をいつまでも見上げていた渉。いつかは萎《しぼ》んじゃうんだからいらない、と言い訳のように呟いた渉。

　高野の腕の中で、渉が笑い出す。

「――そんな、高野さん。僕もう、子供じゃありません」

くすくす笑いながら渉は言う。だけど、その笑い声はだんだん喉に詰まって乱れていく。時間をかけてそれが泣き声に変わっていくのを、高野はじっと見守っていた。

　しゃくりあげる渉を高野は抱きしめて、その頭に頰を寄せる。渉の匂いがした。

「じゃあ渉、何をしたら渉はもっと幸せになれるんだ？」

　渉の答えが返ってくるまでにしばらく間があった。

「……一緒に、いられれば」

「——え？」

思わず高野は問い返す。

「高野さんと、ずっと一緒にいたい」

思いがけない言葉にどきりとして体を起こしかけた高野の胸に渉が額を押し付ける。

「……好き、です。高野さん」

それは、渉の初めての告白だった。

高野の心臓がものすごい速さで動き出し、どっと汗が湧く。高野は渉をかき抱いた。

泣きそうなくらいに嬉しかった。

「一緒にいる。ずっと一緒にいるから、幸せになろう、渉。一緒に、幸せになろう」

渉は腕の中で小さく縮まっている。

「はいって、言ってくれないのか？」

渉の顔を上げさせる。

涙で潤む瞳を手のひらで拭って、「な」と高野は返事を催促する。

「……はい」

渉は、唇を噛んで呟いた。

「笑って言ってくれ。俺は、渉の笑顔が一番好きなんだ」

促すように顔を覗き込めば、渉はようやく笑った。はい、と繰り返す。

その涙で濡れた笑顔は、今日見た中で、一番高野を幸せにした。

◆◆◆

「乾杯！」

リビングにグラスをぶつける音が響く。

「んー、大学の合格祝いで酒が飲めるっていいねぇ」

満面の笑みでビールを飲む信田の横で、智美が「私は飲めない」と不服そうに呟く。

「いいじゃん、最高級のベルギー産ブドウジュースだぞ、それ」

「いくらワインの原料だって言っても、ジュースはジュースよ」

「だから、お腹の子が産まれるまで我慢してくれって」

「まったく、女ってほんと割り食ってると思うわ」

ふてくされる智美となだめる信田を見ながら、高野がけたけたと笑う。

「渉は飲みすぎるなよ、弱いんだから」

「はい」

高野の隣に座った渉がふわりと微笑む。

渉の大学合格祝いの席を開こうと言ったのは信田だ。妊娠していてアルコールが飲めない智美のために、店には行かず、高野と渉が暮らす部屋のリビングで金曜日の夜に行われることになった。

「あ、美味しい」

渉が準備したトマトとチーズのサラダを摘んで智美が思わず呟く。

「これ、なんてサラダ？」

「いえ、適当です。スーパーで美味しそうなトマトと、新鮮な生チーズがあったから」

答える渉の脇で、高野が身を乗り出す。

「このチーズ買う時、渉、なんて言ってたと思う？　妊婦にはカルシウムが必要だからだってさ」

「――そんなこと言わないでいいです」

慌てる渉を智美が見上げる。

「ふうん、ありがと」

「いえ、そんな」

「というか、高野君と渉君は、仲良く一緒に買い物行ってきたわけね」

思わぬ切り返しに、かっと顔を赤くする渉の肩を高野は「悪いか？」と抱く。

「いーえ、別に。ごけっこうなことで」

「信田、智美ちゃんなんとかしろよ。酒飲めないからって、渉を苛めさせるなよ」

「任せた、高野」

信田がぶらぶらと手を振る。

「任せるな、酔っ払い」

「と言うかさ、俺も少々面食らってるわけよ。高野と渉君のくっつき具合に。あんたたち、ここ着いてからずっとべったりなんだもん。事務所にいる時と全然別。毎日こうなわけ？」

もちろん、と答える高野の隣で渉が赤くなって慌てる。

「外じゃこんなことできないからね。いいだろ、家の中くらい」

「まあね。幸せなのはいいことだ」

乾杯、と信田がまたグラスを掲げる。

グラスをぶつける高野の腕の中から逃れて、渉がキッチンに駆け込む。

「あの、メイン出していいですか」

「どうぞー」

「私も手伝うわよ」

智美がよっこらしょとソファーから立ち上がる。マタニティドレスの腹は、かなり大きくなっていた。

「智美さんは座っててください」

「いやよ、男二人うるさいったらないんだから。渉君といたほうがマシだわ」

「じゃあ、ここに座っててください」

智美は渉が引いたダイニングの椅子に「ありがと」と腰掛ける。

「メインなあに」

「ポトフです」

「あら、野菜いっぱい。嬉しいわ。もしかして私に気を遣った？」

答えずに渉は笑う。

「僕も、肉よりは野菜のほうが好きなんです」

「君ね、もう少し自分を主張してもいいと思うわよ。智美さんのために作ったんです、くらい言いなさいよ」

いいえ、と渉は微笑みながらスープ皿にポトフを盛っていく。

「押し付けがましく言わなくても、分かる人は分かってくれるでしょ。智美さんみたいに。僕はそれで十分です」

「――やられたわ。切り返されるとは思わなかった」

くそう、と呟きながら、智美がポトフの上に刻みパセリを散らす。

「おめでたい席だから、お祝いがてらに言ってあげる。私、君のへなへなしたところ嫌いだけど、人間としては好きよ」

「……ありがとうございます」

涉は、照れくさそうに微笑む。

その笑顔を見つめていた智美が、ふぅ、とため息をつく。

「その笑顔にやられたわけね、高野君は。まあ分かる気はするわ」

「え？」

「べつに、なんでもない」

言いながら、智美はじっと渉を見つめる。

「――なんでしょう」

戸惑う渉に、智美は「高野君頼んだわよ」と真面目《まじめ》な顔で言った。

涉が不思議そうな顔をして目を瞬く。

「高野君が不安定だと信田君は高野君ばっかりになっちゃうのよ。がっちりつかまえといて」

智美は、ぴっと渉を指差す。

「しっかりしないと、高野君を信田君に取られちゃうわよ」

驚いた顔をして智美を見つめてから、涉は肩を竦めてくすりと笑った。

「ごめんなさい。僕、きっと頼りになりません」

「なにそれ」

「もし、高野さんが僕より信田さんといるほうが幸せなら、僕は高野さんには信田さんといてもらいたいです」

はぁ？　と脱力して智美がテーブルの上に突っ伏す。

「ちょっと高野君」

ソファーに座って談笑する二人の男の片割れを智美は大声で呼ぶ。

「なに」

「高野君、あなた絶対、渉君にやきもち焼かせようなんて思っちゃダメよ」

「ちょっと、智美さん」

何を言い出すのかと渉が慌てる。

は？　と歩み寄ってきた高野を智美は下から見上げた。

「この子は絶対にやきもちなんか焼かないわ。むしろ、他人といて幸せそうな高野君を見たら、身を引いて消えるわよ」

「……なんの話だ、そりゃ」

「年増女《としまおんな》の忠告。聞いときなさい」

高野は信田を振り返る。

「おーい信田、なんで智美ちゃんジュースで酔っぱらってるんだよ」

「真面目な話よ、まったく」

冷たい視線で見上げる智美に、高野は顔を戻してにっと笑いかけた。

「まあいいや、了解。心しとくよ」

「というかさ、智美。大丈夫だよ。もし渉君が消えたら、高野は泣いて追いかけるから。な、高野。実際やらかしたしな」

ソファーに座ったままの信田が楽しそうに横やりを入れる。

「――黙れ、酔っ払い。飲みすぎだ、お前」

「本当よ、まったく。信田君がこのまま飲み続けたら、高野君、今晩泊めてね。ベッド一個空いてるよね。どうせ君たちひとつのベッドで寝てるんでしょ」

思いがけない突っ込みにおたおたする渉を前に高野が苦笑する。

「なんというか、少しはデリカシー持とうか、智美ちゃん」

「今更でしょ」

顔を赤くしたまま、渉が顔をしかめてくすくすと笑いだす。

「何この子、むちゃくちゃ失礼」

「――いえ、三人本当に仲がいいんだなと思って」

嫌味もなく、見るからに素直に微笑む渉を前に高野と智美が顔を見合わせる。

「ダメだわ。毒気抜かれた」

「な」

くすくすと渉は笑い続ける。

つぼに入ったのか、笑いを収められない渉を前に、高野だけでなく智美まで思わずつられて笑い出した。珍しい笑顔に高野が驚いた顔をする。

リビングが温かい笑いで満ちていく。


「信田と智美ちゃんは？」

「僕のベッドで眠ってます」

ベランダでタバコを吸う高野に渉がそっと寄り添う。冬の深夜の空気がキンと二人を撫でていき、渉は寒そうに首を竦めた。高野が渉を抱き寄せる。

「あ、星」

「そうだな」

「――きれいですね」

「ああ」

月のない夜空には、都内では珍しくいくつも星が輝いている。強い冬の風が雲を吹き飛ばして、小さな光がきらきらと瞬いていた。

ほぅ、と渉は白い息を吐いた。

「――楽しかった」

ん、と高野は渉の頭を撫でる。

「こんな、お祝いしてもらえるなんて。大学にも行けるなんて、ほんと、夢みたいで」

「渉が頑張ったから合格できたんだろ。あの辛口《からくち》の智美ちゃんが感心してたぞ。まさか数ヶ月の勉強で合格するなんて思ってもいなかったって」

「……そうじゃなくて、僕がこんなふうに、普通の人みたいに大学行ったり、お祝いしてもらえたりする日が来るなんて思っていなかったから」

渉の言葉に高野が苦笑する。

「渉のネガティブ思考はほんとしつこいな。まあ、二十年ぶん染み込んでるんだから仕方ないかもしれないけど」

高野は渉を仰向かせて、柔らかい唇の先にちゅっとキスを落とす。くすぐったそうに笑う渉の髪をかき混ぜて、高野は「もっと、どんどん幸せになれ」と微笑みながら囁く。

「俺が、幸せにしてやるから」

渉は目を瞬いて高野を見上げて、それから、目を伏せて幸せそうに笑った。

高野の心がほわりと温かくなる。

渉が笑うたび、喜ぶたび、高野は自分が浄化されていく錯覚にとらわれる。もう十何年も前から凝《ここ》って、気付かないうちに凍えていた心が温められて、柔らかくしなやかに動き出す。

それは、自分でも驚くほどの開放感だった。

渉といられる自分こそ幸せだと高野は思う。

腕の中の渉を見つめる。渉は両手をすり合わせて白い息を吹きかけていた。愛しさが募ってぎゅっと腕に力を込めたら、渉は高野を見上げて小さく微笑んだ。

今、高野が幸せを感じているように、渉も幸せならいいと思う。

ありがとう、幸せだと口に出すたび、好きだと囁くたびに、渉は春の日差しのように微笑む。草木が芽吹くように。花がほころぶように。

それなら、何度でも口に出そう。繰り返そうと高野は誓う。

渉に幸せが染み込むように。染みわたるまで何度でも。


終わりのないバラードのように。

End

Home, My sweet home

目を覚ましたら、目の前に高野《たかの》の寝顔があった。

きっと誰が見てもハンサムと言うであろう整った顔が、横顔の半分を枕にうずめて浅い寝息を立てている。渉《わたる》は思わず息を詰めて、目の前の愛《いと》しい人の顔をじっと見つめた。

とくんと心臓が音を立てる。もともと寝起きは悪いほうではないが、夜中にいったん目を覚ますと、渉はもう眠れなくなってしまう。隣に高野がいると気付いてしまうと、目が冴《さ》えてしまうのだ。

同居を始めてそろそろ一年近く経つが、渉はまだ今の状況を信じきれていない。まるでずっと夢の中にいるようだ。ふわふわと心許ないこの幸せは、思いがけなく渉の前に降りてきた時と同じように、いつか突然飛び去ってもまったく不思議じゃないような気がしている。

高野が目の前で眠ってくれる幸せ。

話を聞いてくれる幸せ。

笑ってくれる幸せ。

抱きしめてくれる幸せ。

いつ高野がいなくなっても、そんな幸せの記憶を呼び起こして生きていけるように、渉は幸せの感覚を全身で受け止めて、無意識に幸福のストックを溜《た》めておこうとする。

だって、幸せは、これまで渉がどれだけ願っても手に入らなかったものなのに、それがこんなに大人《おとな》しくいつまでもそばにいてくれるはずがないから。

幸せはいつでもあやふやで、形がなくて、繋《つな》いでおくことなんてできないもの。

涉はいつもそう思っている。


「——涉……？」

高野がもぞりと動いて、寝ぼけた声を聞かせた。

「まだ四時ですよ。もう少し寝てください」

「涉も、寝ろよ……」

高野の腕が涉の体を引き寄せる。

吐息《といき》が近くなって、涉の胸がきゅっと苦しくなる。

「昨日も夜、遅かっただろ、涉」

「あ、専門課程のレポートが手間取って……」

昨晩は、研究室で調べ物をしながらレポートを書いていたら、いつの間にか終電になっていて、帰宅した時には高野はすでに寝息を立てていたのだ。涉は静かにシャワーを浴びて、高野を起こさないようにそっと隣に滑り込んだ。それが二時くらいだ。

「なんのレポート？」

「地下部における位置座標特定の方法について」

「もうそんなことやってるの？　一年は教養課程だけじゃなかったっけ？」

高野が頭を起こす。専門の話になって目が覚めたらしい。結局高野は、大学院まで行って自分で会社を興してしまうくらい機械工学が好きなのだと渉は少し笑う。

「研究室にお邪魔させてもらってるんです。最初は資料を借りに行っただけだったんですけど、なんか、話をしているうちにレポートを手伝うことになって」

高野がため息をつく。

「渉、お前せめて断れる人間になれよ。なんでもかんでも引き受けて、自分のキャパシティも認識しろよ？」

「あ、それはいいんです。いずれ入りたい研究室だし、一年から出入りしておくと専門に上がる時に融通してもらえるって話も聞くので。――それに」

渉は小さく言葉を切って、高野を見上げた。

「学べることならなんでも学びたいんです。こうやって勉強できるのが本当に嬉《うれ》しくて。僕はもう、ちゃんと専門を勉強する機会なんてないと思ってたから」

高野が渉を見つめて目を瞬いた。

大きくため息をついて、力いっぱい渉を抱きしめる。

「――それなら仕方ないけど、無茶はするなよ。渉はいつまでも痩せっぽちだから、ほんといつか倒れそうで心配なんだよ。食わせても食わせても肉がつかないし。……レポート手伝ってやろうか？　多少俺の専門からはずれるけど、そこそこは書けるぞ」

大丈夫です、と渉は笑った。

「研究室に出入りしてるの、僕だけじゃないんです。もう一人いるんで、彼と分担してますから」

「もう一人？　一年生？」

「ええ。五十嵐《いがらし》君っていうんですけど、ものすごく積極的でちゃきちゃきしてて、研究室に行こうって言い出したのも彼なんですよ」

「へえ」

思いがけず、高野が楽しそうに相槌《あいづち》を打った。子供にするように渉の髪をかき混ぜる。

何がそんなに楽しかったのかと驚いて高野を見上げた渉に、高野はちょっと眉《まゆ》を寄せて笑った。

「渉から初めて友人の話を聞いたからさ、なんか少し安心した」

「え？」

「——ちゃんと楽しめよ。大学」

高野が渉の前髪をかき上げて、あらわになった額に頬《ほお》をつける。低めの体温と一緒に高野の慈しみが染みてきて、渉は胸が苦しくなる。幸せは、さらさらと波紋のように広がって体を痺《しび》れさせるものだとまた思う。幸せは、泣きたくなるくらい痛い。

「……高野さん」

「ん？」

「ありがとう、ございます」

高野が黙ったまま渉を抱きしめる。

「ほら、もう一回寝ろ。二時間じゃどう考えても睡眠不足だ」

「──はい」

高野の腕に包まれて、渉は大人しく目を閉じる。とても眠れそうにないけれど、渉のことになると途端に心配性になる高野に安心してもらって、朝までちゃんと眠ってほしかった。

ゆっくりと息をすると、大好きな高野の匂《にお》いが肺に満ちる。

この胸が痛くなるほどの幸せを、なんと表現すればいいのだろうとぼんやりと思う。


「なんじゃこりゃ。すっげーな、モデルルームみたい」

リビングに入ってくるなり、五十嵐は大きな声を上げた。きょろきょろと室内を見渡して、リスみたいに丸い目を瞬かせている。

「そう？」

「ねえ、水沢《みずさわ》と一緒に住んでる人ってどんな人よ」

「夜になれば帰ってくると思うよ」

「すっげー金持ちだろ。このソファーとか絨毯《じゅうたん》とか、ものすごく高そうだもん」

「まあ、自分で会社やってる人だから」

「社長？　ベンチャーってやつ？　すっげー」

派手なはしゃぎように笑いながら、渉はコーヒーを淹《い》れにキッチンに入る。

今日は、運悪く五十嵐のパソコンが壊れてしまったので、渉のパソコンを使ってレポートの仕上げをすることになっていた。五十嵐を家に上げる許可は昨日高野にもらった。高野は「いいんじゃない？　渉が友達を呼ぶなんて初めてだな」とまた楽しそうに笑っていた。

「水沢ー、使っていいノートPCってソファーの上のこれ？　立ち上げていい？」

「うん、そう。どうぞ。パスワードになったら呼んで」

「了解」

五十嵐はにぎやかだ。

いつでもテンションが高いので、大学でも五十嵐が来るとすぐ分かると言われている。そんな五十嵐の友人は彼同様に目立つタイプが多いのだが、なぜか彼は渉を最初から気に入った。あまり喋《しゃべ》らず大人しく笑っているだけの渉にいろいろと話しかけて、希望する研究室が同じだと分かったら、強引に仲間に引きずり込んであれこれと連れ歩くようになった。

五十嵐は基本的に強引だが、渉が少しでも困った様子を見せるとすぐに立ち止まってくれる。渉が出す意見もちゃんと聞いてくれる。だから、まったく違うタイプなのに、渉は彼といるのを嫌だと思ったことはない。

「うわ、このコーヒー、うま。豆から淹れたんだろ。なんて豆?」

「分かんない。高野さんが買ってくるんだけど、すぐに容器に入れ替えちゃうから」

「へえ、高野さんって言うんだ。コーヒー好きなんだ」

「そうみたい」

ふと渉は五十嵐にだったら相談してみてもいいかなと思い立つ。ここ数週間、ずっと悩んでいて、でも答えが出ない事柄があるのだ。

「——ねえ五十嵐君、ちょっと相談に乗ってもらっていい?」

「いいよ? 俺で答えられることなら」

渉はコーヒーカップをリビングテーブルの上に置いた。

「あのさ、その高野さんの誕生日が来週なんだよ。三十歳くらいの男の人って、何をもらったら喜ぶと思う?」

五十嵐はぱちぱちと目を瞬いて渉をまじまじと見つめる。

「——なに?」

見つめられて居心地が悪くなった渉が少し身を引く。

「いやさ、水沢って時々変だよなって思って」

「……そう？」

「うん。そういうのってさ、その相手を知ってる人じゃないと分かんないじゃん？　水沢が一番分かってるんじゃないの？　食道楽なら食べ物を買うとかレストランに連れて行くとか、車が好きならカーグッズとか。恋人だったら、『私を一晩好きにして』なんてべったべたなドラマ展開もありうるんだけどさー」

思わず赤くなりそうなのを既《すん》でこらえる。

「──あんまり、趣味がなさそうなんだよね。仕事が終わるとまっすぐに帰ってくるし」

「仕事が趣味、みたいな感じ？」

「うん、まあ」

「帰ってきたら何してるの？」

「食事して、新聞読んだりテレビ見たり、ちょっと喋ったり……」

ちょっとじゃなく、けっこう喋ってる。一体何が面白いのかと思うが、高野は渉の話を聞くのが好きらしい。でもって、そのうちにソファーに並んで座っていちゃいちゃしはじめる。そんなことはとても言えない。

五十嵐が渉を見上げてため息をついた。

「水沢、本人に聞いたら？」

「んー。聞いたら、安いものしか言ってくれない気がするんだよね」

「気を遣って？」

「そう」

「そりゃ困ったね。誕生日っていつよ」

「来週の土曜日」

「サーカスの券やろうか？　彼女が見たいって言うから買ったんだけどさ、彼女、仕事になっちゃって。オークションにでも出そうかなと思ってたんだ」

「あ、ごめん。高野さん、動物園とかサーカスとか嫌いなんだ。動物が虐《しいた》げられてる気がするって」

五十嵐が目を細める。

「やっぱ、水沢って変。それを俺に言う？　チケット買った本人に」

「——ごめん。怒った？」

「怒ってないよ。嘘《うそ》笑いされるよりはぜんぜんマシ。俺は気にならないし、むしろ好きだけど、相手には気をつけなよ。人によってはむっとするよ」

渉を指差して、にやっと五十嵐は笑った。

「わかった。ごめん。気をつける」

「いや、謝ることはないんだけど。つーわけで、俺はプレゼントに関しては助けにならんわ。悪いけど。——でさ、パスワード入れてくれる？」

「あ、うん。分かった」

「よーし、水沢。ちゃっちゃとレポートやるぞ。夜までに終わらせて、そこのラーメン屋に行かない？　俺、タンタンメン食べたい」

「うん、いいよ。あそこ、けっこう美味《おい》しいよ」

渉が大学のサーバーにアクセスしている間に、五十嵐はトートバッグからどさっと資料の束と本を引っ張り出す。眼鏡《めがね》をかければ、五十嵐は真面目《まじめ》な大学生に変わった。彼はこれでも、教授からも特別に目を掛けられるような優秀な学生なのだ。五十嵐と一緒にいたから、渉も研究室に顔を出すことを許されたようなものだ。

「参考文献のところだけどさ……」

コピー用紙をめくる五十嵐に、渉が顔を寄せる。

リビングがたちまち、研究室に雰囲気を変えそうになったその時、カシャンと玄関が開く音がした。

「ただいま」と遠くで声がする。

「——高野さん？」

渉が驚いて顔を上げる。今日の帰りは遅いと聞いていたのに。

五十嵐が慌てて腰を上げて、リビングのドアが開くと同時に「お邪魔してます！」と頭を下げる。

「五十嵐君だよね。俺は部屋に行くから、どうぞごゆっくり」

「え？」

その声に驚いたように、五十嵐がガバっと頭を上げる。

「――う、わ。高野さんだ！　高野航二《こうじ》さんですよね？　よくテレビに出てる」

いきなり五十嵐のテンションが跳ね上がった。渉はびっくりして振り返る。

「まあ、時々は出てるね」

高野が苦笑すれば、五十嵐はギャーと悲鳴のような声を上げた。

「なんだよ水沢！　水沢の同居人って高野さんなんかよ！　信じられない。ナマ高野さん見ちゃったよ。あ、ああ、握手してもらっていいですか。ずっとずっと、憧れてたんです！」

頭のてっぺんから蒸気を出しそうな五十嵐の興奮状態に、渉は目が点になっている。

「別にそんなたいしたもんじゃないけど。どうぞ」

差し出された高野の手を、五十嵐は飛びつくように両手で握る。

「うああ、感動。俺、高野さんに憧れて、理系に進んだんです。やっべー、もう手を洗えないよ」

五十嵐はぶんぶんと高野の手を握って振り、そして、はっとしたように渉を振り返る。

「水沢、来週土曜日が誕生日って、高野さん？」

「――そうだけど」

「うああ、高野さんの秘密の誕生日知っちまったよ。すっげー、俺」

高野が渉を見る。渉ははっとして口を閉じる。

「五十嵐君、それは秘密にしといてね」

「もちろんです！」

きらきらとした瞳で五十嵐は高野を見つめる。

「じゃあ、俺は部屋に行くから。ごゆっくり」

「あの、高野さん！」

五十嵐が大声で高野を呼び止める。

「夕飯、一緒にラーメン屋行きませんか。俺、おごります！」

「いいね。行く時に声をかけて」

「はい！」

高野がドアの向こうに姿を消した。ソファーにへなへなと崩れ落ちた五十嵐は、ゆでだこのような真っ赤な顔で「どうしよう、俺、ナマ高野さんと食事の約束しちゃったよー」と呟《つぶや》いている。

「――五十嵐君、そんなに高野さん好きなんだ」

「好きっつーか、神様。俺、高野さんに憧れて人生立て直したんだもん」

「人生？」

「俺さ、高一の時に交通事故にあって一年休学してんの。すっげーヤケになった時に、病院のテレビで何度も高野さんとか信田《しのだ》さんとか見てさ。なんか、かっこいいなぁって元気もらって、やれる気になって。あ、今の俺の彼女、その時のリハビリ療法士さんね」

はあぁ、と五十嵐が大きなため息をつく。

「やっべー。今俺、すっげー幸せ。あの高野さんだよ。天下の高野さんだよ」

「——高野さんって、そんなに有名なの？」

はあ？　と五十嵐が渉を振り返る。

「水沢、お前、どの口でそれ言うよ。一緒に住んでるくせになんだよー。先週も特番で出てたじゃん」

渉は驚く。

高野が有名人だというのはなんとなく知っていたが、一年前まで自宅にテレビもなく、雑誌などの娯楽品にも縁のなかった渉は、どのくらい高野が有名なのか具体的には知らなかったのだ。また、高野本人も、自分が出ている番組を自宅で見ることはしないため、渉がテレビで高野を見ることは基本的にない。よって、どのくらい高野がテレビに出ているのかも知らない。

「ああもう、俺が替わりたい。替わって？　こんな最高の環境、価値が分からない水沢には勿体《もったい》ない」

頭をかきむしる五十嵐を、渉は呆気《あっけ》に取られて見つめていた。

「ごめんなさい、誕生日のことを秘密にしていたなんて知らなくて」

三人でラーメンを食べに行き、興奮冷めやらぬままの五十嵐が帰った後、渉は高野に謝った。

「まあ、俺も特に言ってなかったから」

高野は苦笑して渉に手を振った。

「なんで秘密にしてるんですか？」

「ああ、テレビに出始めた頃さ、信田の誕生日が先にあったんだけど、プレゼントとか貰っちゃってお返しでけっこう面倒なことになったんだよ。それ見たから、俺は誕生日は言わないことにしたんだ。でも、どうして誕生日なんて話になったの？」

「——あの、高野さんの誕生日プレゼントを何にすればいいか、相談に乗ってもらっていて」

ソファーに座っていた高野が驚いた顔をしたあと、ふっと笑った。

「で、相談結果は？」

「実りなしです。自分で考えるか、高野さんに直接聞けって。——高野さん、何が欲しいですか？」

高野はくすりと笑った。

「いらないよ。俺は渉がそうやって悩んでくれただけでもう十分だから」

渉は小さく口を尖らせる。高野がそう言う気がしていたから、あえて聞けなかったのだ。

「何か言ってください。自分で考えなさいでもいいから。いらないって言われると、なんにもできなくなっちゃいます」

渉の顔を見上げて、高野は「そんな顔するなよ」と苦笑する。

どんな顔なんだと慌てて手で口元を押さえた渉に、高野はくっと笑った。そして、隣においでというようにすぐ横のソファーをぽんぽんと叩《たた》く。

腰を下ろした渉の肩を、高野はぐいと抱き寄せた。

「本当に、その気持ちだけで嬉しいんだよ。ありがとう」

「だから、それじゃ……」

くすりと高野は笑った。

「じゃあ、どうしてもひとつ決めろというなら」

言いながら、渉のシャツの襟元《えりもと》から、服の下に手を滑り込ませる。ぎくりとした渉の耳元に高野は唇《くちびる》を近づける。

「あ、あの、高野さん」

「なに？」

渉の頭の中には、昼間の五十嵐との会話が蘇っていた。恋人同士なら「一晩私を好きにして」で済むという部分だ。外れていたならどうしようもなく恥ずかしいと思いながら、「プレゼント、僕っていうのはなしですよ」と早口に言う。

高野が動きを止めた。そして、渉の顔を覗《のぞ》き込んでぶっと吹き出す。

「真っ赤だぞ、渉。というか、当たりなんだけどな。プレゼントは渉本人がいい」

「——そ、それはダメです」

渉は耳まで赤くなりながら、高野を押し返す。

「なんで？」

「だって、——僕は、もう、高野さんのものでしょう？」

高野が目を瞬き、ついでくっと笑い出す。

「な、なんですか」

「——いや、一本取られた。そう来ると思わなかった」

「だって、……う、わっ」

ソファーに押し倒されて、渉は驚いて高野を見上げる。天井《てんじょう》の明かりを背負って楽しそうに目を細めた高野が「抱かせて」と囁《ささや》く。

「え？　ここで？」

「ダメだよ渉、俺のもんだなんてそんなに可愛《かわい》いこと言っちゃ。我慢できなくなる」

「べつに可愛くなんか……。高野さん、ソファーが汚れ……っ」

涉の口を高野が唇で塞《ふさ》ぐ。いたずらな手が早速シャツをたくし上げて乳首を探し当て、涉はびくりと体を震わせた。指先でこねられれば、じわっと体が熱くなっていく。

「た、高野さん」

「涉。俺のものだというなら、言うこと聞いて？」

高野は、涉の耳元に囁き声を滑り込ませる。ぞくりとした。

「ここで抱いたことはなかったよね。ここで、明るい場所で涉をじっくり見ながら抱きたい」

一気に動悸《どうき》が速くなる。ソファーの上で触り合うことはあっても、それは服を身にまとったままで、しかも最後は必ずベッドに移動していたのだ。明かりの下で余すところなく見られてしまうことを想像したら、かあっと全身が熱くなった。鼓動《こどう》がバカみたいに大きくなる。

身震いをして、涉は固く目を閉じた。

「——い、いいですけど、これ、プレゼントじゃないですからね」

「分かったよ」と高野が耳元で笑う。

「涉はけっこう頑固だからな。——じゃあ、自分で服を脱いでソファーに寝転がって、片足だけ背もたれの上に上げて」

とんでもない注文に、涉は思わず目を開けて高野を見上げてしまう。そんな格好をしたら、恥ずかしい場所まで全部見られてしまう。

高野はにやにやと目を細めて笑っている。整った顔がいかにも楽しげに自分を見下ろしているのに気付いて、渉は自分がまたもや高野のペースに嵌《はま》ってしまったことを知る。

「できない？　渉は俺のものなんだろ？」

「——や、やります」

真っ赤になりながらソファーを降りて、渉はシャツに手を掛けた。


二時間後、ソファーを道具にアクロバティックなプレイをさせられて、渉はぐったりとソファーの上に横たわっていた。両足を背もたれに乗せて逆立ちのような状態でもてあそばれた時には、恥ずかしいやら感じまくるやらで本気でわけが分からなくなりそうだった。

「疲れた？」

高野が、横たわる渉の隣に腰を下ろした。渉は答えずに高野を見上げる。

「——高野さんは、楽しかったですか？」

高野がくすりと笑う。

「ものすごく楽しかったよ。渉の恥ずかしがる仕草は、思った以上にそそるね。時には趣向を変えてこういうのもいいかもと思ったよ。渉もいつも以上に感じてたんじゃない？」

「……高野さんが楽しかったなら、それでいいです」

渉はブランケットを口元まで引き上げて目を閉じる。髪の毛をいじる高野の指が気持ちよくて、ふわふわと意識が形をなくしそうになっていく。

「五十嵐君ってけっこう面白い子だな」

「——ええ。大学でも人気者なんですよ」

つきんと胸が痛くなり、眠気が遠のいていく。高野だってきっと、こんな地味な自分より、五十嵐みたいな明るくて楽しい人のほうがいいのだと思ったら息が詰まった。

「実はさ、渉の友達という彼を見たくて早く帰ったんだけど、——渉があまりに自然体で楽しそうだから、少し妬《や》いた」

「え？」

ぱちりと目を開ける。高野は照れくさそうに苦笑して渉を見ていた。

「渉さ、俺の前ではいつも敬語じゃん。普通に話すとああいう口調なんだなって。年甲斐《としがい》もなく僻《ひが》んだよ」

「あの……」

渉は戸惑って上半身を起こす。

「表札作ろうか。俺へのプレゼントそれがいいな」

「——表札？」

「そう。この部屋の玄関に、高野・水沢って」

思いがけずどきんと心臓が音を立てた。とくとくと音を立てて体が温かくなっていく。表札、それは渉の憧れのひとつだ。

「ただのプレート一枚なんだけど、文字の羅列でしかないんだけど、――渉が必ずここに帰ってくるっていう約束が欲しい。あと、俺がここにいてもいいっていう許可……かな」

切なさにぎゅっと胸が苦しくなる。

「……許可もなにも、……ここは、高野さんの家でしょう？」

声が震えた。おかしい。なんで涙が出そうになるんだろう。

「渉の家もここだと思っていい？」

渉は逆に、「思ってもいいんですか？」と問い返す。

「思ってほしい。渉に、当然のような顔をしてこの家に帰ってきてほしい。俺のもとにいてほしい。ここが俺の家だと渉が言うならば、渉にもここが家だと思ってほしい」

高野の瞳は真摯《しんし》に渉の目を覗き込む。

「ダメかな」

「……ダメなんて」

思うわけないじゃないですか、という言葉は喉《のど》が詰まって音にならない。

「なんで泣くの、渉」

渉は震える肺で、なんとか息をついて呼吸を整える。

「——高野さんが優しすぎて。……幸せすぎて。ダメですよ高野さん、それ、高野さんのプレゼントにならない。僕のほうが、きっと、高野さんより嬉しい、です」

それでもしゃくりあげながら渉が返せば、高野は驚いたように目を丸くしてから、満面の笑みを顔に浮かべた。

「じゃあ、一緒に表札を注文しに行こう。高野・水沢って入れてもらおう」

高野は渉の隣に寝転がって、鼻と鼻が触れ合いそうに近くで嬉しそうに笑う。

「……高野航二と水沢渉じゃないんですか？」

何気なく思い当たって口にした問いに、高野は意外そうな顔をして目を瞬いた。

「——渉は、それでいいのか？」

「なにがですか？」

高野の問いの意味が本当に分からなくて、渉は高野を見上げて不思議そうな顔をする。

幾度か目を瞬いてから、高野の笑顔がおもむろにくしゃりと歪《ゆが》んだ。渉をぐいと抱き寄せて二本の腕で痛いほど締め付ける。

「……ありがとう」

囁くようなかすかな声が頭の上から降ってきた。

心に染み入るような湿った声に、渉の胸まで熱くなる。

高野の匂いがする。高野の体温を感じる。高野の気持ちを感じる。大切にしようとしてくれる気持ちが、痛いほど伝わってくる。

こんなに幸せでいいんだろうかと渉は唇を噛《か》みながら思う。こんな幸せに慣れてしまったら、自分はこれを手放したら生きていけなくなるに違いないという怖さが湧《わ》き上がる。

「高野さん」

「――うん」

呼びかけたものの、何をどう言っていいのか分からなくて、渉は戸惑う。今のこんな気持ちを言葉にするのは、とても難しい。幸せで、でも怖くて、でも幸せで、やっぱり怖くて。

「渉、どこにも行くな。――愛してる」

思わず息を呑《の》んだ。体がじんと痺れる。

「僕も」

口下手《くちべた》でも、泣きそうでも、これだけははっきり言っておかなくちゃいけないと渉は思った。

「僕も、高野さんが大好きです。……僕も、愛してます」

高野の呼吸が一瞬止まり、渉にも聞こえるくらいの音で高野の心臓の音が耳に届く。大きな深呼吸とともにいっそう強く抱きしめられて、渉は目を閉じた。

誕生日の当日、高野は渉をドライブに連れ出した。

どこに向かうのか聞いても高野は「秘密」と笑って答えてくれない。きっとサプライズなのだろうと渉はシートに体を落ち着けた。まったく、これじゃ誰の誕生日だか本当に分からない。

辿《たど》りついた公園の駐車場で、渉は驚いて高野を見上げた。

「――ここ」

「そう。一年くらい前に俺が赤ん坊をさらって籠城《ろうじょう》した公園」

高野は不思議な顔をして笑っていた。

渉は戸惑う。この場所にまつわるあの出来事の話題は、二人の間ではタブーのようになっていたのだ。どちらもあえて口にしない。

「なんで、ここなんですか……？」

「けじめをさ、つけたかったんだ。俺なりに」

「え？」と聞き返した渉の耳に「わた君」と懐かしい声が届く。

驚いて振り返れば、公園と駐車場の境の林から香代子《かよこ》が駆けてくるのが見えた。その後ろでは、福島《ふくしま》が一歳の娘を抱いて歩いてきている。

「――香代ちゃん」

「わた君！」

息を切らせて走ってきた香代子が渉に抱きつく。ふわりと懐かしい香りがした。渉はいっそう戸惑って高野を振り返る。香代子のことも福島のことも、ここ一年口にしていない。これも小さなタブーだった。

高野は穏やかな優しい顔で微笑《ほほえ》んでいた。

ぎゅっと胸が苦しくなる。きっと高野は、渉のためもあって、わざわざ彼らと待ち合わせたのだ。一年以上離れたままの渉と香代子を会わせるために。

「わた君、元気だった?」

「——うん。……うん、香代ちゃんも」

「私は元気よ、ものすごく」

香代子が弾んだ声で答えて渉の背中を撫《な》でる。ずっと、子供の頃から渉が戸惑って動きを止めるたびにやってくれたとおりに。

高野が見ている。目を細めて優しそうに。

ふいに泣きたくなって、渉はぎゅっと目を閉じた。

木漏《こも》れ日《び》が差し込むベンチに、渉と香代子は並んで座っていた。その間に座っていた一歳の娘は、勝手にベンチを降りて、よちよちと芝生の上を歩き出す。彼女が向かう先には、木陰で立ち話をする高野と福島の姿があった。

香代子は穏やかな顔で愛娘《まなむすめ》を見つめ、目が合った福島に手を振る。綿菓子のようにふわりとした優しい家族の風景がそこにはあった。

「香代ちゃん」

「なあに？」

香代子が振り返る。その表情と声に、もうこの質問の答えは聞かなくても分かると思いながら、渉は囁くように問いかけた。

「——今、幸せ？」

香代子はかすかに一瞬だけ目を丸くしてから、ふわりと花がほころぶように微笑んだ。

「うん、幸せ」

迷いのない声だった。鈴のようにきれいで、そよ風のように優しい声。香代子が今、本当に幸せを抱いていることを渉は感じる。

「——わた君は？」

渉は視線を芝生の方向に投げた。

両親に愛される幸せな赤ん坊が向かう先。そこには妻と娘に愛を注ぐ夫と、渉に幸せをくれる人がいる。福島がわが子を抱きとめようと腰を屈めるのと同時に、高野が渉に顔を向けた。

視線が絡む。高野の目が慈しむように細くなるのが見えて、渉は思わず目を伏せた。両手で顔を覆う。きりきりと胸が痛い。

「……幸せだよ」

渉は、詰まった声を絞り出す。

「なんかもう、どうしていいのか分からないくらい、幸せ」

涙がこぼれないように奥歯を嚙む渉に、香代子がとんと寄りかかった。昔からよく、渉が泣きそうな時にしてくれたように。二の腕から布越しの体温が伝わる。

「……聞いて、香代ちゃん」

「なあに？」

「高野さんがね、表札を――作ってくれたんだよ。香代ちゃんちみたいな、高野さんと僕の名前が並んでいる表札」

香代子の腕が柔らかくなる。香代子が微笑んだのが分かった。

よかったね、と囁く声が聞こえた。

「わた君も私も、家ができたんだね。やっと」

「――うん」

香代子の声が優しすぎて、高野はきっと自分たちを見ているだろうと思っても、もしかしたらまた誤解をされてしまうかもしれないと思っても、渉は涙を隠す手を下ろすことはできなかった。

——home, home on the range……

香代子が、渉の肩に横顔を預けたまま静かに歌いだす。

慈しみに満ちた柔らかい歌声は、緑の木々の間を抜けて高い秋の空に流れ出ていく。


「あの歌を、香代子がよくこの子に歌っているんです」

福島はみゆきを抱き上げて、ぽつりと高野に言った。

「アメリカ民謡の『峠の我が家』ですね」

二人の目線の先では、ベンチで渉と香代子が互いに寄りかかっている。両手で顔を隠す渉は泣いているように見えた。香代子はそんな渉に小声で歌を歌っている。

「情けないことに、私は香代子に初めて家庭というものを教えてもらったんです。前の妻とは、そんなこと意識したことがなかったのに。もっとも、だから壊れたのかもしれませんけどね」

高野は福島を振り返った。

福島は白髪《しらが》の混じった髪を手で押さえながら香代子を見つめている。

「私は今、本気で彼女に恋をして、本気で幸せにしたいと思っています。三十近くも年の離れた娘《むすめ》に、お恥ずかしいことですけど」

　くすりと高野は笑った。

「僕よりマシです。僕は男と男ですよ」

　福島は目を瞬いて高野を振り返り、ばつが悪そうに目を細めた。

「どっちもどっちですか」

「ええ」

　そして、二人同時に視線をベンチに戻す。

「渉君のことは、香代子から聞いています。あの子たちは、これまで不憫《ふびん》すぎた。きっと、ああやって二人で、支え合って静かに生きてきたんでしょうね。――妬きますか？　高野さん」

「僕が？　どうしてですか？」

「高野さんは私よりもかなりお若いので。私なんかはもう、父が娘を見るような心持ちで、香代子が幸せであればどんな形でもいいという枯れた状態なものですから」

　くすりと高野が笑う。

「枯れるのは早すぎますよ、福島さん。香代子さんはまだ若いんですからね。ちゃんと満足させてあげないと」

「おっしゃいますね。高野さん」

顔を見合わせて、くつくつと笑い合う。

「香代子さんを幸せにしてあげてください、福島さん」

おもむろに、高野は柔らかい笑顔で福島を見ながら言った。

「香代子さんも幸せじゃないと、渉は本当の意味で幸せになれないみたいです。渉は、——僕が責任持って幸せにしますから、香代子さんのことをよろしくお願いします」

高野の表情を見つめて、福島がふっと微笑んだ。

「約束します。——私も頑張らなくては。高野さんみたいにいい顔で笑えるように」

「え？」

「高野さん、今、すごくいい顔なさってます。高野さんとお取引を始めさせていただいてから、もう三年近く経ちますか？　最初の頃は、どこか冷たい、硬い雰囲気をまとっていらっしゃったけど、今は、本当に柔らかくて人間味のある、いい雰囲気をお持ちです」

思わず言葉を失った高野を置いて、福島はみゆきを抱いたままベンチに向かって歩き出す。

高野は立ち尽くした。福島の言葉を頭の中で繰り返す。

自分の雰囲気が変わったというのなら、それは渉のせいだ。

渉が高野を変えた。高野に安らぎをくれて、高野の心の中に凝《こご》っていた孤独という氷を溶かした。溶けた氷は水になって、高野に染み込んで潤いを与えた。

香代子の隣の席を福島とみゆきに譲って、渉がベンチから立ち上がる。振り返って高野を

見て、渉は高野に向かって歩き出した。

ゆったりとした歩調が、徐々に早歩きになり、最後には待ちきれないように駆け出す。

腕の中に飛び込んできた自分だけの天使を、高野は力いっぱい抱きしめた。


——幸せって何？　どこにあるんだよ？


かつて、自暴自棄になって、自分自身に投げつけた問い。

今ならちゃんと答えられる。

「どうした、渉。子供みたいに」

「……ちょっと、香代ちゃんたちに当てられちゃって」

渉はぱっと体を離して、照れたように笑った。

きらきらと光るきれいな笑顔が高野を見上げる。高野は思わず大きく息をついた。

「そうだな、俺たちも帰るか」

俺たちの家に。幸せの棲《す》む場所に。

End

君の幸せ　俺の幸せ

マンションの戸を開けると、温かい空気がふわっと高野《たかの》を出迎えた。

玄関に揃《そろ》えられた靴を見て、渉《わたる》が既に大学から戻ってきていることを知る。冬の冷気にさらされていた高野の体が、心と一緒に温かくなった。

一人暮らしが長かった高野は、渉と暮らすようになって二年以上経過した今でも、こうした小さな温《ぬく》もりに、思いがけず胸が詰まるような幸せを感じることがある。

「ただいま」とリビングに繋《つな》がるドアを開けたら、エプロン姿の渉が「お帰りなさい」と振り返って微笑《ほほえ》んだ。

「いいタイミング。ちょうど夕飯の準備ができたところです」

夕飯を外で食べて帰る時には互いにメッセージを入れること、これはいつの間にかできた二人の約束だ。

しかし、高野が連絡を入れなかったからといって、ちょうど夕飯の時間に帰るとは限らない。渉は、夕飯前から二人で一緒にいる時にはでき上がったタイミングで食べられるものを作るが、いつ帰ってくるか分からない時には温めるだけですぐに食べられるものを作る。現に、今渉が温めているのは、野菜たっぷりのロールキャベツだ。

同居してしばらく経ってから、そんな渉の小さな気遣いに気付いた時、高野は感動すら覚えた。

高野にとって、渉は今でも玉手箱だ。

ふとした拍子に、驚きや喜び、幸福感をプレゼントしてくれる。

「これ何？」

ダイニングテーブルの上に、見慣れない茶色の食べ物が盛られていることに気付いて高野が尋ねた。

「ムール貝の缶詰だそうです」

「ムール貝？」

渉がそんな奇抜な食材を使うことはあまりない。珍しいなと思っていたら、「五十嵐《いがらし》君のスペイン土産です。ほかにもオリーブオイルとかクッキーとか民芸品とかいろいろもらったんですけど、とりあえず今日はそれを開けてみました」と渉が鍋《なべ》に向かったまま答える。

「へえ、スペインに行ってきたんだ。こんな休みでもない時期に」

「ええ。教授と一緒に国際学会に。このあいだ出した論文が、口頭発表にはならなかったんですけどポスターセッションで取り上げられたんですよ」

「このあいだのって、渉も一緒に徹夜してたやつ？」

「そう、それです」

半年ほど前、渉は連続して研究室に泊まり込んで五十嵐と論文用のデータ整理をしていたのだ。興味を抱いて高野も読ませてもらったから覚えている。筆頭は教授で、あとは五十嵐と渉の三人の共著だったはずだ。どうして教授と五十嵐だけがスペインに行って渉は除外されたのか、過保護だと自覚しながらも思わずむっとする。

「渉は行かなかったのか？」

「ええ。だから、こんなに大量のお土産《みやげ》を買ってきてくれて」

「そうじゃなくて、なんで五十嵐君が行って渉は行かなかったんだ？」

明らかに不機嫌そうな高野の口調に、渉は驚いた表情で振り向いた。

「渉だって共著じゃないか。ポスターセッションとはいえ、最初の公的論文だろ？　片方しか連れて行かないっていうのはひどくないか？」

「あ、違うんです」

渉は慌てて手を振る。

「教授は僕と五十嵐君と両方に声を掛けてくれたんですけど、あまりに急で僕は間に合わなかったんですよ」

「五十嵐君は間に合ったのに？」

「僕はパスポートを持ってなかったので、航空券が買えなくて」

「――は？」

高野は思わず問い返した。

「渉、パスポートないの？」

「ないですよ。外国なんて行く機会なかったし」

高野にまじまじと見つめられて、渉は居心地が悪そうに肩を竦める。

「……持ってない人、そんなに珍しくないと思いますよ」

「まあ、いや。そうなんだけど」

高野は目を閉じた。

ほらまた想定外だ。玉手箱から出てきたのはカルチャーショック。

高野の周りには、外国に行ったことがない人なんてほとんどいない。それどころか、大陸に半島にと飛び回っている人間ばかりだ。外資系企業の知人なんて、急遽《きゅうきょ》用事が入りその日のうちに海の向こうの支店に飛んでいくなんて日常茶飯事だ。

「——渉、もしかして飛行機に乗ったこともないとか言う?」

「ええ」

あっけらかんと渉は答える。

「国内線も?」

「遠くに行く機会なかったし」

「学会とかは時々行ってるだろ。最近大阪に行かなかったっけ?」

「夜行バスで行ってきました」

「なんで?」

「安いですし」

その答えに、高野ははっとして顔を上げる。

「もしかして、新幹線にも乗ったことないとか」

「ええ」

高野は驚いて渉を見つめてしまった。

「だって、旅行は、高野さんが車で連れていってくれるし」

言い訳のように呟《つぶや》いた渉の言葉に、高野は眉《まゆ》を寄せてまた目を閉じた。

確かにそうだ。渉と観光地や温泉に行く時などは、どれだけ遠くても高野が車を出して運転する。公共交通機関は、ちょっと話をしたり触れ合ったりするのにも気を遣うから嫌なのだ。デートの時まで他人の目を気にしたくないし、二人きりのドライブだと思えば長距離運転も楽しいくらいだ。

「——渉」

「はい」

「今度の週末、パスポート取りに行くぞ」

「え?」

涉は驚いた声を上げた。

「べつに必要ないですよ。予定もないし」

「そう言ってまた、今回みたいな機会を逃すのか? 一度取れば、十年はそのまま使えるんだ。確か戸籍《こせき》が必要だったと思うから、週末までに取り寄せておくこと。いい？」

有無を言わさない口調で言えば、渉は数秒黙ってから「はい」と少し困ったように笑った。

「高野さん」

椅子《いす》に座りながら、渉が改めて高野を呼ぶ。

「なに」

渉が悪いわけではないと分かっているのに、つい不機嫌な口調になってしまった。

「ありがとうございます」

意表を突《つ》かれて顔を上げれば、渉がふんわりと微笑んでいた。

ふうっと肩の力が抜けて、高野は思わず笑う。

やっぱり渉にはかなわないと思った。

◆◆◆

日曜日のパスポートセンターは大混雑だった。

どうにか申請を終えて階下のデパートに逃げ出したが、そこもまた家族連れなどの人ごみで溢《あふ》れている。

高野は人が多い場所が苦手だ。うんざりする。

エレベーターホールも渋滞していて、ついため息をついてしまった高野に気付いた渉が「どこか空いているところに行きましょう」と誘ったが、高野は「いや、せっかくここまで来たから買い物するぞ」と店内案内の看板を見上げた。

「買い物？」

「渉のコート」

「僕の？」

渉が驚いた声を上げる。

「渉、冬物のコート、そのダッフルコートしか持ってないだろ」

高野は、渉がいつも同じコートしか着ていないことに気付いていた。

別に汚れてはいないし、小柄な渉にはそれなりに似合っていたが、毎回それだというのが気に入らない。もっとスポーティーだったり、温かそうなコートを持っていてもいいはずだ。

「え、そうですけど。これあったかいし、まだ型崩れしてないし、大丈夫ですよ」

渉がダッフルコートの襟《えり》を引っ張る。

「型崩れしてないんじゃなくて、ダッフルは型崩れしても分からないんだよ。何年着てるんだよ、それ」

「あすみ園を出たあとに買ったから六年以上かな？　そうは見えなくないですか？」

得意げに笑った渉に、ふう、と高野はため息をつく。

「分かった。大事に着ているのは認める。だけど最低もう一着は持っておいたほうがいい。汚れた時に替えもないっていうのは困るだろ。今日買うからな」

「そんな。お金がもったいないですよ。僕はこれで大丈夫です」

にこにこと渉は高野を見上げた。

「流行に左右されない流行《はや》り廃《すた》りのないデザインですって言われて、このコートにしたんです。長持ちしていいでしょう?」

渉の価値観は、時々あっさりと高野の想定の範囲外にはみ出ていく。

金銭感覚は特にそうだ。もう何も言う気が失せて、高野は強引に渉の腕を引いた。


男性服のフロアでブランドのテナントを何軒《なんけん》もはしごして、着せ替え人形のように何着も試着させた挙句、高野はバカ高いダウンコートを渉のために購入した。

「すみません、なんか、ものすごく高いものを……」

渉は恐縮して、ひたすら小さくなっている。その背中を、高野はぽんと叩《たた》いた。

「気にするな。よく似合ってたぞ。自分でもそう思うだろ?」

「でも、あんなに高級品じゃなくて、普通の店の安いものでも……」

「いいものだからこそ長持ちするんだよ。それとも、実は気に入らなかった?」

「いえ、そんな！　すごく気に入ってます。軽くて、あったかくて」

焦って見上げた渉に、高野は晴れ晴れと笑った。

「渉が気に入ってくれればそれでいい」

「――そんな、お手軽すぎます。高野さん」

渉は、明らかに戸惑った顔をして目を逸《そ》らした。付き合い始めて二年も経つのに、渉はまだ、高野が思いっきりの愛情を行動に示すと、困惑して一歩引いてしまう。

だけど、高野もそんな渉の扱いに慣れてきていた。渉の顔を覗《のぞ》き込んであえて微笑む。

「もし喜んでくれてるなら、ちゃんと笑ってくれると嬉《うれ》しいんだけど」

え、と目を瞬いてから、渉はようやくまっすぐに高野を見てくすりと笑った。

「すごく、嬉しいです。ありがとうございます」

恥ずかしそうに頬《ほお》を赤くした渉が可愛《かわい》い。

ははっ、と声を出して笑って、高野は自分のポケットに手を突っ込んだ。

すごく渉を抱きしめたいのに、ここではできない。だから人ごみは嫌いだ。

やっぱり電車じゃなくて車で来れば良かったとこっそり後悔する。

その時だった。「あ」と渉が遠くを見て背を伸ばした。

「高野さん、抽選会場です。さっき、お店で沢山引換券を貰いましたよね」

「行くのか？」

高野は思わず顔をしかめた。

高野は福引きなんか行かない。いつでも人でごった返しているし、高額商品だって、抽選で制限があるものを貰うより自分で気に入ったものを買ったほうがいい。それなのに渉は「行きませんか？　せっかく貰ったんですから」と高野の袖《そで》をちょんと引く。

その楽しそうな表情を煙《けむ》らせることは高野にはできなかった。十年ぶりくらいだろうかと思いながら高野は渉と一緒に抽選の列に並ぶ。

クリスマスが近いせいだろうか。小さな子供と年配の組み合わせが多い。高野たちの前にいたのも、小学生くらいの女児とその祖母という組み合わせだった。

背が丸まった祖母の腕に腕を絡ませて、兎《うさぎ》のように髪を括《くく》った女の子が引換券を握りしめている。

「おばあちゃん、景品に伊豆《いず》旅行があるよ、伊豆。おばあちゃん行きたいって言ってたよね。おじいちゃんとの思い出の場所だって。あたしが念力で当ててあげるからね」

和服を着た祖母が、ほほほと楽しそうに笑う様子に、高野は心の中で「しまったな」と思う。

渉の口から彼の出生のいきさつと、どれだけ彼が温かい家庭に恋焦がれていたかを聞かされた後から、高野はこのような「温かい風景」から渉を遠ざけてきた。親に捨てられた渉は、このような家族の風景に傷つくんじゃないかと心配したからだ。家族になりたかったと泣いた渉の姿は、胸の痛みとともにまだ高野の脳裏《のうり》に焼きついている。

だけど、さりげなく様子を窺《うかが》ってみれば、意外なことに渉は微笑んでそれを見ていた。

ほっとすると同時に、高野は複雑な思いにとらわれる。渉の心のうちは、高野には窺いきれなくて時々困る。渉を守りたいのに守れない。いや、それ以上に、不用意に渉を傷つけてしまいかねないのが怖い。

列はじりじりと進み、やがて女児の番が回ってきた。

「銀色来い、銀色銀色」

手を組んで念を送って気合を入れて、女児がドラムを回す。

だが、出てきたのは三個とも白い玉だった。

「あー、残念だったね。はい、ポケットティッシュどうぞ」

見るからにがっかりと肩を落とした女児に「そんなに上手《うま》くいかないよ」と祖母が笑った。

「……おばあちゃんを伊豆に連れて行きたかったのに」

泣きそうな女児の頭を、祖母が優しく「みいちゃんの気持ちはちゃんと貰ったから大丈夫よ。ありがとうね」と撫《な》でて慰める。

遠ざかる二人を横目に、渉が引換券を差し出す。

「沢山お買い上げありがとうございます！　二十二回どうぞ」

渉がガラガラとドラムを回すが、ころんころんと出てくるのはひたすら白。

本当にここに高額の玉が混じっているのか疑わしく思いながら、高野が冷めた目でそれを眺《なが》めていた時だった。

「あっ！　四等が出ました！　続いて二等も。おめでとうございます！」

カランカランと鐘が鳴らされる。渉が目を丸くした。

「四等ホームベーカリー、二等がペア伊豆旅行ご招待です！」

渉の手に紅白の水引がついた封筒が渡される。

必要事項を書いて投函してくれれば品物が届くと説明を受ける渉から、高野は離れて壁際に移動する。人ごみから離れて、ふぅと息をついた時だった。渉が駆けて戻ってきた。

「高野さん、見て。すごい、当たっちゃいました」

「良かったな」

はい、と手渡そうとする渉に高野は「渉にやるよ」と笑った。

「え、でも、お金出してくれたの高野さんだし」

「当たりを引いたのは渉だから、渉にあげる。好きに使いな」

「本当に?」と目を丸くしてから、渉はぐっと口元を引き締めた。

「え、と。じゃあ、高野さん、ちょっと待っててもらっていいですか」

早口に言って高野の足元に荷物を置き、渉はおもむろに走り出す。

「渉?」

驚く高野を置いて駆けていった渉が呼び止めたのは、さっきの女児と祖母の二人連れ。突然話しかけられてびっくりする二人に封筒を押し付けて、渉は頬を赤くして高野のところに戻ってきた。嬉しそうに笑っている。

「渉、もしかして、伊豆旅行チケットあげてきた？」

「ええ、すっごく喜んでました」

弾《はじ》けるような口調に、高野は目を閉じてため息をつく。

「あ、ごめんなさい。誰かにあげるっていうのは、さすがにダメでした？」

「いや、構わないけど。……よく分からんなあと思って。せっかく当たった景品を」

「えーと、幸せのお裾《すそ》分《わ》けです」

「お裾分け？」

あまりにも意外な言葉だった。

「もう今日は、パスポートも作ってもらったし、高野さんと外出できたし、素敵なコートも買ってもらったし、嬉しいことだらけなので」

眉を寄せたままの高野の前で、渉は叱《しか》られた子供のように表情を曇らせる。

「ごめんなさい。あの、あまりにも幸せなことが続くと、なんだか怖くて」

「怖い？」

「本当に欲しい幸せがあった時に、もうお前は貰いすぎだからいいだろって弾かれちゃうんじゃないかとか」

高野は呆気《あっけ》に取られた。

ほらまた想定外。幸せの認識が高野と明らかに違う。

幸せは、そんなふうに量れるものではないと高野は思う。だけど、これまで幸薄かった渉にとっては、受け取りすぎると怖い類《たぐい》のものなのだ。渉の思考回路は、こうやって時々高野を置いてきぼりにする。

「——ごめんなさい。やっぱり、返してもらってきます」

「いいよ」

高野は渉の腕を摑《つか》んだ。

「でも」と渉は泣きそうな顔で高野を見上げる。

「べつに、怒ってるわけじゃないから」

そうだ。それで渉が落ち着くのならそれでいいじゃないかと思い直す。

それでも不安そうな顔の渉に、高野はふうと溜《た》めていた息をついた。

「怒ってないよ。ただ、そんなことじゃ、この先、渉が損するんじゃないかと心配になっただけだよ」

渉が目を瞬く。

「本当に欲しい幸せがあった時には逃すなよ」

高野は微笑み、渉の頭をくしゃっと撫でた。

渉は眉を寄せて目を伏せた。分かる、これは泣きそうな時の顔だ。

「渉は欲がなさすぎるからな」

「……欲、ちゃんとありますよ」

「本当にあるのか?」と、ふざけたふうを装って渉の頭をぐいと押せば、渉はようやく少し笑った。「大丈夫です。本当に欲しいものは見極めてますから」と恥ずかしそうに言う。

「その時はちゃんと言えよ」

「はい。──ありがとうございます、高野さん」

やっと渉の顔ににっこりとした笑みが戻り、高野もほっとして笑った。


満員だった在来線は、乗り換えのハブ駅を過ぎた直後に一気に乗客が減った。ぎゅうぎゅうの急行を避けて、あえて各駅停車を選んだのは正解だった。

がらがらの座席に二人並んで座る。

人いきれから逃れて、高野はようやく大きく息を吐いた。

窓の外を高層ビルの波が流れていく。時折覗く冬の空は高くて青い。

隣に座った渉も、流れる車窓を見つめている。

その透明な横顔に、高野はいつか公園でそれを見つめた時のことを思い出した。

バカなことをして一度失い、追いかけた横顔。それが今、隣にあることが嬉しくて、同時に、失いかけた時の苦しさが脳裏に蘇る。幸せな気持ちと切なさが混ざり合って胸に膨れ、無性に渉に触れたくなった。

温もりを感じたい。ぎゅっと抱きしめて、首筋に顔をうずめたい。せめて手くらい繋げたらと思うが、それは甘えだと分かっているから、年上のプライドが邪魔をする。

我慢を心の中に押し込めるように、高野は目を閉じた。電車の音に意識を委ねる。

息を潜めて、どのくらいそうしていただろうか、「高野さん」と声を掛けられて目を開けたら、渉が横から自分を見ていた。

「どうした?」

目を覚まさせてまで、渉が高野を呼ぶことは珍しい。

「あの、さっきの『欲しいもの』って、今言ってもいいですか?」

「――ああ」

渉はなぜか、恥ずかしそうに笑った。

「高野さんの、手」

思いがけない言葉に、とくんと心臓が音を立てた。じわっと体が温かくなる。

「手、繋いでもらってもいいですか? 今なら誰もいないから」

「ああ」

自分こそ渉に触れたかったのに、余裕ぶってポケットから手を出す。

渉が高野との位置を詰め、体と体の間でそれをそっと握って、嬉しそうに、——心から幸せそうに笑った。

その笑顔に、高野の息が奪われる。どくん、と心臓が大きく震えて胸が苦しくなった。

「手なんかでいいのか？　——伊豆旅行よりも？」

はい、と答えて俯《うつむ》いた渉の耳が赤い。

「ねえ高野さん」

渉は握った手を見つめたまま、囁《ささや》くように言葉を紡いだ。

「さっきの、女の子とおばあさんの二人連れ。すごく仲良さそうでしたね」

「ああ」

「あれね、前の僕だったら、きっとずきずきと苦しかったと思うんです」

どきりと高野の胸が音を立てた。さりげなく息を詰めて、渉の言葉に耳を澄ます。

そんな高野の手のひらを、渉が、きゅうっと強めに握った。

「だけど、自分でもびっくりしたんですけど、まったくそんなことなくて、すごく優しい気持ちで見てられたんですよ。……きっと、高野さんが隣にいてくれたから」

高野は驚いて、渉の頭を見つめた。

「高野さんがいつも僕のことを気に掛けて見守ってくれてるから、大事にしてくれるから、――高野さんのおかげで、いつの間にかこんなに気持ちが楽になってたんだって気がついたら、なんだか嬉しくて。ああ幸せだなあって」

ふう、と渉は息をついた。

「ずっと、ものすごく、高野さんと手を繋ぎたくて。家に帰るまで我慢しようと思ってたんですけど、今なら電車の中に誰もいないからいいかなって」

思いがけず目蓋《まぶた》が熱くなった。息が揺れそうだ。繋いだ手が熱すぎて。優しくて。

――ああ、願いが重なった。

本当に渉は玉手箱だ。高い買い物みたいな高野が考えた精一杯を軽々と飛び越えて、手を繋ぐなんて単純なことで、こんなに大きな幸せを高野に与えてしまう。

とくりとくりと心臓が音を立てている。

「俺も、渉と手を繋ぎたかった」

高野がぽつりと言ったら、渉は驚いたように顔を上げた。

そして、頬を赤くして笑う。

「よかった。一緒ですね」

「そうだな」

ああ、渉をもっと幸せにしたい。もっと笑わせたい。

ふっと、ある考えが頭に浮かんだ。

きっと、渉はまた遠慮するのだろうけど。そんなお金使わなくていいと言うのだろうけど、思いついてしまったそれを告げたくて、高野はぎゅっと渉の手を握った。

「渉」

「はい？」

「スペイン行こうか」

「え？」

渉が驚いて振り返る。

「渉が行きそびれたスペインに、俺が連れて行ってやるよ。渉にスペインを見せたい。青い海とか空とか、一面のヒマワリとか、世界遺産とか有名な建築物とか。一緒に行こう」

そんな、いいです、と遠慮する言葉を高野は覚悟する。

それでも渉を連れて行きたい。渉が行けなかった外国に、俺が連れて行きたい。渉の「初めて」は全て自分が与えたい。

そう強く思った時だった。

「嬉しい。スペイン行きたいです」

思いがけない返事に、高野は驚いて渉を見つめてしまう。

渉は嬉しそうに笑っていた。

「――びっくりした」と心の声が表に出てしまう。

「え？」

「渉は絶対に『いいです』と遠慮すると思ってた」

「遠慮したほうが良かったですか？」と苦笑したあとに、渉は「行ってみたいところがあるんです」となぜか眉を寄せて笑った。

「バルセロナに聖家族教会ってあるじゃないですか」

「ああ。サグラダ・ファミリアだろ？」

渉は、高野の手を両手できゅっと握った。

「ずっと、その名前を聞くと胸が詰まるみたいな気持ちがしてたんです。聖なる『家族』なんて、すごく大仰で、特に僕には槍《やり》で刺されるみたいに痛くて、名前を聞くことさえ怖くて」

流れる車窓を見つめて、渉はふうっと息をついた。

「親は無条件に子供を愛するものだ、って世間は言うじゃないですか。だったら、その親からいらないと捨てられた僕は何？　そんなのに愛されても、心を向けられた人が困るだろうって」

「渉！」

思わず口を差し挟んだ高野に、渉は、聞いてくださいというように首を横に振った。

「ずっとね、好意を向けられても、怖いだけだったんです。だって、もしかしたらその人は、道端の瘦せっぽちの濡《ぬ》れた野良犬に、気まぐれに食べ残しの骨を投げただけなのかもしれない。それなのに、それを過剰に喜んでまとわりつかれても、ましてや家なんかに付いてこられても迷惑なだけじゃないですか。そこで『勘違いするな、思い上がるな、汚いんだよ！』なんて蹴《け》り飛ばされたりしたら、もう。……だから僕は、高野さんが怖かったんです」

高野は息を吞《の》む。

「約束以上のお金をくれたり、素敵な贈り物を山ほど貰ったり、それがなくても一緒にいる時はいつも優しくて、あったかくて、僕は怖いくらいに幸せで、むしろ幸せすぎて怖くて。だから、高野さんが別の人に僕を抱かせようとした時、ものすごく傷ついたけど、心のどこかでほっとしたんです。ああ、あるべき姿に戻った、僕には愛情なんか与えられるはずなかったんだ、高野さんの前で喜びすぎなくて良かった、って」

もう高野には何も言えない。過去の自分のバカな行いがどれだけ渉を傷つけたか改めて思い知らされて、後悔にまみれて唇《くちびる》を嚙《か》み締めるだけだ。

「だけど、高野さんは僕のためにみゆきちゃんをさらいまでして、僕を迎えに来てくれて、こうやって一緒に暮らしてくれました。それでもしばらくは喜びすぎるのが怖かったんですけど、だけどさっき、『家族』を見せつけられても怖くないどころか、心が温かくなった自分に気付いて、いつの間に僕はこんなに柔らかくなったんだろうって驚いて、それが高野さんのおかげだって思ったら、なんか、すごく心が軽くなって。……ああもうごめんなさい。

支離滅裂で、何言ってるんだか分からないですよね」

いや、分かる。高野の胸が切なさでじくじくと痛む。渉がこれまで抱いてきて、まだ消せない苦しさ。それを薄めたのが自分だと言われて、喜びと切なさが同時に湧《わ》き上がる。

だけど、高野こそなんと言っていいのか分からない。言葉が出ない。

渉が、高野の手を持ち上げて両手で宝物のように握りしめた。

「高野さん」

「――なに？」

「好きですって、言っていいですか？」

「……え？」

「僕なんかに、愛してるって言われても、迷惑じゃないですか？」

うつむいたまま祈るように言われて、高野は戸惑う。

「今までも、渉は言ってくれてただろ？」

「言ってました。でもそれは、言ってもいいのかなという疑い混じりのものだったんです。今は、ここまで言葉が膨れ上がってる。素直に、きれいなままの気持ちが外に出たくて溢れてる」

高野の手を握ったまま喉元《のどもと》に当ててる仕草に、高野の息が詰まる。じわっと体が熱くなった。

「聞きたい。言ってくれ、渉」

「大好き。――高野さん、大好きです」

囁いてから、渉は顔を上げた。嬉しそうに、――幸せそうに微笑みながら、高野に「大好きです。誰よりも愛してます」と今度ははっきりと告げた。頰が赤い。

泣いてるかと思った渉が微笑んでいたことに高野は息を呑んだ。こういう話をする時、いつも渉は泣いたから。

笑っている渉が意外で、だけど心からほっとして嬉しくて、渉の幸福感が移ったかのように高野の顔も熱を持っていく。全身が陽《ひ》だまりに温められるような熱に包まれる。

どうしようか。渉の笑顔がものすごく嬉しい。

「高野さんに、会えて良かった」

繰り返して囁き、渉は高野の手の甲を自分の頰に当てた。

照れと嬉しさの混じった赤い顔で、渉は目を細くして飾りのない言葉を告げる。

「こうやって躊躇《ためら》いなく言えるのが、すごく嬉しい」

高野の心がじわじわと震える。この、胸を起点にして染みわたっていく温かい痺《しび》れをなんというのか、高野は知らない。だけどそれはきっと、高野にとっても宝物のような感情なんだろうと思う。

しばらく呆然《ぼうぜん》として、高野ははっとした。こういう時にこそ、ちゃんと返事を返してあげないといけないんじゃないのか。自分だって愛してると。渉に会えて幸せだと。

俺も、と高野が口を開きかけた時、渉がふふっと笑った。

「聖家族教会、高野さんと二人で行きたいです」

渉が高野を見上げる。

「それでね、僕の大切な人です。家族です、って見せるんです。——いや違うのかな、教会に行ったことなんてないから分からないや。ありがとうございますって言うべきなのかな。幸せをありがとうございます。……大切にします、って」

もう無理だった。

高野は、空いている腕を回して渉を力いっぱい抱きしめた。

「渉」

電車の中に誰もいない幸運に感謝する。

いや、誰かがいたって構わない。どうせ赤の他人だ。電車を降りたら忘れてる。

それよりも、——渉が大事だ。

「渉、スペイン行こうな」

「——はい」

「それで、サグラダ・ファミリアで俺も言うんだ。ざまあ見ろって。これまでずっと、俺の居場所を奪い続けてきたけど、俺だってやっと見つけたぞって。どうだこれが俺の居場所だ、って」

ぷっと渉が吹き出す。

「そんな、高野さん。神様に喧嘩《けんか》売ってどうするんですか。それに、文句言うなら日本の神様じゃないですか？　異国の神様だって、いいとばっちりですよ」

「いいんだよ、俺だって、やっとなんだから。やっと見つけたんだから」

渉の首筋に顔をうずめる。渉の匂《にお》いがした。

大切な、何よりも大事な高野の宝物。

「渉」

「はい」

くすくすと笑う楽しそうな声。

「ずっと、一緒にいような。離れるなよ」

息を呑み、数秒してから渉がぎゅっと高野の頭を包んだ。頷《うなず》くように。

「ええ。ずっと一緒にいます」

そして、ため息をつくように言葉を繋げた。

「幸せ、あの二人にお裾分けしておいて良かったなぁ」

思わず高野も笑い出す。

ああダメだ。

涙が出てきた。

涉の幸せ。俺の幸せ。

時々すれ違うけど、根っこでは、ああ、ちゃんと重なってる。

「涉、俺もお前のこと、誰よりも愛してるから」

言いそびれた言葉を今更ながら告げたら、涉も「僕も誰よりも愛してます」と返して、抱きしめてくれた。

それが嬉しくて、高野は潤んだ瞼《まぶた》を涉の肩に押し付けて笑った。

End

あとがき

こんにちは、あるいは初めまして。月東湊と申します。

このたびは、『極悪人のバラード』を手に取ってくださいましてありがとうございました。

このお話は、何年か前に「月東の小説には善人しかいない」と指摘されてショックを受け、自分の小説の幅を広げるためにも本当に性格の悪い人を書こうとして書きはじめたものです。だから、私にしては珍しくタイトル先行で、しかも「極悪人」なんて言葉を入れて背水の陣を敷いてみたのですが……、結果はこれです。見事にヘタレました。タイトル詐欺と言われないことを願っていますが、――無理かな（汗）。

実はこのお話の本編は、私のサイトで一年近くかけて連載していたものを加筆修正したものです。サイト公開時、二人のその後の話を読みたいと沢山のリクエストを頂戴しました。今回、後日譚を書き下ろしましたがいかがだったでしょうか。二人の幸せな様子を見て、安心していただけることを心から願っています。

そんな、私にとってとても思い入れが深く、愛しい彼らを、榊空也先生がとても素敵に表現してくださいました。特に、いい大人のくせに渉に膝枕をさせて甘えている高野を、渉が女神のように柔らかく包んでいる表紙イラストは、見れば見るほど本当に見事にこの物語が表現されていて、そこまで読み込んでくださったことに心から感動しました。

そして、そんなイラストの素敵さを生かして、美しく華を添えてくださった表紙デザイン。今回、手がけてくださったのは、私が大好きなデザイナー様です。書店で「あ、この表紙素敵だな」と思うといつもこの方で、私に初めて「デザイン」というものを意識するきっかけを与えてくださった方です。

素敵なイラストとデザイン、加えて、売るためにあれこれと手を尽くしてくださる担当様と出版社の皆様。そんな方々に囲まれて、この思い出深い本を世に出すことができたことを心から幸せに思います。本当にありがとうございました。

この本は、私の十六冊目の本です。

ここまで書き続けてこられたのは、いつも必ず書かずにはいられない言葉ですが、ひとえに読者の皆様のおかげだと心から感謝しています。皆様がこうして手に取ってくださるおかげで、私は作家でいつづけることができます。

恩返しではありませんが、どうかこの本を読んで少しでも楽しんでいただけますように。

これからも、読んだ人が幸せになる小説を書き続けていくように頑張りますので、どうぞよろしくお願いいたします。

２０１５年　桜の頃に　月東湊

✦初出　極悪人のバラード……………サイト掲載作品を大幅加筆修正
Home, My sweet home … 同人誌掲載作品を加筆修正
君の幸せ　俺の幸せ…………書き下ろし

月東　湊先生、榊　空也先生へのお便り、本作品に関するご意見、ご感想などは
〒151-0051 東京都渋谷区千駄ヶ谷 4-9-7
幻冬舎コミックス　ルチル文庫「極悪人のバラード」係まで。

幻冬舎ルチル文庫

極悪人のバラード

2015年5月20日　第1刷発行

✦著者　月東 湊　げっとう みなと

✦発行人　伊藤嘉彦

✦発行元　株式会社 幻冬舎コミックス
〒151-0051 東京都渋谷区千駄ヶ谷 4-9-7
電話 03(5411)6431［編集］

✦発売元　株式会社 幻冬舎
〒151-0051 東京都渋谷区千駄ヶ谷 4-9-7
電話 03(5411)6222［営業］
振替 00120-8-767643

✦印刷・製本所　中央精版印刷株式会社

✦検印廃止

ISBN978-4-344-83445-3　C0193　Printed in Japan